작가들의
비밀스러운 삶

La vie secrète des écrivains

작가들의 비밀스러운 삶

La vie secrète des écrivains

Guillaume Musso

기욤 뮈소 장편소설

양영란 옮김

밝은세상

작가들의 비밀스러운 삶

초판 1쇄 발행일 2019년 11월 21일 │ **초판 4쇄 발행일** 2019년 12월 19일
지은이 기욤 뮈소 │ **옮긴이** 양영란 │ **펴낸이** 김석원
펴낸곳 도서출판 밝은세상 │ **출판등록** 1990. 10. 5 (제 10 – 427호)
주 소 (10881) 경기도 파주시 문발로 119, 202호
전 화 031–955–8101 │ **팩 스** 031–955–8110 │ **메일** wsesang@hanmail.net
블로그 blog.naver.com/balgunsesang8101 │ **인스타그램** www.instagram.com/wsesang

ISBN 978–89–8437–385–3 03860 │ **값** 14,800원
잘못된 책은 구입한 곳에서 교환해드립니다.

나탕에게

살아남기 위해서는, 이야기를 들려주어야 한다.

– 움베르토 에코, 《전날의 섬》 중에서

Sailor spirit

La vie secrète des écrivains

작가들의
비밀스러운 삶

o'clock

Guillaume Musso

차례

사프라니에 곶

라 크루아 뒤 쉬드

은손잡이 비치

푼타 델라고 섬

소나무 만

파도 비치

사라고타 선착장

보몽 섬

북

서 · 동

남

프롤로그

네이선 파울스 수수께끼

(《르 수아르》지 2017년 3월 4일 자)

문학계에서 아예 종적을 감춘 지 20년이 다 되어가는 동안 이제는 전설이 되다시피 한 《로렐라이 스트레인지》의 작가는 요즘도 여전히 남녀노소를 불문하고 모든 연령층 독자들 사이에서 호기심을 불러일으키고 있다. 지중해의 작은 섬에 칩거 중인 작가는 각종 언론미디어에서 들이대는 스포트라이트를 집요하게 거부해오고 있다.

보몽 섬 은둔자에 대한 심층 탐사

뭔가를 감추려고 할수록 감추고 싶어 하는 대상에 대한 호기심이 점점 커지는 현상을 스트라이샌드 효과(Streisand Effet) 라고 한다. 네이선 파울스는 35세에 돌연 문학계에서 은퇴한 이후 이 왜곡된 기제의 희생양이 되었다. 이 프랑스계 미국인 작가의 삶은 지난 20년 동안 줄곧 신비주의라는 아우라를 후광처럼 등에 업고 무성한 뒷말과 소문을 낳고 있다.

1964년 뉴욕에서 미국인 아버지와 프랑스인 어머니 사이에서 태어난 네이선 파울스는 파리 근교에서 어린 시절을 보내다가 학업을 위해 미국으로 건너가 필립스아카데미를 거쳐 예일대학교를 졸업했다. 법학과 정치학을 전공했고, 인도주의 활동에 뛰어들어 몇 년 동안 기아대책본부, 국경없는의사회에서 일하면서 엘살바도르, 아르메니아, 쿠르디스탄 등지에서 생활했다.

잘 나가는 작가

1993년 뉴욕으로 돌아온 네이선 파울스는 정신병원에 입원한 어느 사춘기 소녀의 성장기를 다룬 첫 소설 《로렐라이 스트레인지》를 세상에 선보인다. 출판 직후만 해도 그리 주목받지 못했지만 젊은 독자들 사이에서 입소문이 퍼져나가면서 출간 이후 몇 개월이 지나서야 베스트셀러로 각광받기 시작한다. 2년 후 1천 페이지에 달하는 두 번째 소설 《미국의 한 소도시》를 출간해 퓰리처상을 수상했고, 미국 문학계에서 가장 독창적이고 참신한 목소리를 내는 작가로 자리매김한다.

1997년 말, 네이선 파울스는 미국 문학계를 깜짝 놀라게 한다. 파리에 정착한 이후 처음으로 프랑스어로 쓴 소설을 출간한 것이다. 《벼락 맞은 사람들》은 가슴 아픈 사랑 이야기인 동시에 소중한 사람을 잃은 슬픔과 애도, 인간의 복잡다단한 내면세계, 글쓰기의 힘 등에 대한 성찰을 담고 있다. 프랑스 독자들은 이 소설의 출간을 계기로 네이선 파울스를 재발견하게 되었다고 해도 과언이 아니다. 그가 〈프랑스 앙텐2〉의 문화예술 좌담 프로그램인 〈부이용 드 퀼튀르(Bouillon de Culture)〉 특집 편에 살만 루슈디, 움베르토 에코, 마리오 바르가스 요사와 함께 출연한 것도 그의 이름을 널리 알리는 데 크게 한 몫 했다. 독자들은 1998년 11월에도 같은 프로그램에서 네이선 파울스를 다시 만나게 된다. 그가 사라지기 전 남긴 마지막 텔레비전 출연에 해당한다.

네이선 파울스는 그로부터 7개월 후 35세의 나이에 《AFP통신》과의 대담을 통해 절필의사를 밝혀 다시 한 번 세상을 놀라게 한다.

보몽 섬 은둔자

네이선은 절필을 선언하고 칩거한 이후 끝까지 자신의 입장을 고수해왔다. 보몽 섬의 자택에 틀어박혀 지내는 그는 약속대로 단 한 줄의 글도 발표하지 않았고, 그 어떤 인터뷰 요청에도 응하지 않았다. 그의 소설을 영화 또는 TV드라마로 만들고자 하는 제안이 쇄도했지만 모두 거절했다. 최근에도 넷플릭스와 아마존에서 상당한 액수의 계약금을 걸고 저작권 협상을 시도했지만 응하지 않았다.

'보몽 섬 은둔자'의 침묵은 지난 20년 동안 오히려 사람들 사이에서 온갖 상상과 억측을 불러일으키는 부싯돌 역할을 해왔다.

네이선은 왜 성공가도를 달리던 35세에 돌연 세상을 등지고 칩거의 삶을 택했을까?

초창기부터 네이선의 에이전트를 자처해온 재스퍼 반 와이크는 "네이선에게 수수께끼는 없다."라고 단언한다. "파헤쳐야 할 의혹이나 비밀은 없다. 네이선은 그저 인생의 또 다른 페이지를 열었을 뿐이다. 그는 글쓰기와 출판계를 떠나 새로운 인생을 살고 있다."라고 전했다. 네이선의 일상생활에 대해 묻자 재스퍼는 "내가 아는 한 네이선은 지극히 개인적인 일에 열중하고 있다."라고 답변했다.

행복하게 살기 위해서는 숨어서 지내자

재스퍼 반 와이크는 독자들의 섣부른 기대를 사전에 차단하려는 듯 "지난 20년 동안 네이선은 글이라고는 단 한 줄도 쓰지 않았다. 《로렐라이 스트레인지》를 《호밀밭의 파수꾼》과 비교하는 사람들이 많지만 네이선은 결코 샐린저가 아니다. 그의 집에 원고가 가득 들어 있는 비밀금고 따위는 없다. 앞으로도 결코 네이선이 쓴 소설이 발표될 리 없을 것이다. 그의 사후에도 그런 일은 절대로 일어나지 않을 거라 단언한다."라고 선을 그었다.

재스퍼는 단호한 발언으로 억측과 소문을 사전에 차단하려고 했지만 여전히 많은 사람들이 네이선에 대한 관심과 탐색의 눈길을 거두지 않고 있다. 해를 거듭할수록 네이선이 거처하는 보몽 섬을 찾는 독자들과 기자들의 수가 늘어가고 있다. 그들은 네이선이 실제로 보몽 섬에 거주하는지 보고 싶어 했지만 번번이 굳게 잠겨 있는 대문만 바라보다가 발길을 돌려야만 했다. 섬 주민들도 육지에서 온 순례자들을 향해 경계의 눈초리를 보냈다. 네이선이 섬에 정착하기 전에도 이미 '행복하게 살기 위해서는 숨어서 살자.'를 인생의 가치로 내건 사람들이었으니 그리 놀랄 일도 아니다. 행정직원도 "시 당국은 섬 거주자들이 유명인이든 아니든 신분을 타인에게 알려주지 않는다."라고만 말하고는 입을 닫기 일쑤다. 네이선 파울스에 대해 이러쿵저러쿵 입을 열고자 하는 섬 주민들은 드물다. 다만 외지인들의 질문에 기꺼이 답하는 일부 주민들은 그저 "네이선 파울스는 집안에만 콕 틀어박혀 지내거나 외톨이로 지내지 않는다."면서《로렐라이 스트레인지》작가의 섬 거주를 자연스럽게 받아들이고 있다고 말한다.

"우리는 미니 모크를 끌고 이 섬에서 유일한 식품점인〈에드의 코너〉로 장 보러 오는 네이선을 종종 보곤 해요."

섬에서 유일한 의사의 부인인 이본 시카르 여사는 그렇게 말한다. 네이선 파울스는 섬의 펍에도 자주 드나드는 눈치다.

"네이선은 올랭피크 드 마르세유 팀 축구경기를 재방송해주는 날에 들르는 경우가 많아요."라고 펍 주인은 귀띔한다. 펍의 단골손님 가운데 한 사람은 "네이선을 은둔자로 묘사하는 기자들이 많던데, 내가 보기에는 절대로 비사교적인 인물이 아니다."라고 한다. "네이선은 축구에 해박하고 위스키를 즐기는 유쾌한 인물이죠."라는 말도 빼놓지 않는다. 현재 네이선을 화나게 만드는 화젯거리는 딱 한 가지밖에 없다.

"책이나 문학에 대해 말을 시키면 네이선은 당장 일어나 밖으로 나갈 겁니다."

문학계에서 느껴지는 네이선의 빈자리

동료 작가들 가운데 상당수가 네이선 파울스의 열렬한 지지자들이다. 톰 보이드 역시 네이선에 대해 무한한 찬사를 아끼지 않는다. 《천사들의 삼부작》을 쓴 톰 보이드는 "이제껏 많은 소설들을 읽어 왔지만 나는 네이선의 작품을 읽을 때 가장 벅찬 감동을 맛보았습니다. 네이선은 의심할 여지없이 내가 가장 크게 빚지고 있는 작가들 중 하나입니다."라고 고백한다. 토마 드갈레도 네이선 파울스는 개성이 뚜렷한 소설들을 발표해 대단히 독창적인 작품세계를 구축했다면서 톰 보이드와 같은 입장을 보인다. 토마 드갈레는 "물론 다른 모든 사람들과 마찬가지로 나 역시 네이선이 문학계에서 은퇴한 것에 대해 매우 안타깝게 생각한다."면서 그에 대한 그리움을 감추지 않는다. "우리 시대는 네이선의 목소리를 그리워합니다. 나는 네이선 파울스가 새로운 소설을 들고 문학의 링으로 다시 돌아와 주길 간절히 바라지만 왠지 그런 일은 일어나지 않을 것 같은 예감이 드네요."라고 덧붙인다.

아닌 게 아니라 네이선은 다시 복귀할 가능성이 크지 않다. 네이

선 파울스가 마지막 소설 첫머리에 《리어왕》의 다음 대목을 인용한
사실을 잊지 말자.

　'우리의 실존을 지배하는 건 별들, 저 높은 곳에 있는 별들이다.'

　—장미셸 뒤부아

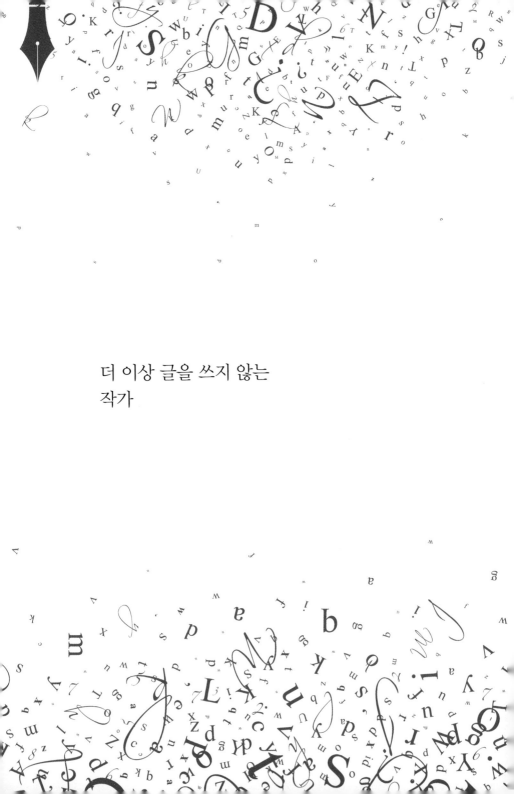

더 이상 글을 쓰지 않는
작가

도서출판 칼망 레비

몽파르나스 가 21호

파리 6구

서류번호 : 379529

라파엘 바타유 씨

아리스티드 브리앙 로, 75호 몽루주 92120

파리, 2018년 5월 28일

선생님

보내주신 원고 《산마루의 수줍음》은 잘 읽어보았습니다. 선생님
께서 우리 출판사에 보여주신 신뢰에 대해 깊이 감사드립니다.
우리 출판사 검토위원회가 꼼꼼하게 살펴보았지만 안타깝게도
우리가 현재 추구하는 출판과는 방향성이 맞지 않는다는 판단을 내
리게 되었습니다.
우리는 최대한 빠른 시일 내에 이 원고를 책으로 출간해줄 출판
사를 만나게 되길 진심으로 바랍니다.

감사합니다.

칼망 레비 문학 담당자

추신 : 원고는 한 달 동안 사무실에 보관될 예정이니 혹시 우편으
로 돌려받고 싶은 경우 소정의 우표를 동봉한 봉투를 보내주시기
바랍니다.

1. 작가의 첫 번째 자질

작가의 첫 번째 자질은 우직한 엉덩이다. –다니 라페리에르

2018년 9월 11일 화요일

1

바람을 잔뜩 머금은 돛들이 쨍한 하늘 속에서 펄럭였다. 딩기 요트는 오후 1시가 조금 지날 무렵 바르 해안을 출발해 5노트의 속력으로 보몽 섬을 향해 나아갔다. 요트의 키 근처, 조타수 옆에 앉은 나는 바다 냄새에 흠씬 취해 지중해 해수면 위에서 찬란히 부서지는 햇살을 눈이 아프도록 바라보았다.

새벽에 파리 인근 원룸을 나선 나는 오전 6시에 출발하는 아비뇽행 초고속열차에 몸을 실었다. 지나간 역사의 어느 한 시절 교황이

잠시 머물렀던 도시 아비뇽에서 내려 버스 편으로 이에르에 도착한 나는 거기서 다시 택시를 타고 생 쥘리앵 레 로즈의 작은 항구까지 달려왔다. 생 쥘리앵 레 로즈는 보몽 섬으로 가는 페리보트를 탈 수 있는 유일한 항구였다. SNCF기차의 거듭되는 연착으로 말미암아 나는 그만 5분 차이로 오전에 한 번 운항하는 페리호를 놓쳤다. 나는 트렁크를 힘없이 질질 끌며 항구를 배회하던 중 마침 네덜란드 출신 요트 선장의 눈에 띄게 되었다. 보몽 섬으로 갈 고객들을 모으고 있던 그는 친절하게도 나에게 자기 배를 타고 보몽 섬으로 갈 생각이 있는지 물었다.

이제 막 스물네 살이 된 내 인생은 자꾸 복잡하게 꼬여가는 중이었다. 2년 전, 파리에서 어느 경영대학을 졸업했지만 애초부터 전공에 맞는 회사를 찾아들어갈 마음은 없었다. 부모님을 안심시키기 위해 어쩔 수 없이 택한 전공이었지만 평생 경영이니 마케팅이니 금융 분야 일을 하며 살고 싶은 생각은 없었다. 나는 대학 졸업 후 2년 동안 다달이 방세를 내기 위해 이런저런 아르바이트를 해나가는 동시에 내 창의적 에너지를 소설 쓰기에 모두 쏟아 부었다. 그렇게 해서 완성한 소설이 바로 《산마루의 수줍음》이었고, 10여 개 출판사에 보낸 결과 하나같이 거절당했다. 나는 출판 불가를 알려주는 편지들을 하나도 빠짐없이 내 책상 위 벽면에 부착해둔 코르크판에 압핀으로 꽂아두었다. 거절편지를 코르크판에 꽂을 때마다 마치 내 심장에 뾰족한 압핀을 찔러 넣는 느낌을 받았다. 나는 글쓰기에 대한 열정이 남달리 강했기 때문에 출판사로부터 인정받지 못한 것에 대한 상처도 깊었다.

다행스럽게 절망감은 그다지 오래 가지 않았다. 적어도 지금껏 나는 실패가 결국 성공으로 이끄는 대기실이라고 굳게 믿어왔다. 스티븐 킹은 서른 번의 고배를 마신 끝에《캐리》를 출판할 수 있었다. 런던에 자리 잡은 출판사들 가운데 절반이 조앤 K. 롤링의《해리 포터 시리즈》첫 권이 '어린 아이들에게는 너무 길다.'고 혹평했다. 현재 전 세계에서 가장 많이 팔린다는 공상과학소설로 등극하기 전까지 프랭크 허버트의《듄》은 출판사들로부터 적어도 스무 번 이상 퇴짜를 맞았다. 프랜시스 스콧 피츠제럴드로 말하자면 단편소설을 출판사에 투고할 때마다 받은 122통의 거절 편지를 모아 서재의 벽면 전체를 도배했다.

2

내가 생각하기에도 구차한 쿠에 요법(Coueism 자기암시, 자기최면에 토대를 둔 방식으로 프랑스의 약사이자 심리학자인 에밀 쿠에가 창시한 치료 요법. 긍정적인 생각을 유지하기 위해 반복적으로 '나는 좋아지고 있다. 하루 하루 좋아지고 있다.' 라고 암시하는 방법 : 옮긴이)은 곧 한계를 드러내기 시작했다. 반드시 훌륭한 작가가 되겠다는 내 의지와는 별개로 다시 글쓰기에 착수하기 쉽지 않았다. 내 글쓰기를 마비시키는 건 백지 공포증이나 아이디어 고갈이 아니었다. 글을 쓰려고 할 때마다 더 이상 앞으로 나아가지 못하리라는 막막한 느낌이 내 발목을 잡았다. 더는 어디로 가야할지 알 수 없었고, 암울한 생각이 지속적으로 머릿속을 가득 채웠다. 내 글쓰기 작업을 새롭게 들여다볼 수 있는 시각이 필요했다. 적당히 타협하지 않고, 냉철하고 신랄하게 내 글쓰기를 바라볼 수 있는 시각…….

올 초에 나는 명성 있는 출판사에서 개설한 창의적인 글쓰기 강의를 수강했다. 내가 당면한 과제들을 명쾌하게 해결해줄 방법을 찾을 수 있길 기대했지만 강의를 맡은 작가 베르나르 뒤피는 내 기대를 전혀 충족시켜주지 못했다.

1990년대에 전성기를 누린 베르나르 뒤피는 자신을 문체의 연마사라고 소개했다. 그는 강의 내내 "독창성 있는 작가가 되려면 구조나 스토리보다는 언어 자체의 탐구에 집중해야 합니다."라는 말을 지겹도록 반복했다. "스토리는 언어를 위해 봉사할 따름입니다. 글쓰기는 형식과 리듬 그리고 언어의 조화를 탐구하는 것 이외에 다른 목표를 가져서는 안 됩니다. 오로지 언어자체를 갈고 닦아야만 독창성 있는 작가로 성장할 가능성이 열립니다. 왜냐하면 셰익스피어 이후 모든 이야기들은 이미 어느 소설에선가 한 번쯤 등장했었기 때문이죠."

하루에 4시간씩 사흘 동안 진행된 글쓰기 강의를 듣기 위해 1천 유로를 지불하느라 통장 잔고가 바닥났기에 나는 더욱 화가 치밀었다. 베르나르 뒤피의 말이 옳을 수도 있겠지만 개인적으로 나는 그와는 완전히 반대되는 생각을 갖고 있었다. 문체는 목표가 될 수 없다는 게 내 지론이었다. 훌륭한 작가가 갖추어야 할 첫 번째 덕목은 흥미진진한 이야기라고 생각해왔다.

독자를 꼼짝 못하게 사로잡는 매력만점 이야기가 아니라면 어느 누가 소설을 집어 들겠는가? 독자들이 잠시나마 실존에서 벗어나 등장인물들이 전하는 내밀한 사연, 그들이 겪는 파란만장한 이야기 속으로 흠뻑 빠져들게 만드는 작가가 최고 아니겠는가?

내가 생각하는 문체란 이야기를 풀어가고, 지속적인 생동감을 부여하는 수단일 뿐이었다. 베르나르 뒤피의 문체 지상주의는 고리타분하기 그지없었다. 사실 내가 꼭 한 번 만나 견해를 듣고 싶은 작가는 네이선 파울스였다. 오래 전부터 그는 나의 우상이었고, 가장 좋아하는 작가였으니까.

사춘기가 끝나갈 무렵 나는 처음으로 네이선 파울스의 소설을 접하게 되었다. 그가 절필을 선언한 지 꽤 오랜 시간이 지났을 때였다. 그의 세 번째 소설 《벼락 맞은 사람들》은 고등학교 졸업반 때 여자 친구 디안 라보리로부터 이별선물로 받은 책이었다. 그 소설은 지나고 나니 어설픈 사랑을 잃은 슬픔보다 훨씬 더 강렬하게 나의 내면을 뒤흔들었다. 나는 네이선 파울스가 쓴 나머지 두 작품 《로렐라이 스트레인지》와 《미국의 한 소도시》도 구입해 읽었다. 그후 지금껏 그 소설들만큼 내 가슴을 뛰게 해준 작품을 만나보지 못했다.

이전에는 단 한 번도 접해본 적 없을 만큼 독창적인 작품이었고, 마치 네이선 파울스가 바로 옆에서 직접 말을 걸어오는 것 같은 느낌을 받았다. 물 흐르듯 자연스러운 전개에 내용 전체에 생기가 넘쳐흘렀고, 강렬하고 독특한 인상을 심어주었다. 나는 그때까지 그 어떤 작가의 팬이 되어본 적 없었는데 그 소설들만큼은 몇 번이나 거듭 읽어도 결코 지루한 적이 없었다. 네이선 파울스의 소설이 나에 대해, 나와 타인들이 이루어가는 관계에 대해, 인생의 방향키를 제대로 잡으려 할 때의 어려움에 대해, 인간의 나약한 의지에 대해, 인간실존의 허약한 부분에 대해 솔깃한 이야기를 담고 있었기 때문이다.

네이선 파울스의 소설은 내게 큰 힘이 되어 주었고, 작가의 길을 걷고자 하는 내 욕망을 증폭시켜주었다. 그가 은둔생활을 시작한 이후 일부 작가들은 그의 문체를 흉내 내고, 구성을 따라하고, 심한 경우 내용을 표절하거나 감수성을 모방했지만 하나같이 발뒤꿈치에도 못 미치는 수준에 머물렀다. 이 세상에 작가 네이선 파울스는 오직 한 사람이었다. 네이선 파울스를 좋아하든 아니든 그가 이 세상에서 유일무이한 작가라는 사실을 인정하지 않을 수는 없었다. 우연히 그가 쓴 몇 줄의 문장만 읽어보아도 누가 쓴 글인지 금세 알아볼 수 있을 만큼 특출한 재능이었다. 독창성이야말로 네이선 파울스가 얼마나 뛰어난 재능을 가진 작가인지 대변해주는 증거였다.

나는 무엇이 네이선 파울스의 소설을 빛나게 하는지 그 비결을 알아보기 위해 그가 남긴 세 권의 소설들을 꼼꼼하게 분석했고, 언젠가 그를 직접 만나 소설에 대한 의견을 들어보고 싶었다. 답장을 받을 가능성이 거의 없었지만 그의 책을 낸 프랑스 출판사와 미국에 있는 에이전트에게도 여러 차례 편지를 보냈다. 내가 쓴 원고를 보낸 적도 있었다.

열흘 전, 보몽 섬의 공식 홈페이지에서 보낸 뉴스레터를 보다가 문득 시선을 끄는 구인광고 하나를 발견했다. 섬 안에 있는 자그마한 서점 〈라 로즈 에카르라트(La Rose Écarlate 진홍색 장미라는 뜻 : 옮긴이)〉에서 직원을 구한다는 광고였다. 나는 서점에 직접 이메일을 보내 지원의사를 밝혔다. 그날 바로 서점 주인인 그레구아르 오디베르가 페이스타임을 통해 내 지원을 받아들이겠다는 연락을 보내왔다. 3개월 계약조건이었고, 급여는 보잘것없었지만 숙소를 제공해주고 마을 광장에 위치한 식당 〈포르 드 카페〉에서 하루 두 끼 식사를 해결해준다는 부대조건이 마음에 들었다.

나는 보몽 섬에서 일자리를 얻게 되어 뛸 듯이 기뻤다. 서점주인은 비록 일과시간이라고 하더라도 딱히 바쁘지 않을 경우 글을 써도 무방하다고 말해주었다. 풍성한 영감이 떠오르는 보몽 섬에서 글을 쓸 수 있는 시간까지 확보하게 된 셈이었다. 보몽 섬에서 지내다보면 우연히 네이선 파울스를 마주할 기회가 찾아올지도 모른다고 생각하니 더욱 기분이 좋았다.

3

네덜란드 출신 선장이 요트의 속도를 늦추었다.

"저기가 바로 보몽 섬일세."

선장이 수평선 위로 우뚝 솟아오른 붉은 실루엣을 가리키며 말했다.

바르 해안에서 배로 45분 거리인 보몽 섬을 처음 보는 순간 초승

달이 떠올랐다. 길이 15킬로미터에 폭이 6킬로미터로 휘어진 활처럼 생긴 섬이었다. 보몽 섬을 직접 접하고 보니 야생의 자연미를 그대로 간직하고 있는 보물 상자라 할 수 있었다. 에메랄드빛 바다를 품고 있는 자그마한 만들, 바위 절벽들, 해송들, 고운 모래사장들로 이루어진 섬을 보는 순간 왜 지중해의 진주로 불리는지 그 이유를 알 수 있을 듯했다. 아직 섬을 찾는 관광객의 발길이 많지 않아 환경오염의 폐해로부터 벗어나 있는 곳, 콘크리트 건물 숲이 없는 영원한 코트다쥐르(Côte d'Azur 이탈리아의 리비에라에서부터 프랑스 남부 지중해 연안 일대를 일컫는 말, 새파란 해안을 뜻함 : 옮긴이)······.

나는 지난 열흘 동안 보몽 섬에 대한 자료를 최대한 긁어모았다. 1955년부터 보몽 섬은 이탈리아 기업가인 갈리나리 가문 소유로 되어 있었다. 세상사람들 앞에 나서길 좋아하지 않는 갈리나리 가문 사람들은 1960년대 초에 보몽 섬에다 천문학적인 금액을 투자해 수로정비와 택지조성사업을 벌이는 한편 인근 지역 섬들 가운데 처음으로 레저용 선박 항구를 건설했다. 현대적인 시설을 갖춘 항구를 조성하되 무분별한 개발로 천혜의 환경을 파괴하지 않고 야생의 자연을 있는 그대로 보존해야 한다는 조건이었다. 섬 주민들 입장에서 보자면 현대적인 모습이란 투기꾼과 관광객이라는 두 부류 얼굴을 떠올리게 했다.

보몽 섬 시의회는 난개발을 제한하기 위해 지극히 단순한 방법을 동원했다. 섬에 설치되는 수도 계량기 숫자를 동결한다는 조건이었다. 미국 캘리포니아 주의 작은 도시 볼리나스 행정당국이 오래도록 고수해온 방식이었다. 그 결과, 지난 30년 동안 섬 인구는 줄곧 1,500명 언저리를 맴돌았다. 보몽 섬에는 부동산중개업자가 없었다. 섬의 집은 대부분 가족에게 상속되었다. 새로운 주민을 받아들일지 말지는 오로지 기존의 주민들에게 선택권이 있었다. 관광사업은 대륙과의 긴밀한 협조를 통해 통제 가능한 수준으로 억제되었다. 성수기나 한겨울이나 오직 하루에 한 척의 배만이 육지와 섬을 오갔다. 모두들 테메레르(Téméraire '무모한', '경솔한'을 의미함 : 옮긴이) 호를 페리호라 부르고 있지만 사실은 정확한 명칭이 아니었다. 배는 하루에 3회 그러니까 8시, 12시 30분, 19시에 보몽 섬에서 생 쥘리앵 레 로즈 부두를 향해 출발했다. 배의 티켓을 판매하는 방식도 독특했다. 예매가 불가했고, 섬 주민들이 우선적으로 배에 탑승할 수 있는 방식으로 운영되고 있었다.

보몽 섬 주민들이 대놓고 배타적인 태도를 취한 건 아니었지만 관광객들을 위한 편의시설이 제대로 갖추어져 있지 않은 건 어김없는 사실이었다. 섬 전체를 통틀어 카페가 하나, 식당이 둘, 펍이 하나 있을 뿐이었다. 호텔은 물론이려니와 민박집도 없었다. 관광객들의 방문을 허용하지 않을수록 신비주의로 포장되어 점점 더 많은 사람들이 보몽 섬을 버킷리스트에 집어넣고 언젠가 꼭 한 번 가보고 싶은 곳으로 꼽기에 이르렀다. 사시사철 붙박이로 사는 주민들 이외에도 부유한 사람들 몇몇이 섬에 별장을 구입한 사례가 있었다. 빼어난 경관과 목가적이고 평화로운 분위기에 매료된 기업인들과 예술가들이었다. 첨단기술 산업을 이끄는 기업 대표, 와인업계 유명인사 두어 명이 보몽 섬에 대저택을 구입해 보유하고 있었다. 섬 주민들은 그들이 사회적으로 얼마나 명망이 높고, 얼마만큼의 재산을 보유하고 있는지에 대해 딱히 관심이 없었다. 다만 외지에서 온 사람들이 보몽 섬을 지탱해온 가치들을 군말 없이 받아들일 경우 섬 밖으로 밀어내지는 않았다. 게다가 보몽 섬에 발을 들여놓은 사람이라면 누구나 야생의 자연을 보존해야 한다는 목소리에 힘을 실어주는 형국이었다.

섬 주민들만이 온갖 혜택을 누리는 행태는 타 지역 사람들의 불만을 살 수밖에 없었고, 비난의 화살이 되었다. 그러자 1980년대 초에 들어선 사회당 정부는 보몽 섬을 국가에서 사들이려는 움직임을 보였다. 공식적으로는 보몽 섬을 인류의 자연문화유산으로 지정해 보존해야 한다는 명분을 내세웠지만 실제로는 섬 주민들이 누려온 예외적인 혜택에 대해 종지부를 찍고자하는 의도였다. 정부의 섬 인수계획에 반대하는 주민들이 대대적인 저항운동을 벌였고, 결국 정부는 한 발 뒤로 물러설 수밖에 없었다. 그 이후 정부는 보몽 섬이 매우 특수한 곳이라는 현실을 받아들이게 되었다. 그 덕분에 수정처럼 맑은 바닷물 위에 떠 있는 작은 낙원은 지금껏 명맥을 유지해 올 수 있게 되었다. 프랑스라고 할 수 없는 프랑스의 한 조각.

4

배에서 내린 나는 트렁크를 끌고 선창에서부터 이어진 포석 깔린 길로 접어들었다. 레저용 선박 항구는 규모는 그리 크지 않았지만 나무랄 데 없이 깔끔하게 정비된 모습으로 한껏 매력을 발산하며 일대에 활력을 불어넣었다. 작은 만을 에워싸는 형태로 이루어진 도심은 마치 대학의 대형 강당을 연상시켰다. 언덕에 자리한 각양각색의 집들은 쨍한 하늘 아래에서 눈부신 빛을 발산했다. 언덕에 층층이 배치된 집들이 발산하는 강렬한 빛을 마주하는 순간 어렸을 때 부모님과 함께 놀러갔던 그리스의 히드라 섬이 생각났다. 잠시 후 좁고 가파른 골목길로 들어서면서 나는 어느새 1960년대 이탈리아 거리를 거닐고 있는 것 같은 착각에 빠져들었다. 가파른 오르막길을 오르자 눈앞에 보석처럼 아름다운 해변과 모래언덕이 펼쳐졌다. 미국 매사추세츠의 광대한 모래사장을 연상케 하는 경관이었다. 시내로 이어진 포석 깔린 길에서 내 여행용캐리어 바퀴가 눈치 없이 계속 듣기 싫은 소리를 내는 동안 나는 보몽 섬이 펼쳐 보이는 특별한 마법이란 이처럼 종잡을 수 없는 요소들의 어우러짐에 있다는 걸 은연중 간파했다. 보몽 섬은 카멜레온 같은 곳이었고, 독특하고 개성이 넘쳐 딱히 분류가 불가능한 곳이었다. 섣불리 규정하고 분석하고 설명하려든다는 게 얼마나 부질없는 짓인지에 대해서도 깨달았다.

나는 곧 시내 중심부에 위치한 광장에 다다랐다. 프로방스 지방을 연상시키는 풍광 탓인지 내가 현재 서 있는 광장이 방금 전 지오노의 소설에서 툭 튀어나온 곳처럼 보였다. 중앙광장 혹은 순교자 광장이라는 이름이 붙은 곳으로 보몽 섬의 심장부라 할 수 있었다. 나무 그늘이 드리운 광장 주변에 시계탑과 전몰자 기념물, 졸졸 소리를 내며 흘러내리는 분수, 페탕크 경기장이 자리하고 있었다. 포 도넝쿨 아래로 섬에서 딱 두 집밖에 없다는 식당이 나란히 어깨를 맞대고 있었다. 〈생 장 이베르〉와 〈포르 드 카페〉. 나는 〈포르 드 카 페〉의 테라스에서 생김새로 보아 그레구아르 오디베르가 틀림없는 사람을 알아보았다. 그는 소금과 후추로 간을 한 아티초크 접시를 비우고 있는 중이었다. 희끗희끗한 턱수염에 몸에 딱 맞는 조끼, 심 하게 구겨진 린넨 재킷 차림에 예전 초등학교 교사 분위기를 물씬 풍기는 사람이었다.

나를 알아본 서점 주인이 내가 열두 살짜리 어린아이라도 되듯 사 이다 한 잔을 시켜주며 맞은편 자리를 권했다.

"단도직입적으로 말하겠네. 난 올 연말에 서점 문을 닫을 작정이 야."

그레구아르 오디베르가 굳이 에둘러 말할 필요가 없다는 듯 대놓 고 선언했다.

"적어도 갑작스럽게 내린 결정은 아니겠군요?"

"사실은 서점 문을 닫아야 하기 때문에 도와줄 일손이 필요했던 거라네. 재고정리도 하고, 회계 장부도 점검하고, 최종 재고조사를 하려면 혼자서는 불가능하니까."

"당분간이 아니라 아예 서점 문을 닫겠다는 말씀인가요?"

서점 주인은 빵 조각으로 접시에 남은 올리브유를 깨끗이 닦으며 고개를 끄덕였다.

"왜죠?"

"더 이상 버틸 수가 없다네. 지난 수년간 지속적으로 매출이 하락하고 있는데 전혀 회복기미가 보이지 않아. 자네도 오프라인서점이처한 현실이 얼마나 암담한지 잘 알고 있을 거야. 정부는 세금이라고는 단 한 푼도 내지 않는 인터넷기업들이 맘껏 돈을 긁어모을 수있도록 손을 아예 놓아버리고 있는 실정이지."

서점 주인은 한숨을 푹 내쉬더니 잠시 생각에 잠겼다. 한편으로는 체념한 운명론자 같기도 했고, 다른 한편으로는 도발적인 선동자같기도 했다.

"누구나 스마트폰 클릭 세 번이면 집에서 편안하게 책을 받아볼수 있는 시대야. 수고스럽게 서점을 방문할 까닭이 뭐 있겠나."

"저라면 서점을 직접 방문해야 할 이유가 정말 많은데요. 혹시 서점을 인수할 사람이 있는지 알아봤습니까?"

서점 주인은 어깨를 으쓱했다.

"요즘 어떤 사람이 서점 운영에 관심을 갖겠나? 다들 서점이 돈벌이 수단이 될 수 없다는 걸 너무나 잘 알고 있어. 많은 서점들이 문을 닫고 있고, 앞으로도 한동안 그런 추세가 이어질 걸세."

그레구아르가 단지에 남아있던 와인을 잔에 따르더니 단숨에 비웠다.

"내가 〈라 로즈 에카르라트〉를 구경시켜 주겠네."

그레구아르가 가방을 챙기더니 자리에서 일어서며 말했다.

나는 광장을 가로질러 서점으로 향하는 그를 뒤따라 걸었다. 서점에 도착한 그는 문을 열고 안으로 들어섰다. 진열장에 전시되어 있는 책들을 보니 벌써 몇 달째 그 자리를 지키고 있는 듯 뿌연 먼지를 뒤집어쓰고 있었다. 서점 내부도 진열장 못지않게 침울했다. 커튼을 쳐놓아 빛이라고는 조금도 들어오지 않았다. 호두나무로 짠 선반들은 나름 개성과 품격이 있었지만 대부분 지극히 고답적이고 전문적인 지식을 뽐내는 책들만 꽂혀 있었다. 첫눈에 잘난 체하는 학자, 고리타분한 삶을 지향하는 모범생들에게만 서점에 드나들 자격이 부여된 것 같다는 느낌이 들었다. 아직 그레구아르 오디베르라는 인물이 어떤 성향인지 파악하기 전이었지만 그가 만약 SF소설, 판타지소설, 로맨스소설, 망가 따위를 팔아야 하는 상황에 처한다면 아마도 심장마비를 일으키게 될지도 모른다는 생각이 들었다.

"자네가 묵을 방을 보여주겠네."

그레구아르가 서점 구석에 있는 계단을 가리키며 말했다.

2층은 서점 주인의 살림 공간이었다. 내가 지낼 숙소는 그 위층 다락방이었다. 나는 삐걱거리는 문을 열고 옥상 테라스로 나갔다. 마치 깜짝 선물처럼 활기찬 중앙광장의 모습이 한눈에 들어왔다. 바다까지 이어진 멋진 전망이 침체된 사기를 끌어올려주었다. 짙은 황토색 석재건물들 사이로 난 좁은 골목들이 해안까지 굽이치며 이어져 있었다.

짐 정리를 대충 마친 다음 그레구아르가 어떤 일을 해주길 원하는지 알아보기 위해 아래층 서점으로 내려갔다.

"여긴 와이파이가 잘 안 잡혀." 그레구아르가 고물 PC를 켜며 말했다. "위층에 설치해둔 셋톱박스를 자주 다시 부팅해줘야 하지."

서점 주인은 컴퓨터가 켜지길 기다리며 소형 레인지를 켜더니 커피메이커에 원두커피 가루를 집어넣었다.

"자네도 커피 한 잔 하겠나?"

"네, 감사합니다."

그레구아르가 커피를 준비하는 동안 나는 서점 안을 이리저리 둘러보았다. 책상 뒤에 걸려 있는 코르크 게시판에 해묵은 주간지 《리브르 에브도(Livres Hebdo 프랑스에서 발간되는 출판 소식지 : 옮긴이)》의 표지들이 부착되어 있었다. 로맹 가리(Romain Gary 1914-1980 프랑스 작가. 에밀 아자르라는 필명으로도 활동했다. 《자기 앞의 생》, 《새들은 페루에 가서 죽다》 등의 작품이 널리 알려져 있다 : 옮긴이)가 여전히 작품을 쓰던 시절(드라마틱한 효과를 주기 위해 과장한 게 절대 아니다)에 간행된 주간지들이었다.

나는 마음 같아서는 당장 커튼을 모두 활짝 열어젖히고, 가장자리가 나달나달해진 불그죽죽한 양탄자도 싹 걷어버리고, 서적 진열 선반과 테이블들도 모조리 새롭게 배치하고 싶었다.

그레구아르는 내 속마음을 읽기라도 한 듯 말문을 열었다.

"〈라 로즈 에카르라트〉는 1967년에 처음 문을 열었네. 자네도 보다시피 지금이야 볼품없이 쇠락해가고 있지만 예전에는 더없이 영예로운 서점이었지. 프랑스 작가들은 물론 외국의 저명한 작가들이 두루 서점을 방문해 독자들과 만남 행사를 갖고 사인회를 열기도 했으니까."

그레구아르는 서랍에서 가죽 장정으로 된 방명록을 꺼내더니 읽어보라는 무언의 명령처럼 나에게 내밀었다. 아닌 게 아니라 방명록에 붙어있는 사진들 중 미셸 투르니에, J.M.G. 르 클레지오, 프랑수아즈 사강, 장 도르메송, 존 어빙, 존 르카레 그리고 내가 가장 만나고 싶어 하는 네이선 파울스의 얼굴이 있었다.

"이토록 유서 깊은 서점인데 문을 닫아야 한다는 게 정말이지 아쉬워요."

"난 미련이 없어." 그레구아르가 전혀 망설이지 않고 말했다. "사람들이 책을 읽지 않는데 어떻게 서점을 운영하겠나?"

나는 그의 말을 애써 수정해주었다.

"책을 구입해 읽는 사람들이 예전보다 많이 줄긴 했죠. 종이 책이 아니라서 그렇지 아직 뭔가 읽기를 좋아하는 사람들은 많다고 봅니다. 종이 책 대신 킨들이나 오디오북, 페이스북 같은 다양한 방식을 통해 글을 읽고 있으니까요."

그레구아르는 이탈리아 산 커피메이커에서 휘파람 소리가 나자 가스레인지를 껐다.

"자네는 내가 무얼 말하는지 잘 알고 있지 않나? 나는 오락적인 출판물이 아니라 '진정한 문학'에 대해 말하는 걸세."

그레구아르 같은 사람들의 입에서 언제나 '진정한 문학' 또는 '진정한 작가'라는 말이 튀어나오기 마련이었다. 나는 누군가에게 이 책은 가치가 있으니 반드시 읽어야 하고, 어떤 책은 내용이 형편없는 쓰레기이니 읽지 말라고 한 적이 없었다. 나는 그렇게 말해도 되는 권리를 부여받은 적이 없으니까. 그레구아르처럼 '진정한 문학'

과 '사이비 문학'을 가리는 판관의 지위를 누리려는 사람들을 볼 때마다 나는 지나치게 오만한 발상이라고 여겨왔다.

"자네 주변에는 책을 읽는 독자들이 많은가?" 서점 주인은 아랑곳하지 않고 계속 말을 이었다. "그러니까 책을 읽기 위해 많은 시간을 할애하는 독자들 말일세."

그는 내가 미처 대답도 하기 전에 혼자 열을 올렸다.

"요즘 프랑스에 '진정한 독자'가 몇 명이나 남아있겠나? 1만 명? 5천 명? 어쩌면 그보다도 적을지 몰라."

"지나치게 부정적인 생각 같습니다만……."

"아니야, 먼저 현실을 제대로 진단하고, 시대의 조류에 맞게 새로운 선택과 각오를 해야 하네. 프랑스 문학은 지금 불모의 사막으로 들어서고 있어. 작가가 되고 싶어 하는 사람들은 많은데 정작 책을 읽는 독자들은 점점 사라지고 있네."

나는 지겹고 구태의연한 대화에서 벗어나기 위해 방명록에 붙어 있는 네이선 파울스의 사진들을 가리켰다.

"네이선 파울스를 알아요? 서점에 왔었다면 직접 만나 보셨겠네요?"

그레구아르는 자못 실망했다는 듯 입을 비죽 내밀더니 눈살을 찌푸렸다.

"그냥 조금 알고 지내는 정도야. 하긴 네이선 파울스를 개인적으로 알고 지내는 사람이 몇이나 되겠나?"

서점 주인은 내 잔에 잉크처럼 짙은 빛깔 커피를 따랐다.

"네이선 파울스는 1995년인가 1996년에 사인회를 열기 위해 이 서점에 왔었어. 네이선이 처음 보몽 섬에 발을 내디딘 순간이었지. 그는 섬의 풍광에 완전히 매료되었어. 그가 섬에 정착하기 위해 집을 구할 때 내가 많은 도움을 주었지. 지금 그가 살고 있는 집을 섬 주민들은 〈라 크루아 뒤 쉬드(La Croix du Sud 남십자자리라는 뜻 : 옮긴이)〉라고 불렀지. 그 이후로는 그와 전혀 교류하지 않았어."

"네이선이 이따금 서점에 오지 않던가요?"

"아니, 전혀."

"만약 제가 네이선을 찾아가 만나게 되면 책에 헌사라도 받아낼 수 있을까요?"

그레구아르는 한숨을 푹 내쉬고 나서 고개를 절레절레 저었다.

"내가 자네를 위해 진심으로 충고하는데 네이선을 만나고 싶다는 생각을 버리게. 그가 쏘아대는 펌프액션 총알을 맞고 싶다면 어쩔 수 없겠지만 말일세."

네이선 파울스가《AFP》와 가진 대담

《AFP》1999년 6월 12일 기사 발췌

당신은 현재 서른다섯 살 젊은 나이에 작가로서 최고의 영예를 누리고 있고, 최정상에 올라 있는데 왜 작가 경력에 종지부를 찍으려고 하는지요?

난 지난 10년 동안 진지하게 글을 써왔습니다. 무려 10년 동안 아침에 일어나자마자 엉덩이를 의자에 붙이고 눈을 모니터와 키보드에 고정시키고 살았다고 해도 과언이 아닙니다. 이제 더는 그런 삶을 원하지 않습니다.

절필 선언을 번복할 생각은 없습니까?

네, 예술은 길고, 인생은 짧습니다.

기억하기로 당신은 제목을 정하지는 않았지만 잠정적으로 《무적의 여름》이라고 부르는 소설을 쓰고 있다고 말한 적 있지 않나요?

그 소설은 초고 단계를 넘어서지 못했고, 현재는 집필을 포기했습니다.

당신의 신작을 눈이 빠지도록 기다리는 독자들에게 전할 말이 있습니까?

이제 저는 소설을 쓰지 않을 테니 그만 기다리십시오. 세상에 저 말고도 작가들은 많습니다. 이제 다른 작가들의 소설을 찾아 읽으세요.

글을 쓴다는 건 어려운 일입니까?

쉽다고 할 수는 없겠지만 다른 일보다 더 힘들다고 단정할 수도 없습니다. 글쓰기가 머릿속을 복잡하게 만들고, 불안감을 불러일으키는 원인이 되는 건 전혀 합리적이지 않은 부분 때문입니다. 가령 당신이 세 권의 소설을 쓴 작가라고 하더라도 네 번째 소설을 쉽게 쓸 수 있다고 확신할 수는 없습니다. 글쓰기는 정해진 방식과 규칙, 어디로 가야 하는지 이정표가 나와 있지 않은 영역이죠. 새로운 소설을 시작할 때마다 늘 한 번도 겪어보지 못한 미지의 세계로 뛰어드는 셈이니까요.

당신은 글쓰기 말고 달리 잘하는 게 있습니까?

지극히 주관적인 생각이지만 송아지 찜 요리는 제법 잘 만드는 것
같네요.

당신이 쓴 소설들이 후세에도 길이 남을 거라고 생각합니까?

저는 그렇게 되지 않길 바랍니다.

현대사회에서 문학은 어떤 역할을 할 수 있을까요?

문학의 사회적 역할에 대해서는 이제껏 한 번도 생각해본 적 없습
니다. 이제 와서 새삼 생각해보고 싶은 마음이 들지는 않네요.

당신은 앞으로 그 어떤 인터뷰도 하지 않겠다고 공표하셨는데요?

지금껏 수많은 인터뷰를 했습니다. 책을 알리는 홍보 효과를 제
외하면 그다지 큰 의미가 있다고 할 수도 없었고, 돌이켜보면 왜곡
된 구술 문제 풀기는 아니었는지 생각되곤 합니다. 대부분 언론들
은 부정확한 방식으로 인터뷰를 기사화합니다. 인터뷰 내용을 제멋
대로 가위질하고, 맥락을 잃고 옮기는 일이 다반사죠. 나름 열심히
노력해봤지만 내 소설들을 '설명하는' 일의 의미를 찾을 수 없었습
니다. 하물며 내 정치적 성향이나 사생활에 대한 질문에도 나름 충
실히 답변을 내놓아야 한다는 게 여간 성가시지 않더군요.

독자 입장에서 보자면 흠모하는 작가가 살아온 삶을 알게 되면 그가 쓴 글을 훨씬 더 잘 이해할 수 있을 것 같은데요. 그렇지 않나요?

마거릿 애트우드가 말했듯이 어떤 작가가 쓴 글이 마음에 들기 때문에 만나고 싶다면 푸아그라 요리를 좋아하기 때문에 거위를 만나봐야 하는 경우나 다를 바 없지 않나요.

독자가 좋아하는 작가를 만나 어떤 의미로 쓴 글인지 물어보고 싶은 마음이 드는 건 지극히 정당한 발상 아닌가요?

정당하지 않습니다. 독자와 작가 사이에서 맺을 수 있는 유일하게 가치 있는 관계는 글을 읽는 겁니다.

2. 글쓰기 학습

작가라는 직업은 기수라는 직업을 상당히 안정된 일자리로 보이게 만든다. –존 스타인벡

일주일 후

2018년 9월 18일 화요일

1

나는 고개를 푹 숙이고, 두 손으로 자전거 핸들을 꽉 잡은 가운데 섬 동쪽 끄트머리에 있는 정상을 향해 마지막 안간힘을 다해 페달을 밟았다. 잔뜩 경직되어 있는 온몸에서 굵은 땀방울이 솟아났다. 자전거는 족히 1톤은 될 듯 무거웠고, 등에 짊어진 배낭의 끈이 어깨를 파고들었다.

보몽 섬과 사랑에 빠지기까지 그리 오랜 시간이 필요하지 않았다.

섬에 도착한 이후 일주일가량 시간이 흐르는 동안 틈만 나면 섬 여기저기를 돌아다녔다. 그 결과 섬 북쪽 해안 지리와 풍경이 금세 익숙해졌다. 항구와 도심, 아름다운 모래밭이 있는 지역이었다. 깎아지른 절벽들과 기암괴석들이 버티고 선 남쪽 해안은 접근이 힘들어 야생의 멋을 그대로 보존하고 있는 반면 북쪽 해안보다는 덜 아기자기했다. 섬 남쪽이라고는 생트 소피 반도에 딱 한 번 가보았을 뿐이었고, 그곳에서 스무 명쯤 되는 베네딕트 수도회 소속 수녀들이 생활하는 수도원을 얼핏 본 게 전부였다.

지금 내가 가고 있는 사프라니에 곶은 총 길이 40킬로미터쯤 되는 섬 순환도로 스트라다 프린치팔레에서 벗어나 있는 곳이었다. 사프라니에 곶에 가려면 북쪽 해안에 위치한 마지막 모래사장인 은손잡이 비치를 지난 다음 솔숲 사이로 난 좁다란 오솔길을 2킬로미터 정도 더 올라가야 했다.

지난 일주일 동안 알아본 정보에 따르면 오솔길 끝에 네이선 파울스의 자택이 있었다. 마침내 목적지에 도착했을 때 내 눈에 들어온 광경은 편암 석재를 쌓아 만든 높다란 담장 사이에 부착되어 있는 알루미늄 문짝 하나가 전부였다. 우편함이나 집주인 문패는 보이지 않았다. 섬 주민들이 〈라 크루아 뒤 쉬드〉라는 이름으로 부르는 집이었지만 그 어디에도 옥호가 적혀있지 않았다. 사유지, 출입금지, 무서운 개, 감시카메라 작동 중이라는 경고문구가 적힌 팻말들만이 음산한 느낌을 풍기며 방문객을 맞아주었다. 초인종도 없어 집을 찾아온 방문객이 있다는 사실을 알릴 방법이 없었다. 요컨대 집주인의 의도는 명확했다.

당신이 누구든 환영하지 않는다.

일단 자전거를 세워두고 높은 담장을 끼고 걷다보니 어느 지점부터 솔숲은 사라지고, 무성하게 자란 히스, 도금양, 야생 라벤더 덤불이 그 자리를 대신 차지하고 있었다. 5백 미터쯤 걷자 바다가 굽어보이는 절벽이 나타났다.

아래로 추락할 경우 뼈가 산산조각 날 위험이 있었지만 나는 발을 디딜만한 바위가 있는 지점까지 절벽을 타고 내려갔다. 이 바위에서 저 바위로 발을 옮겨야 하는 위험이 계속 뒤따랐다. 겨우 절벽을 내려와 해안을 따라 50미터쯤 더 걷다가 커다란 바위를 끼고 돌았다. 마침내 네이선 파울스의 자택이 시야에 들어왔다.

바위절벽 중턱에 지은 집으로 마치 바위들 틈에 틀어박힌 형태였다. 〈라 크루아 뒤 쉬드〉는 현대건축의 조류를 충실히 반영해 설계한 듯 보였다. 평행육면체 형태 집에 시멘트 틀의 줄 자국과 철근을 그대로 드러낸 노출 콘크리트 외벽이 조화를 이루고 있는 집이었다. 테라스를 끼고 있는 3층 집으로 돌계단을 타고 바다로 직접 내려갈 수 있는 구조였다. 집 건물이 마치 절벽과 한 몸을 이루고 있는 듯 보였고, 여객선처럼 여러 개의 현창이 규칙적으로 배열되어 있었다. 석재기단을 뚫어 문을 낸 부분은 아마도 창고로 사용하고 있는 공간인 듯했다. 그 앞에 목재부교가 놓여 있었고, 다리 끝에 유광목재로 제조한 모터보트 한 척이 보였다.

조심스럽게 바윗길을 걸어가던 도중 나는 2층 테라스에서 움직이는 생물체를 본 느낌이 들었다. 혹시 문제의 생명체가 네이선 파울스일지도 모른다고 생각하며 조금이라도 더 정확하게 살피기 위해 손으로 차양을 만들어 테라스를 바라보았다. 마침내 총을 겨누고 있는 남자의 실루엣이 시야에 들어왔다.

2

흠칫 놀란 내가 재빨리 바위 뒤로 몸을 숨기는 순간 허공에서 총성이 울렸다. 4,5미터쯤 떨어진 곳에 총알이 떨어진 듯 날카로운 금속성 파열음이 울려 퍼졌다. 나는 일분쯤 몸을 꼼짝하지 않고 앉아 있었다. 심장이 쿵쾅거리며 뛰었고, 몸 전체가 덜덜 떨려왔다. 등줄기를 타고 땀이 흥건하게 흘러내렸다. 그레구아르가 내게 한 말은 결코 과장이 아니었다. 네이선 파울스는 집을 찾아온 불청객을 향해 마치 산비둘기 사냥하듯 서슴지 않고 총을 갈겨대는 사람이 분명했다.

나는 여전히 바닥에 납작 엎드려있었고, 숨조차 제대로 쉴 수 없었다. 불청객을 향한 1차 경고를 받고 나자 이제 더 기다릴 것도 없이 어서 몸을 일으켜 도망치라는 목소리가 내면 가득 울려 퍼졌다. 그런 한편 이대로 돌아갈 수는 없다는 오기가 뻗치고 일어났다. 나는 벌떡 일어나 집을 향해 천천히 걸어갔다. 이제 일층으로 내려온 네이선 파울스는 여전히 총을 들고 석재 타일 위에 버티고 서서 바윗길을 걷고 있는 나를 유심히 내려다보았다. 이내 두 번째 총성이 울려 퍼졌고, 총알이 바람에 쓰러진 나무 등걸을 맞혔다. 나무 파편들이 둥그런 화환처럼 퍼져나가며 내 얼굴에 가벼운 상처를 냈다. 몸이 벌벌 떨릴 만큼 겁이 났지만 고집스럽게 집을 향해 걸어갔다. 이 바위 저 바위를 건너뛰어야 할 만큼 험한 길이었다. 내가 그토록 좋아하는 소설을 쓴 작가가 살인을 저지를 리 없다고 믿었다. 내 생각이 잘못되었다는 걸 깨닫게 해주려는 듯 세 번째 총성이 울렸다. 내가 착용한 캔버스 농구화로부터 불과 50센티미터 떨어진 지점에서 흙먼지가 일었다. 나는 아랑곳하지 않고 집을 향해 걸어갔고, 이내 네이선 파울스가 서 있는 몇 미터 앞에 다다랐다.

"당장 꺼져! 넌 지금 내 사유지를 침범했어!"

네이선이 석재 타일 위에 서서 소리쳤다.

"그렇다고 저를 총으로 쏴도 되는 건 아니잖아요."

"나는 쏠 수 있어."

햇빛이 정면으로 쏟아져 눈이 부셨다. 네이선 파울스는 해를 등지고 서 있어 어렴풋이 윤곽만 들어올 뿐 얼굴을 자세히 볼 수 없었다. 중간 정도 되는 키에 다부진 체격으로 파나마모자에 푸른 빛깔이 도는 선글라스를 착용하고 있었다. 그는 여전히 내게 총구를 겨누고 있었고, 여차하면 언제라도 발사할 기세였다.

"여긴 무슨 일로 왔나?"

"당신을 만나 보려고 왔어요."

나는 《산마루의 수줍음》 원고를 꺼내기 위해 배낭을 내려놓았다.

"라파엘 바타유라고 합니다. 소설을 한 편 썼는데 한 번 읽어봐주시고, 어떻게 생각하시는지 말씀을 듣고 싶어서요."

"네 놈이 쓴 소설이 나와 무슨 상관이 있지? 게다가 나는 네 놈이 내 집까지 찾아와도 된다고 허락한 적이 없어."

"저는 당신을 존경하는 만큼 마음을 불편하게 해드릴 생각이 없어요."

"네 놈은 이미 나를 몹시 불편하게 하고 있어. 나를 존경한다면 어느 누구에게도 방해받고 싶지 않은 내 권리를 존중해주어야 마땅하다고 생각하는데?"

테라스에 멋진 금발의 골든 리트리버가 나타나더니 나를 향해 컹컹 짖어댔다.

"내가 총을 쏘며 경고했는데 왜 계속 다가왔지?"

"당신이 저를 죽이지 않으리라는 걸 알고 있으니까."

"왜 그런 생각이 들었지?"

"당신이 《로렐라이 스트레인지》와 《벼락 맞은 사람들》을 쓴 네이선 파울스라면 결코 그런 짓을 저지르지 않을 테니까요."

여전히 정면으로 햇빛을 받고 서있는 나의 귀에 네이선이 비아냥거리는 소리가 들려왔다.

"작가가 등장인물들에게 부여한 도덕성을 그대로 보유하고 있을 거라고 생각한다면 지나치게 순진한 발상이야. 심지어 멍청하다고 해야 하겠지."

"저는 그저 당신의 조언을 듣고 싶을 뿐입니다. 내 실력을 향상시키려면 반드시 당신의 도움이 필요합니다."

"조언? 그깟 조언을 듣는다고 실력이 금세 좋아질 거라 생각하나? 작가적 재능이 있다면 네 놈은 이미 스스로 무엇이 문제인지 깨달았어야 해."

"조언을 듣길 간절히 바라는 사람에게 친절을 베푼다고 해서 잘못될 건 없잖아요."

"어느 누구도 너에게 글쓰기 방법을 가르쳐줄 수는 없어. 결국 스스로 터득해야 하는 부분이니까."

네이선 파울스는 생각에 잠긴 듯 개의 머리를 쓰다듬으며 잠시 경계심을 내려놓은 것 같더니 이내 말을 이었다.

"이 정도가 내가 해줄 수 있는 최선의 조언이야. 잘 들었으면 이제 조용히 꺼져."

"원고를 두고 가도 될까요?"

나는 배낭에서 제본된 원고를 꺼내며 물었다.

"아니, 원고를 두고 가더라도 내가 읽지 않을 확률이 100퍼센트야."

"젠장! 당신은 지나치게 불친절해요."

"내가 조언 한 가지만 더 해줄게. 재능도 없으면서 작가가 되려고 하지 말고 차라리 다른 일을 찾아보는 게 어때?"

"그런 충고라면 이미 부모로부터 귀에 못이 박히도록 들었어요."

"부모가 네 놈보다는 훨씬 지혜로운 분들이네."

3

갑자기 바람이 불어왔고, 성난 파도가 내가 서있는 바위까지 밀려들 기세로 다가왔다. 나는 파도를 피하기 위해 얼른 다른 바위로 자리를 옮겼다. 그 덕분에 우리 둘 사이의 간격은 더욱 좁혀졌다. 그는 다시 펌프액션의 개머리판을 겨드랑이에 고정시켰다. 옛날 영화에서 이따금 봤던 레밍턴 윙마스터 쌍발총이었다. 물론 영화에서는 사냥총으로 등장했다.

"자네, 이름이 뭐라고 했지?"

파도가 물러가자 그가 물었다.

"라파엘 바타유."

"몇 살인가?"

"스물네 살."

"언제부터 글을 쓰고 싶었나?"

"어릴 때부터 줄곧 작가가 되길 꿈꾸었어요. 다른 분야에는 전혀 관심 없어요."

비로소 네이선 파울스가 내게 관심을 보이는 느낌이 들었고, 나는 기회를 놓치지 않고 아주 어렸을 때부터 독서와 글쓰기가 부조리한 세상으로부터 나를 구원해주는 구명조끼 역할을 해주었다는 이야기를 늘어놓았다.

"책을 많이 읽은 덕분에 내 안에 견고한 성채를 쌓아올릴 수 있었고, 그 성채가……."

"내가 자네의 진부하고 상투적인 성장 이야기를 얼마나 더 들어줘야 하지?"

네이선이 내 말을 끊었다.

"저에게는 결코 진부하고 상투적인 이야기가 아닙니다."

마음이 상한 나는 원고를 배낭 속에 집어넣으며 투덜거렸다.

"내가 만약 자네 나이라면 작가가 되기보다는 다른 야망을 품었을 거야."

"왜죠?"

"작가로 산다는 건 이 세상에서 가장 매력 없는 삶이니까." 네이선 파울스는 한숨을 푹 쉬고 나서 말을 이었다. "작가는 허구한 날 좀비처럼 살아야 하거든. 다른 사람들로부터 유리된 삶이지. 고독한 삶. 하루 종일 잠옷 바람으로 컴퓨터 앞에 앉아 식어빠진 피자 조각이나 씹으며 살길 바라나? 컴퓨터에서 흘러나오는 전자파에 눈이 상하고, 대화 상대라야 기껏 머릿속으로 상상해낸 가공인물들뿐이야. 그 가공인물들이 자네를 미치게 만들지. 게다가 몇 날 며칠 밤을 새워가며 머리를 쥐어짜낸 끝에 겨우 한두 문장을 써냈는데 독자들은 단 일초도 거들떠보지 않고 시큰둥해하지. 작가의 삶이란 바로 그런 거야."

"늘 그렇기만 하지는 않겠죠."

네이선 파울스는 못 들은 척 말을 이어갔다.

"무엇보다 고약한 건 자네가 결국 그 거지 같은 삶에 매달릴 수밖에 없게 된다는 거야. 만년필이나 키보드만 있으면 창조주가 되어 현실을 입맛대로 바꿀 수 있다는 환상에 사로잡히게 될 테니까."

"당신이야 그렇게 말할 수 있겠죠. 이미 작가로서 모든 걸 누려봤으니까요."

"내가 뭘 누렸다는 건가?"

"수백만 명의 독자, 명성, 돈, 권위 있는 문학상, 기꺼이 당신과 침대를 같이 쓰려는 여자들……."

"혹시 돈이나 여자를 얻기 위해 글을 쓰려고 한다면 일찌감치 다른 길을 찾아보는 게 나아."

"제가 왜 이런 말을 하는지 잘 알면서 시치미 떼지 말아요."

"아니, 내가 왜 네 놈을 만나 이런 넋 빠진 이야기를 하고 있는지 모르겠네."

"원고 놓고 갈게요."

네이선 파울스는 어이없는 일이라는 듯 황당한 표정을 지었지만 나는 재빨리 원고가 들어있는 배낭을 그의 집 테라스를 향해 집어던졌다. 그가 몸을 향해 날아오는 배낭을 맞지 않으려고 피하려다가 오른발이 미끄러지며 테라스 아래쪽 바위로 굴러 떨어졌다. 그가 밖으로 터져 나오려는 비명을 가까스로 참아내며 몸을 일으키더니 냅다 욕설을 퍼부었다.

"빌어먹을! 내 발목!"

"제가 도와드릴게요."

"가까이 오지 마. 나를 돕고자 한다면 최대한 멀리 꺼져버려. 앞으로 다시는 나를 찾아오지 마."

네이선이 펌프액션을 들고 나를 겨누었다. 이번만큼은 쏠 수도 있다는 느낌이 들었다. 재빨리 몸을 돌린 나는 바위에서 미끄러질 때마다 이 손 저 손 번갈아 짚어가며 분노에 찬 그의 시야에서 벗어났다.

네이선 파울스의 자택으로부터 멀어져가면서 나는 방금 전 그가 왜 그토록 환멸에 찬 언사를 늘어놓았는지 이유를 알 수 없었다. 나는 1999년 이전에 네이선 파울스를 인터뷰한 기사들을 단 하나도 빠짐없이 다 읽어보았다. 문학계를 떠나기 전까지 그는 인터뷰를 사양하지 않았다. 그는 항상 글쓰기에 대해 호의적인 말들을 풀어놓았고, 독서와 글쓰기에 대해 엄청난 애정을 가지고 있었다.

그런 그가 왜 저토록 돌변하게 되었을까?

그는 왜 영예의 정점에 있던 작가의 삶을 청산하고 하루아침에 갑자기 자신이 좋아하는 일, 그간 쌓아올린 업적, 생의 자양분이 되어준 소설을 버리고 고독 속으로 침잠하게 되었을까? 도대체 그의 생에 무슨 일이 벌어졌기에 그 모든 걸 포기하고 섬에서의 칩거를 시작하게 되었을까?

심각한 우울증? 사랑하는 사람의 죽음? 질병?

여태껏 그 모든 의문에 대해 수긍할 수 있는 답변을 내놓은 사람은 없었다. 잘은 몰라도 네이선 파울스의 칩거와 관련된 수수께끼를 풀 수만 있다면 매우 흥미로운 소설이 될 수도 있으리라는 예감이 들었다. 내가 그 일을 해낸다면 비로소 책을 내고 싶어 하는 내 꿈도 실현될 수 있으리라는 막연한 기대감이 마음을 들뜨게 했다.

솔숲에 도착해 자전거를 타고 다시 시내로 돌아왔다. 나름 보람 있고 유익한 하루였다. 네이선 파울스는 내가 간절히 기대했던 글쓰기에 대한 조언을 해주지는 않았지만 나는 훨씬 더 가치 있는 성과물을 얻게 되었다. 그는 나에게 근사한 소설 소재와 집필을 시작하는데 필요한 엄청난 에너지를 주었으니까.

3. 작가들의 쇼핑 목록

나는 자기 자신만을 위해 글을 쓴다고 강변하는 나쁜 작가에 속하지 않는다.
한 사람의 작가가 자기 자신만을 위해 쓰는 무엇인가가 있다면 쇼핑 목록 정도일 것이고,
물건 구입을 마치면 그대로 버릴 수 있다. 그 나머지는 다른 누군가를 향한 메시지이다. ─움베르토 에코

3주 후

2018년 10월 8일 월요일

1

네이선은 몹시 초조해했다. 그는 석고 깁스를 한 오른발을 푹신
한 장의자에 올려두고 반쯤 누운 자세로 안락의자에 앉아 있었지만
말 그대로 좌불안석이었다. 브롱코가 이틀 전부터 보이지 않는 탓
이었다. 녀석은 현재 그의 유일한 관심사였다. 가끔 한두 시간쯤 눈
에 띄지 않은 적이 있었지만 이번처럼 오랜 시간 사라졌던 적은 없

었다. 의심할 여지없이 녀석의 신상에 무슨 일이 생긴 게 틀림없었다. 사고로 부상을 당했거나 누군가에게 납치를 당했거나…….

네이선은 간밤에 뉴욕에서 활동하는 에이전트 재스퍼 반 와이크 – 그를 세상과 연결해주는 주요 매개자이자 친구라는 관계에 가장 근접해 있는 인물 – 에게 전화해 조언을 구했다. 재스퍼는 두말 없이 보몽 섬의 모든 지인들에게 전화해 브롱코의 안부를 알아봐주겠다고 했다. 그는 사무실에서 함께 일하는 팀원들을 동원해 개를 찾아주는 사람에게 1천유로의 보상금을 주겠다는 포스터를 제작해 상인들에게 메일로 발송했다. 이제는 결과를 기다릴 수밖에 없는 형편이었다.

네이선은 깁스를 한 오른발을 쳐다보며 한숨을 푹 내쉬었다. 아직 오전 11시도 안된 시간이었지만 위스키 생각이 간절했다.

라파엘 바타유란 애송이 녀석 때문에 20일 동안 집구석에 처박혀 있어야 하다니?

처음에는 그저 약간 삐끗했으니 관절 부위에 얼음찜질이나 해주고 파라세타몰 몇 알만 먹으면 금세 통증이 가시게 될 거라고 생각했다. 애송이가 불쑥 들이닥쳤던 다음날 잠에서 깨어나 보니 일이 예상처럼 간단해보이지 않았다. 발목의 부기가 전혀 빠지지 않았고, 걸음을 떼는 순간 극심한 통증이 일어 비명이 절로 터져 나왔다.

네이선은 결국 보몽 섬의 유일한 의사 장 루이 시카르에게 전화를 걸었다. 장 루이는 30년 동안 줄곧 구닥다리 소형오토바이에 올라 섬을 구석구석 돌며 환자들을 돌보는 인물이었다. 장 루이의 표정을 보아하니 전혀 낙관적이지 않은 상황이라는 걸 알 수 있었다. 의사는 발목 인대가 끊어지고, 관절을 감싸고 있는 막이 찢어지고, 힘줄이 크게 손상되었다며 당분간 편안한 휴식을 취하며 절대적인 안정이 필요하다는 처방을 내렸다. 무엇보다 당분간 무릎 가까이까지 오는 깁스를 하고 지내야 한다는 게 답답해 미칠 노릇이었다.

네이선은 우리에 갇힌 사자처럼 목발을 짚고 집안을 빙빙 맴돌았다. 피가 엉기는 걸 막기 위해 틈틈이 혈전생성방지제를 먹었다. 그나마 하루만 더 지나면 깁스를 풀어도 된다는 게 위안이었다. 평소에는 전화를 거의 받지 않았지만 오늘 아침에 장 루이가 약속을 잊지 않았는지 확인하기 위해 전화했을 때는 쏜살같이 달려가 받았다. 의사에게 군이 내일까지 기다릴 필요가 있겠냐며 당장 왕진을 와서 깁스를 풀어달라고 청했지만 거절당했다.

2

네이선은 벽에 고정해둔 전화기에서 벨이 울리는 소리를 듣고 무력감에서 깨어났다. 그는 휴대폰이나 컴퓨터 없이 살아오고 있었다. 그가 갖추고 있는 통신수단이라고는 거실과 주방 사이 목재 패널에 붙박이로 달아둔 낡은 베이클라이트 송수화기밖에 없었다. 그나마 반드시 필요한 경우에만 사용할 뿐 전화가 걸려오더라도 받은 적이 거의 없었다. 나중에 전화기에 설치해둔 자동응답기를 틀어보면 전화한 상대와 용건이 뭔지 알 수 있었으니까. 오늘은 개가 사라져 그런 습관을 고수할 형편이 못되었다. 자리에서 일어난 그는 목발에 의지해 송수화기까지 절름거리며 걸어갔다.

재스퍼의 전화였다.

"좋은 소식이야. 브롱코를 찾았네."

네이선은 그제야 안도의 숨을 쉬었다.

"다친 데는 없다던가?"

"멀쩡하게 잘 있다니까 걱정 말게."

재스퍼가 그를 안심시켰다.

"그나저나 녀석을 어디에서 찾았다던가?"

"웬 젊은 여자가 생트 소피 반도 쪽으로 가는 길에 녀석을 발견해 식료품점 〈에드의 코너〉에 데려다놓았나 봐."

"에드에게 부탁해 브롱코를 우리 집까지 데려다달라고 전해주게."

"나도 그럴 생각이었는데 젊은 여자가 한사코 개를 자네 집에 직접 데려다주겠다고 고집을 부리나 봐."

네이선은 뭔가 수상쩍은 느낌이 들었다. 생트 소피 반도라면 보몽 섬 끄트머리 사프라니에 곧 반대쪽이었다.

만일 젊은 여자가 나에게 접근하기 위해 개를 납치했다면?

1980년대 초에 베티 엡스라는 여기자가 은둔 작가 샐린저에게 접근해 나눈 대화를 기사로 써서 화제를 불러일으킨 적이 있었다.

"그 젊은 여자는 직업이 뭐라던가?"

"제네바에서 발행되는 《르 탕》지 기자야. 이름은 마틸드 몽네, 스위스 인이고 현재 보몽 섬에서 휴가를 보내고 있다더군. 베네딕트 수도원 근처 민박집에서 묵고 있나봐."

네이선은 예감이 비슷하게 맞아 들어가는 느낌이 들며 긴 한숨을 내쉬었다. 젊은 여자 직업이 꽃집 주인이나 푸줏간 주인, 간호사, 조종사일 수도 있었을 텐데 하필이면 기자라는 게 수상했다.

"재스퍼, 난 그 여자를 만나고 싶지 않아."

네이선은 주먹을 불끈 쥐고 애꿏은 나무기둥을 때렸다. 당장 브롱코를 데리러 가고 싶었지만 차를 운전할 처지가 못 되었다. 그렇다고 사냥꾼이 쳐놓은 덫에 제 발로 걸려들고 싶지는 않았다.

《르 탕》지 기자라?

네이선은 언젠가 뉴욕에서 그를 인터뷰한 《르 탕》지 특파원이 떠올랐다. 인터뷰 당시 어느 누구보다 그가 쓴 소설을 좋아하는 척하며 친절하게 굴더니 결국 수준 이하의 기사를 써냈다. 그런 기자들이야말로 이 세상에서 가장 골치 아픈 부류였다. 소설을 심도 깊게 이해하지 못하고 변죽만 울리는 기사를 써대거나 작품보다는 정작 작가의 신변 이야기에 열을 올리는 기자들은 언제나 골칫거리였다.

"그 여자 직업이 기자라는 건 우연일 수도 있잖아."

재스퍼가 순진한 탓인지 아니면 바보이기 때문인지 헷갈리게 만드는 말을 했다.

"정말 그렇게 생각하나?"

"너무 골치 아프게 생각할 필요 없다는 뜻이야. 그냥 그 여자에게 〈라 크루아 뒤 쉬드〉에 잠깐 들러달라고 해줘. 개를 돌려받는 즉시 여자를 집밖으로 내보내면 되지 골치 아플 일이 뭐있겠나?"

네이선은 왼손으로 송수화기를 들고 오른손으로 눈두덩을 꾹꾹 눌렀다. 깁스를 한 발목 때문에 가뜩이나 신경이 곤두선 상태인데 여기자의 작전에 말려들었다고 생각하니 몹시 불쾌했다.

"알겠네." 네이선은 속마음과 달리 선선히 재스퍼의 제안을 받아들였다. "자네가 마틸드 몽네라는 여자에게 전화해서 오후에 들르라고 전해주게. 무엇보다 집안으로 들어오려면 어떻게 해야 하는지 방법을 알려주어야겠지."

3

20분 동안 열을 올리며 설명한 끝에 다니구치 지로의 만화책《열네 살》을 파는데 성공했다. 그야말로 입이 귀에 걸릴 만큼 기분이 유쾌했다. 미처 한 달도 안 되는 사이에 나는 서점을 완벽하게 변모시켰다. 비유적 표현이 아니라 실제로 획기적인 변화를 이루어냈다. 음습하고 암울한 분위기를 풍기던 서점은 이제 맑은 햇살이 들이치고, 선선한 바람이 드나드는 공간이 되었다. 고객들을 무뚝뚝하게 맞이하던 그레구아르의 방식 대신 부드럽고 친절하게 응대하기 위해 애썼다.

나는 그레구아르에게 생에 대한 진지한 성찰을 담은 책들 일색인 만큼 가벼운 일상탈출을 유도하는 몇몇 작품들도 구비해놓자고 제안해 허락을 받아냈다. 몇 가지 소소한 변화는 점차 독서가 일상의 즐거움을 가져다줄 수 있다는 쪽으로 고객들의 인식을 바꿔놓기에 이르렀고, 점차 서점을 편안하게 드나드는 사람들의 발길이 늘어나고 있었다.

그레구아르는 손님이 뜸할 때 시간을 자유롭게 쓸 수 있도록 배려해주었다. 그는 서점 일에 거의 간섭하지 않고 최대한 나에게 맡겨두었고, 광장으로 술 한 잔 하러 갈 때를 빼고는 아예 집에서 두문불출하며 지내는 날이 많았다. 나는 서점의 회계장부를 살펴보면서 그가 실제보다 훨씬 더 상황을 부정적으로 묘사했다는 느낌을 받았다. 서점의 경영 상태가 악화일로를 향하고 있는 건 분명했지만 결코 재앙 수준은 아니었다. 게다가 보몽 섬의 다른 상인들과 마찬가지로 서점 역시 소유주인 갈리나리 주식회사로부터 얼마간의 지원금을 받고 있었다.

우중충한 분위기를 바꾸고, 구태의연한 책들보다는 요즘 사람들의 취향을 고려한 책들을 구비해놓을 경우 서점 운영을 개선할 여지는 많았다. 어디 그뿐이랴. 나 혼자만의 생각일 수도 있겠지만 예전처럼 작가들이 방문하고 싶어 하는 명소로 만들 수도 있으리라는 생각이 들었다.

"라파엘?"

광장에 위치한 빵집 주인 피터 맥팔레인이 서점 문을 열고 고개를 들이밀었다. 그는 스코틀랜드 사람으로 25년 전 고향을 떠나 보몽 섬에 자리 잡았다. 피살라디에르(Pissaladière 프랑스 니스 지역 향토 음식으로 피자와 유사하다. 지중해를 마주한 프로방스 지방 전역에서 맛볼 수 있다 : 옮긴이)와 푸가세트(Fougassette 푸가스는 밀가루, 효모, 올리브유를 주재료로 하는 납작한 형태의 프로방스 지방 빵으로 푸가세트는 작은 푸가스

를 뜻한다 : 옮긴이)로 유명한 그의 빵집은 보몽 섬이 풍기는 우아하고 고급스러운 분위기와는 전혀 어울리지 않을뿐더러 심지어 유치해 보이기까지 한 '브레드 피트(Bread Pit)'라는 상호를 내걸고 영업 중이었다. 말장난에 입각한 가게 이름이 유독 많다는 게 보몽 섬의 전통이었다. 오직 식품점을 운영하는 에드 같은 극소수 냉혈한들만이 우스꽝스러운 전통에 영합하지 않고 꿋꿋하게 독자노선을 고집하고 있었다.

"식전주를 한 잔 하러 오겠나?"

피터가 나를 식전주 모임에 초대했다.

매일 누군가가 서점에 들러 나를 보몽 섬에서 하나의 의식으로 자리 잡은 식전주 모임에 초대했다. 정오가 되면 마을 사람들은 파스티스나 테라 데이 피니 – 보몽 섬이 자랑하는 화이트 와인 – 잔을 앞에 두고 테라스 테이블 주위에 둘러앉았다. 처음에는 어색한 느낌이 들었지만 얼마 지나지 않아 곧 분위기에 녹아들며 열성적으로 참석하게 되었다. 보몽 섬에서는 대부분 서로 알고 지내는 사이였다. 섬 주민들은 어디를 가든 아는 얼굴을 만나 한두 마디 말을 주고받기 마련이었다. 나 역시 사람들과 서로 이야기를 나누면서 점차 친근감을 넓혔다. 이웃사람을 도외시하는 분위기와 배타적인 공격성, 대기오염으로 저절로 코가 매캐해지는 파리에서 살아온 나에게 보몽 섬은 완전히 다른 신세계였다.

나는 피터와 〈플뢰르 뒤 말트〉의 테라스에 앉았다. 느긋한 마음으로 주변을 오가는 사람들을 살피며 금발의 젊은 여자가 다시 나타나주기를 고대했다. 금발의 여자는 어제 처음 서점을 찾아왔다. 이름은 마틸드 몽네, 보몽 섬에서 휴가를 보내고 있고, 베네딕트 수도원 근처 민박집에 묵고 있다고 했다. 그녀는 예전에 이미 다 읽어본 책들이라면서 네이선 파울스의 소설 세 권을 모두 구입해갔다. 똑똑하고, 유머러스하고, 얼굴이 환하게 빛나는 여자였다. 겨우 20분쯤 대화를 나누었는데 그녀의 얼굴이 하루 종일 머릿속을 떠나지 않았다.

보몽 섬에서 보낸 지난 몇 주 동안 나는 거의 글을 쓰지 못했고, 그 점이 유일하게 부정적으로 인식될 뿐 나머지는 대만족이었다. 네이선 파울스의 수수께끼를 파헤치겠다는 나의 계획 – 나는 그 일에 '작가들의 비밀스러운 삶'이라는 제목을 붙였다 – 은 거의 한 발짝도 앞으로 나아가지 못하고 지지부진한 상태에 머물러 있었다. 애초부터 글감이 절대적으로 부족한 내가 소화하기에는 버거운 주제였다. 나는 네이선 파울스의 에이전트인 재스퍼 반 와이크에게 여러 차례 이메일을 보냈지만 아무런 답신도 받지 못했다. 내가 섬에 와서 사귄 몇몇 주민들에게 네이선 파울스에 대해 물어보았지만 내가 모르고 있던 새로운 사실을 알려준 사람은 없었다.

"이건 또 무슨 소리야?"

그레구아르가 한 손에 핑크 와인이 든 잔을 들고 합류하면서 다짜고짜 물었다. 그의 얼굴에 근심스러운 표정이 묻어나 있었다. 10분쯤 전부터 광장에 해괴한 소문이 퍼져나가면서 사람들이 꾸역꾸역 모여들었다. 네덜란드인 두 사람이 트레킹을 하다가 섬의 남서

부에 위치한 유일한 해수욕장 트리스타나 비치에서 시체 한 구를 발견했다는 소문이 파다했다. 트리스타나 비치는 풍광이 수려한 곳으로 유명한 동시에 매우 위험한 장소로 치부되기도 했다. 1990년에 절벽 근처에서 놀던 청소년 두 명이 목숨을 잃었다. 그 사고의 여파로 섬 주민들은 한동안 극심한 트라우마에 시달렸다. 아직 확인되지 않은 소문을 두고 열띤 논쟁을 벌이는 몇몇 무리들 너머로 지역 경찰 앙주 아고스티니의 모습이 보였다. 그는 이제 막 광장을 벗어나는 중이었다. 나는 본능적으로 그를 뒤따라 골목길로 접어들었다. 그가 항구 근처에 세워둔 삼륜 오토바이에 올라타려는 순간 나는 겨우 그를 따라 잡았다.

"트리스타나 비치에 가는 길이죠? 저도 함께 갈 수 있을까요?"

앙주 아고스티니는 서점이 아닌 곳에서 나를 대면하자 적잖이 놀란 눈치였다. 우람한 체격에 머리가 벗겨진 그는 코르시카 출신으로 추리소설 광팬이었고, 그 중에서도 코헨 형제를 열렬하게 좋아했다. 나는 그에게 조르주 심농의《자살한 사람들》,《기차가 지나가는 광경을 바라보는 남자》,《파란 방》등을 추천해주었다.

"함께 가길 원한다면 뒷자리에 타게."

코르시카 사나이가 영문을 모르겠다는 듯 어깨를 으쓱하고 나서 심드렁하게 대답했다.

앙주 아고스티니의 삼륜 오토바이는 시속 40킬로미터 속도로 스트라다 프린치팔레를 주파했다. 그의 얼굴에는 시종 불길한 그림자가 드리워져 있었다. 그는 방금 전 휴대폰으로 전혀 낙관적이지 않은 문자메시지를 받았다. 트리스타나 비치에서 발견된 시신의 사망 원인이 사고가 아닌 살인 쪽으로 기울고 있었다.

"보몽 섬에서 살인사건이 벌어지다니, 도저히 상상할 수 없는 일이야."

앙주 아고스티니가 혼잣말로 중얼거렸다.

나는 그의 말 속에 담긴 뜻을 금세 알아차렸다. 실제로 지금껏 보몽 섬에서는 강력범죄가 발생한 적이 거의 없었다. 폭력사건도 없었고, 절도사건도 드물었다. 범죄청정지역이라는 인식이 뿌리깊이 박혀 있어 주민들 대다수가 출입문에 열쇠를 그대로 꽂아두고 지냈고, 아기가 타고 있는 유모차를 상점 밖에 세워두기도 했다. 경찰이 있었지만 인원이 고작 네댓 명에 불과했고, 그들이 주로 하는 일이란 주민들과 수다를 떨거나 순찰을 돌며 경보장치 고장 따위를 알려주는 정도였다.

4

해안도로는 요철이 심해 속도를 내기 어려웠다. 삼륜 오토바이는 20분을 소요한 끝에 트리스타나 비치에 도착했다. 커브 길을 돌아설 때면 이따금 드넓은 소나무 숲 뒤로 실제보다 훨씬 많은 하얀색 대저택들이 숨어있을 거라는 착각이 일었다.

갑자기 주변 풍경이 확 달라지면서 사막 같은 평원이 나타났다. 평원 아래로 검은 모래밭이 이어졌다. 그 지점에서 보자니 보몽 섬은 포르크롤 섬(île de Porquerolles 프랑스의 지중해에 위치한 이예르 군도를 구성하는 세 개의 섬 가운데 가장 크고 서쪽 끝에 위치한 섬으로 보몽 섬의 실제 모델 : 옮긴이)보다는 아이슬란드와 닮은꼴이었다.

"도대체 무슨 소동이람?"

앙주 아고스티니는 가속페달에 발을 올려놓은 가운데 길을 막고 서있는 10여 대의 차량들을 가리켰다. 삼륜 오토바이는 곧게 뻗은 경사로를 시속 45킬로미터에 육박하는 속도로 달렸다. 조금 더 다가가자 상황은 더욱 분명해졌다. 육지에서 온 경찰들이 트리스타나 비치 일대를 완전히 봉쇄한 상황이었다. 앙주 아고스티니는 도로 가장자리에 오토바이를 세워두고 폴리스 라인이 둘러쳐진 구역을 따라 걸었다. 나는 어떻게 되어가고 있는 상황인지 도무지 알 수 없었다. 얼핏 보아도 툴롱경찰청 소속 사법 경찰들이었다. 과학수사대 차량들도 더러 눈에 띄었다. 육지 경찰이 이토록 빠른 시간에 험한 해안 길을 달려 섬으로 왔다는 게 놀라웠다.

실크스크린 기법으로 경찰 표식을 인쇄한 석 대의 차량은 갑자기 어디에서 나타난 걸까? 왜 경찰차들이 항구에 내려서는 모습을 아무도 보지 못했을까?

나는 모여 선 사람들 틈에 슬쩍 끼어들어간 다음 귀를 쫑긋 세우고 그들 사이에서 오가는 대화에 귀를 기울였다. 그 덕분에 오전에 발생한 사건의 대략적인 시나리오를 재구성할 수 있었다.

오전 8시 경, 보몽 섬에서 지정한 공식 캠핑장을 벗어난 곳에서 야영을 한 네덜란드 학생 커플이 여자의 시신을 발견했다. 그들은 즉시 툴롱경찰서에 신고했다. 툴롱경찰서에서는 차량 세 대와 다수의 경찰병력을 섬으로 파견하기 위해 세관 소속 쾌속정을 사용해도 좋다는 인가를 받아냈다.

쾌속정에 오른 경찰은 섬 주민들의 이목을 끌지 않기 위해 이 지점에서 10여 킬로미터 떨어진 사라고타 선착장으로 직행했고, 거기서부터는 차량으로 이동했다.

앙주 아고스티니는 도로변에 흙을 쌓아둔 곳 부근을 서성거리고 있었다. 그는 관할 지역 경찰이면서 범죄현장에 접근할 수 없다는 사실에 큰 충격을 받은 동시에 모멸감이 느껴지는 표정이었다.

"희생자의 신원이 밝혀졌나요?"

내가 물었다.

"아직 정확하게 밝혀지진 않았지만 섬 주민은 아닌 것 같다는 의견이 지배적이라네."

"왜 이번 사건에 이렇게 많은 경찰이 출동했을까요? 더구나 섬 주민들이 눈치 채지 못하게 은밀하고 신속하게 움직였을까요?"

코르시카 출신 추리소설 광은 잠시 멍한 표정으로 휴대폰 화면을 들여다보았다.

"사건의 성격 때문일 거야. 젊은 학생들이 휴대폰으로 찍어서 보낸 사진을 봤는데 대단히 엽기적이더군."

"신고한 학생들이 사진을 찍어 보냈다고요?"

앙주 아고스티니는 고개를 끄덕였다.

"게다가 그 사진들이 트위터에서 잠시 돌아다니다가 삭제되었나 봐. 그래도 어딘가에 복사본이 남아있을 거야."

"혹시 사진을 볼 수 있을까요?"

"솔직히 권하고 싶지 않네. 서점 직원이 볼 만한 사진이 아니야."

"사진을 보여주지 않으면 트위터에서 찾아볼 거예요."

"그리 원한다면 보여주지."

앙주 아고스티니가 나에게 휴대폰을 내밀었다. 휴대폰에 들어있는 몇 장의 사진을 보던 중 갑자기 속이 울렁거렸다. 여자의 사체를 찍은 사진이었고, 시신의 얼굴이 심각하게 훼손되어 있어 나이를 짐작하기 어려웠다. 시신에 가해진 상처가 어찌나 참혹한지 목구멍이 마비된 듯 침이 넘어가지 않았다. 실오라기 하나 걸치지 않고 발가벗겨진 여자의 시신은 마치 십자가에 못 박힌 듯 거대한 유칼립투스나무에 고정돼 있었다. 나는 휴대폰 화면을 확대해 사진을 자세히 들여다보았다. 여자를 나무에 박은 재료는 못이 아니라 석궁이었다. 석궁이 살 속을 파고들어 뼈를 부러뜨리고 나무를 관통한 듯했다.

5

마틸드 몽네는 접이식 덮개 픽업을 몰고 사프라니에 곳에 드넓게 펼쳐진 숲길을 가로질렀다. 차의 짐칸에 탄 브롱코는 수시로 바뀌는 숲의 풍경을 감상했다. 쾌청한 날씨였고, 볼을 간질이며 불어오는 바닷바람에 유칼립투스나무 향과 박하향이 가득 실려 있었다. 황금빛 가을 햇살이 파라솔 형태의 소나무들과 참나무들의 잎을 통과해 숲길 가득 퍼져있었다.

마틸드는 편암타일로 쌓아올린 담장 앞에 차를 세우고 내려 재스퍼 반 와이크가 일러준 지시사항을 충실히 따랐다. 알루미늄 문 가까이 주변 편암타일에 비해 색이 좀 더 짙은 부분이 있었고, 바로 그 뒤에 인터폰이 숨어있었다. 마틸드는 집주인에게 도착을 알리기 위해 인터폰을 눌렀고, 이내 딸각 소리가 나며 문이 열렸다.

다시 픽업에 오른 마틸드는 야생 그대로의 정원 안으로 진입했다. 키 큰 세쿼이아, 소귀나무, 월계수들 사이로 흙길이 이어졌다. 안쪽으로 깊이 들어갈수록 정원을 구성하는 식물군의 밀도가 높았다. 한참 동안 구불구불한 길이 이어지다가 갑자기 경사가 가팔라지더니 별안간 바다가 눈앞에 나타났고, 마침내 네이선 파울스의 집이 모습을 드러냈다. 붉은 벽돌색 석재와 유리, 콘크리트로 지은 기하학적 형태의 요새였다.

마틸드는 위장 색상에 옻칠한 목재로 핸들과 계기판을 치장한 미니 모크 옆에 픽업을 세웠다. 브롱코가 픽업에서 훌쩍 뛰어내리더니 현관 앞에서 기다리고 있는 주인에게로 쏜살 같이 달려갔다. 네이선 파울스가 기쁨이 가득한 얼굴로 브롱코를 안아주며 목덜미를 쓰다듬었다.

마틸드는 동굴에 사는 원시인처럼 등에 닿을 만큼 긴 머리, 이십 센티미터는 족히 넘을 턱수염에 구멍이 숭숭 난 누더기를 걸친 노인네를 상대하게 되리라 상상했는데 막상 대하고 보니 예상과는 달리 깔끔한 스타일의 남자가 눈앞에 있었다. 네이선은 단정하게 손질한 머리, 방금 면도를 끝낸 듯 파란 빛이 감도는 턱, 눈동자 색깔과 조화를 이루는 하늘색 린넨 폴로셔츠와 진 바지 차림이었다.

"마틸드 몽네입니다."

"브롱코를 데려다줘서 고맙소."

마틸드는 친근하게 개의 머리를 쓰다듬어주었다.

"그야말로 눈물겨운 재회네요."

마틸드는 손가락으로 목발과 깁스를 가리켰다.

"그다지 심각한 부상이 아니었으면 좋겠어요."

네이선이 고개를 저었다.

"내일이면 그다지 유쾌하지 않았던 과거의 기억으로 남을 테니 걱정 마세요."

마틸드는 잠시 망설이다가 입을 열었다.

"기억나지 않으시겠지만 사실 우리는 이미 오래 전에 만난 적이 있어요."

네이선은 경계심이 발동하며 한 걸음 뒤로 물러섰다.

"그럴 리 없을 텐데요?"

"아니, 우린 구면이 맞아요."

"우리가 언제 만났었죠?"

"잘 생각해보세요."

6

네이선 파울스는 나중에야 바로 그 순간 모든 걸 멈췄어야 했다는 걸 깨달았다. 재스퍼와 사전에 합의한 대로 냉정하게 "고맙습니다, 안녕히 가세요."라고 딱 잘라 말하고 나서 집안으로 들어왔어야 마땅했다. 그는 마치 최면에 걸린 사람처럼 그 자리에 우두커니 서 있었다. 마틸드는 초미니 자카드 원피스에 가죽 라이더 재킷 차림이었고, 굽이 높고 가느다란 줄로 연결되어 발목 위에서 여미게 되어 있는 샌들을 신고 있었다.

네이선은 플로베르의 소설 《감정 교육》의 도입부에 나오는 '그건 홀연한 출현 같았다.'를 재현할 마음 따위는 전혀 없었지만 꽤 오랫동안 젊은 여자의 자취에서 묻어나는 정체 모를 감수성과 에너지, 태양처럼 환하게 빛나는 광채에 넋을 잃었다. 말하자면 그는 잠깐 동안 무장을 해제하고 그 자신에게 통제된 취기 혹은 가벼운 심취, 황금빛 주사약, 밀밭처럼 따사로운 빛을 허락했다. 단 한 순간도 그는 스스로 상황을 제어할 수 있다는 걸 의심하지 않았다. 원하는 순간에 손가락을 맞부딪쳐 딱 소리를 내며 뜻하지 않게 밀어닥친 마법의 순간을 끝낼 수 있으리라 믿었다.

"포스터에는 보상금으로 1천 유로를 주겠다고 되어 있었지만 아이스 티 한잔만 주시면 만족할 수 있을 것 같아요."

마틸드가 빙긋 웃으며 말했다.

네이선은 상대의 초록색 눈동자를 보지 않으려고 애쓰면서 최근 다리를 다쳐 장을 보지 못한 지 오래 되어 대접할 아이스티가 없다는 구차한 변명을 늘어놓았다.

"냉수 한 잔이면 족해요." 마틸드는 순순히 돌아갈 기색이 없어보였다. "너무 더워서요."

네이선은 사람의 심리를 알아채는 직관력이 있었다. 언제나 그의 직관은 틀린 적이 없었다. 하지만 어쩐지 이번만큼은 여러 모순되는 감정이 마구 뒤섞이며 판단력을 흐리고 있었다. 머릿속으로는 마틸드를 조심해야 한다는 경보음이 계속 울려 퍼지고 있었지만 과연 눈앞에 있는 젊은 여인이 지니고 있는 수수께끼 같은 마법에 제대로 저항할 수 있을지 의문이 들며 낭패감에 휩싸였다. 뭔지 정확하게 잡히지는 않았지만 10월의 부드러운 햇살이 대지를 온통 금빛으로 물들이며 만들어내는 후광처럼 신비하고 황홀한 느낌을 전하는 마법이었다.

"그럼 잠깐 안으로 들어가실까요?"

네이선은 결국 여인의 마법에 취해 고집을 꺾을 수밖에 없었다.

7

마틸드의 눈에 수평선 너머로 까마득히 이어지는 파란 바다가 보였다. 집안 가득 밝은 빛이 넘실거렸다. 입구에 들어서자마자 곧장 거실이 나왔고, 식당과 주방으로 이어지는 구조였다. 이 세 개의 공간에는 모두 바다를 향해 나 있는 어마어마한 크기의 통유리창이 있어 마치 일렁거리는 물결 위를 항해하는 기분이 들었다.

네이선이 냉수를 가지러 주방에 간 사이 마틸드는 특별하게 설계된 이 공간이 주는 매력에 흠씬 빠져들었다. 파도 소리에 몸을 맡기자 마음이 편했다. 야트막하게 쌓아올린 개방형 벽돌 칸막이가 집과 테라스를 구분해주는 역할을 하면서 방향 감각을 상실하게 했고, 집 안에 있는지 밖에 있는지 제대로 판단이 되지 않는 그 상황 마저도 달콤한 유혹으로 받아들여졌다. 거실 천장에 고정시켜 매달 아둔 벽난로가 시선을 위로 잡아끌었고, 개방형 유광 노출 콘크리 트 계단이 눈을 위층으로 유도했다.

마틸드는 어두운 동굴 같은 공간을 상상했지만 이번에도 예상이 보기 좋게 빗나갔다. 네이선은 보몽 섬의 동굴 속에서 칩거하려고 온 게 아니라 하늘과 바다, 바람을 그대로 맞이하기 위해 온 게 틀 림없었다.

"잠시 테라스에 나가봐도 될까요?"

네이선이 물이 담긴 컵을 내밀자 마틸드가 물었다. 그는 대답 대 신 손님을 마치 허공을 향해 나아가는 것 같은 느낌을 주는 편암타 일 바닥 쪽으로 안내했다.

마틸드는 테라스 가장자리에 이르자 문득 현기증이 났다. 높은 위치에서 보자니 집의 전체적인 건축양식을 한층 더 명쾌하게 알 수 있었다. 절벽에 등을 대고 있는 형태의 집으로 모두 합해 3층으 로 이루어져 있었고, 그녀가 지금 서 있는 테라스는 집의 중간쯤에 해당되었다. 건물의 튀어나온 부분에 콘크리트 타일을 발랐고, 그 부분이 곧 아래층 지붕이 되는 식이었다.

마틸드는 아래층 콘크리트 타일에서 끝나는 외부 계단을 따라가 며 시선을 옮겼다. 바로 앞에 보이는 작은 다리를 건너면 곧바로 바 다였고, 그 다리에는 반지르르 윤을 낸 리바 아쿠아라마 호가 묶여 있었다. 배의 크롬 부분이 햇빛을 받아 반짝였다.

"여기에 있자니 마치 배의 갑판에 서 있는 느낌이 들어요."

"그럴 수도 있겠네요." 네이선은 약간의 뉘앙스가 느껴지는 투로 대꾸했다. "이 집은 그 어디로도 떠나지 않고 항상 부두에 머물러 있는 배라고 할 수 있죠."

두 사람은 몇 분 동안 입에서 나오는 대로 가벼운 이야기를 주고받았다. 네이선은 다시 집안으로 들어가는 여자를 뒤따랐다.

마틸드는 마치 박물관을 둘러보듯 집안을 오가다가 타자기 한 대가 놓여 있는 선반 쪽으로 다가갔다.

"더는 글을 쓰지 않는다고 하지 않았나요?"

마틸드가 턱으로 타자기를 가리키며 운을 뗐다.

네이선의 손이 타자기의 곡선을 어루만졌다. 아몬드 녹색 베이클라이트로 제작된 올리베티 타자기였다.

"그저 장식용으로 놓아둔 타자기입니다. 잉크 카트리지도 없어요." 그가 지그시 자판을 누르며 말했다. "아시겠지만 내가 작가로 활동하기 시작할 무렵에도 이미 노트북컴퓨터가 나와 있었죠."

"그러니까 저 타자기로는 한 번도 글을 써본 적이 없다는 말씀이죠?"

"네, 이를테면 그렇습니다."

마틸드는 도발하듯 그를 똑바로 쳐다보았다.

"난 당신이 여전히 글을 쓰고 있다고 확신해요."

"난 절필을 선언한 이후 단 한 개의 문장도 쓴 적이 없습니다. 책에 주석을 달거나 쇼핑 목록을 작성하는 것조차도 하지 않았으니까요."

"난 그런 말은 믿지 않아요. 사람은 일상을 좌우하던 활동을 하루 아침에 그만둘 수는 없으니까요."

네이선이 비로소 흥미를 잃었다는 듯 그녀의 말을 반박했다.

"잠시나마 나는 당신이 그간 찾아왔던 기자들과는 다른 부류일 거라 생각했는데 이제 보니 크게 다르지 않네요. 당신이 그 일에 대해 언급하지 않을 거라 생각한 내 자신의 판단이 잘못되었어요. 나에 대해 심층취재라도 하게요? 당신도 '네이선 파울스 수수께끼'에 대한 알량한 기삿거리를 찾아내기 위해 이 험한 곳까지 온 건가요?"

"맹세코 그런 건 아니니까 오해하지 마세요."

네이선 파울스는 매몰차게 출입문을 가리켰다.

"자, 이제 그만 돌아가시죠. 대중들이 멋대로 상상력을 발휘하는 거야 뭐라고 나무랄 수 없지만 당신이 기자라서 한마디만 할 테니 새겨들어요. '네이선 파울스 수수께끼'란 실체가 없어요. 그런 수수께끼 따위는 존재하지 않는다는 게 본질입니다, 아시겠어요? 그런 말이라면 얼마든지 기사로 써도 좋습니다."

마틸드는 그 자리에서 미동도 하지 않고 서 있었다. 네이선 파울스는 그녀가 예전에 그를 만났을 때 이후로 특별히 달라진 게 없어 보였다. 그녀의 뇌리에 아로새겨진 그대로였다. 쉽게 접근할 수 있지만 주의력이 깊고 돌직구를 날리는 스타일은 여전했다.

마틸드는 그가 예전 그대로일 가능성에 대해 전혀 고려하지 않았다는 사실을 새삼 깨달았다.

"글 쓰는 일이 그립진 않나요?"

"하루에 열 시간씩 컴퓨터 앞에 앉아 있는 일이라면 전혀 그립지 않아요. 그럴 시간에 차라리 개를 데리고 숲이나 해변을 산책하는 게 훨씬 더 보람이 있습니다."

"난 그 말을 도저히 믿을 수 없어요."

네이선은 한숨을 푹 쉬며 고개를 저었다.

"괜히 불필요한 감상을 개입시켜 말하지 말아요. 어차피 그냥 책들이었을 뿐이니까요."

"그냥 책들? 방금 전 당신 입으로 한 말 맞아요?"

"그래요, 내 소설들은 지나치게 과대평가되었어요."

마틸드는 질문을 계속했다.

"요즘은 하루를 어떻게 보내시죠?"

"명상하고, 술 마시고, 요리하고, 또 술 마시고, 수영하고, 또 술 마시고, 오랫동안 산책하고, 그리고……."

"책은 읽지 않으세요?"

"가끔 추리소설이나 미술, 역사, 천문학 관련 서적들을 읽습니다. 몇몇 고전작품들을 다시 읽어보기도 합니다. 다만 지금 내게 독서는 그다지 중요하지 않아요."

"왜 그렇죠?"

"지구 전체가 거대한 용광로가 되어가고 있습니다. 지구온난화 문제가 심각하고, 대부분의 나라들이 이상기온에 대처하느라 골머리를 앓고 있습니다. 지구는 나날이 불덩이가 되어가고 있는데 여전히 개발이라는 명목으로 생태환경이 심각하게 파괴되고 있죠. 유권자들은 그저 당선에만 혈안이 된 미친 정치인 놈들에게 표를 몰아주고 있고, SNS에 빠져 멍청이가 되어가고 있어요. 지구는 바퀴가 고장 난 수레처럼 삐걱거리고 있습니다."

"당신에게 그런 문제들을 해결할 비책이라도 있나요? 당신이 소설을 쓰는 것과 지구의 생태환경 문제가 무슨 관련이 있다는 거죠?"

"20년 전, 네이선 파울스라는 작가가 절필선언을 하고 섬으로 떠난 이유를 알아내는 것보다 훨씬 더 중요하고 시급한 일들이 많다는 지적을 하고 싶었을 따름입니다."

"독자들은 여전히 당신이 쓴 소설들을 읽고 있어요."

"내 소설을 읽지 못하게 말릴 수는 없잖아요. '성공은 오해에서 비롯된다.'는 말이 있습니다. 마르그리트 뒤라스가 한 말이죠. 아니, 앙드레 말로일 수도 있겠네요. 소설이 3만 권 넘게 판매되는 건 오해에서 비롯되었다고요."

"독자들로부터 편지를 받아보기도 합니까?"

"내 에이전트 말로는 제법 많은 독자들이 편지를 보내온다고 하더군요."

"읽어보나요?"

"지금 농담하는 건 아니죠?"

"왜 그렇게 생각하죠?"

"만약 내가 독자라면 좋아하는 책을 쓴 작가에게 편지를 보내야겠다는 생각은 꿈에도 하지 않을 것 같거든요. 가령 당신이 《피네간의 경야》를 좋아한다고 칩시다. 제임스 조이스에게 편지를 보내야 겠다는 생각을 할 수 있겠습니까?"

"제임스 조이스의 소설을 좋아하지도 않을뿐더러 《피네간의 경야》는 겨우 10페이지쯤 읽다가 포기했어요. 만약 그 소설을 좋아한다고 하더라도 편지를 보낼 것 같진 않네요. 제임스 조이스는 내가 태어나기 40년 전에 이미 죽은 사람이니까요."

네이선 파울스는 고개를 절레절레 저었다.

"개를 데려다줘서 고맙습니다. 이제 돌아가야 할 시간이 된 것 같군요."

"동감이에요."

네이선은 집밖으로 나서는 마틸드를 따라 나가 차를 주차해둔 곳까지 바래다주었다. 마틸드는 개를 돌아보며 잘 있으라는 작별인사를 건넸지만 네이선에게는 한 마디 말도 하지 않았다. 그는 차의 시동을 걸고 출발하는 마틸드의 모습을 물끄러미 지켜보았다. 그녀의 일거수일투족에서 묻어나는 아우라에 잠시 매료되긴 했지만 이내 성가신 방문객을 돌려보낼 수 있게 되었다는 만족감이 밀려들었다.

마틸드가 가속페달에 발을 올리고 출발하려는 순간 네이선의 머릿속에서 경보음이 울려댔다. 아직 차창이 열려 있었고, 그는 경보음을 잠재우기 위해 차를 향해 몇 걸음 다가갔다.

"당신은 우리가 오래 전에 만난 적이 있다고 했지요? 그때가 언제였고, 장소가 어디였는지 기억나십니까?"

마틸드의 초록색 눈이 그를 똑바로 응시했다.

"1998년 봄, 파리였어요. 그때 난 열네 살이었고, 당신은 〈청소년의 집〉 입원 환자들과의 만남 행사에 참석했었죠. 그때 당신은 내게 직접 헌사를 쓴 《로렐라이 스트레인지》 한 권을 주었어요. 영어판 원본이었죠."

네이선은 너무 오래 전 일이라 기억나지 않는다는 듯 별 반응이 없었다.

"난 《로렐라이 스트레인지》를 읽었어요." 마틸드 역시 아무렇지 않다는 듯 이야기를 계속했다. "그 소설은 나에게 큰 도움이 되었죠. 나는 단 한 번도 그 소설이 과대평가되었다고 생각해본 적이 없었고, 내가 그 책을 좋아하는 이유가 오해에서 비롯되었다고 여기지도 않아요."

툴롱, 2018년 10월 8일

해양 영토 담당국

경찰청훈령 제 287/2018 호
보몽 섬(바르 도) 방향과 섬 주변에서의 항행 및 해양 활동을 일시적으로 금
지하는 구역 설정에 관하여.

에두아르 르페뷔르 부사령관은
지중해 해양 경찰청장으로서

형법 131-13-1° 조와 R610-5조에 **의거**,
운송법, 그 가운데에서도 특히 L5242-1조와 L5242-2조에 **의거**,
운전면허증과 모터를 장착한 유람선 운항 자격증 교육 관련과 관련하여
2007년 8월 2일에 개정된 법령 제 2007-1167조에 **의거**,
해양 영토 담당국 조직과 관련한 2004년 2월 6일자 법령 제 2004-112조에
의거.

보몽 섬의 트리스타나 비치에서 변사체가 발견된 데 따른 범죄 수사 개시의
필요성을 **인정하고**,
치안당국에 섬에 관해 수사할 시간을 허용해야 할 필요성을 **인정하고**,
진실 규명에 결정적인 역할을 해줄 확인된 요소들을 보존해야 할 필요성을
인정한다.

훈령

제1조 : 바르 도 인근 바다의 보몽 섬 주변과 섬 권역 반경 5백 미터 이내 지역에서 통행과 모든 해양 활동 관행을 금지하는 구역을 설치한다. 섬에서 출발하거나 혹은 섬으로 향하는 개인들의 운송도 포함되며, 이는 본 훈령이 발표되는 날로부터 유효하다.

제2조 : 본 훈령에 따른 조치는 해당 지역 공공 서비스 임무를 수행하기 위하여 운영되는 선박과 항해 엔진에는 해당되지 않는다.

제3조 : 본 훈령 및 이를 실행하기 위한 조치에 위반되는 행위를 한 자는 운송법 제 L5242-1항부터 L5242-6-1항과 형법 제 R610-5항에서 정하는 소송과 형벌, 행정 처벌의 대상이 된다.

제4조 : 바르 도의 육지와 해양 영토 관리 담당자, 항행 경찰 업무를 부여받은 공무원들은 각자 자신의 소임 내에서 지중해 해양 경찰청의 행정령 모음집에 게재될 본 훈령의 집행을 책임진다.

지중해 해양 경찰청장, 에두아르 르페뷔르

4. 작가 인터뷰하기

1)인터뷰를 하는 사람은 인터뷰를 당하는 당신에게 흥미로울 뿐
당신에게는 전혀 흥미롭지 않은 질문들을 던진다.
2)당신의 답변 가운데에서 그는 자기에게 편한 것만 골라서 인터뷰 내용을 소개한다.
3)그는 당신과의 인터뷰를 자기의 어휘로, 자기의 사고방식으로 해석한다. -밀란 쿤데라

2018년 10월 9일 화요일

1

　보몽 섬에서 체류하기 시작한 이후 나는 해와 더불어 사는 습관
이 몸에 배다시피 했다. 아침 일찍 샤워를 마친 나는 그레구아르를
찾아 마을 광장에 자리 잡은 〈포르 드 카페〉로 가거나 〈플뢰르 뒤
말트〉의 테라스로 갔다. 그레구아르는 변덕스러운 성격의 소유자였
다. 때로는 무뚝뚝하고 폐쇄적인가 하면 더러는 서로 어울려서 이
야기하길 좋아하고 말수도 많았다. 어쨌든 나는 그가 나를 좋아하

는 편이라고 믿었다. 적어도 아침마다 함께 테이블에 둘러앉아 차와 무화과 잼을 바른 토스트를 먹자고 권할 만큼은 좋아하니까. 관광객들에게는 철갑상어에 버금갈 만큼 비싸게 팔리는 '프랑수아즈 할머니의 잼'은 보몽 섬에서 생산되는 보물들 가운데 하나였다. 유기농법으로 재배한 원료를 옛날식 솥에 끓여 만든 전설적인 잼.

"좋은 아침입니다."

그레구아르는 읽고 있던 신문에서 눈을 떼더니 심상찮은 표정으로 혼잣말을 투덜거리며 나를 맞았다. 전날부터 고열에 들뜬 동요가 섬사람들을 뒤흔들고 있었다. 보몽 섬에서 수령이 가장 오래된 유칼립투스에 못 박혀 죽은 여자의 사체가 발견되었고, 그 사건은 섬 주민들을 온통 벌집 쑤셔놓은 듯 뒤집어놓았다. 나도 언젠가 들어 알게 된 사실인데 문제의 유칼립투스는 불멸의 나무라는 별명과 더불어 이미 수십 년 전부터 섬의 단합을 보여주는 상징으로 여겨왔다. 그러하기에 살인자의 연출은 결코 우연으로 치부할 수 없었고, 섬 전체를 충격에 빠뜨렸다. 그 무엇보다도 주민들을 심란하게 만드는 요인은 수사를 원활하게 진행하기 위해 섬을 봉쇄해버린 해양경찰청장의 결정이었다. 육지와 섬을 이어주는 연락선은 생 쥘리앵 레 로즈 항구에 발이 묶이게 되었고, 해안경비대에 주변을 철통같이 감시하라는 엄명이 떨어졌다. 어느 방향이든 항해 금지 구역을 오가는 선박들을 나포하라는 지시도 떨어졌다. 아무도 섬을 떠날 수 없었고, 어느 누구도 마음대로 들어올 수 없게 만든 조처였다. 경찰의 강제 봉쇄조치는 보몽 섬 주민들의 신경을 거슬리게 했다. 섬의 운명이 걸린 문제를 외지인이 좌지우지한다는 건 섬 주민들로서는 도저히 용납할 수 없는 일이었으니까.

"말하자면 살인사건이 섬에 끔찍한 일격을 가한 거야." 그레구아르가 읽고 있던 《바르 마탱》지를 덮으며 버럭 소리를 질렀다.

전날 발행된 저녁 판으로 항해를 허용한 마지막 페리호에 선적되어 섬에 배달된 신문이었다. 나는 의자에 앉아 신문 일면에 힐끔 눈길을 주었다. '검은 섬'이라는 대문짝만한 제목이 눈에 들어왔다. 에르제의 《땡땡(Tintin 만화, 벨기에 출신 만화가 에르제가 그린 연작만화. 국내에는 《땡땡의 모험》으로 번역 출간되었다 : 옮긴이)》을 함축하고 있는 제목이었다.

"일단 수사 결과가 어떻게 나올지 지켜봐야죠."

"자네는 어떤 결과를 기대하기에 그런 소리를 하나?" 서점 주인이 버럭 언성을 높였다. "젊은 여자가 끔찍한 고문을 당한 끝에 불멸의 나무에 못 박혀 죽었어. 잔혹한 미치광이 살인자가 섬 어딘가에서 활보하고 있다는 뜻이지."

나는 그레구아르의 말이 틀리지 않다는 사실을 잘 알면서도 눈살을 찌푸렸다. 토스트를 꾸역꾸역 먹으며 신문기사를 자세히 읽어봤지만 주목할 만한 내용은 없었다. 주머니에서 휴대폰을 꺼낸 나는 따끈따끈한 정보를 검색했다.

전날 나는 로랑 라포리라는 사람의 트위터 계정을 알게 되었는데 파리에서 활동하는 기자로 현재 그의 어머니가 보몽 섬에 체류 중이었다. 거물급 기자는 아니었고, 《옵스(프랑스의 유력 주간지 '르 누벨

옵세르바퇴르'를 줄여서 부르는 말 : 옮긴이)》지와 《마리안》지에 기사를 몇 번 게재한 적 있었고, 현재는 라디오방송국 몇 개를 거느린 방송 그룹의 커뮤니티 매니저로 일하는 인물이었다. 트위터 계정에 올라와있는 그의 경력을 보아하니 웹2.0 시대가 생산해낼 수 있는 최악의 콘텐츠가 무엇인지 적나라하게 보여주는 전형적인 사례라고 할 수 있었다. 외설적인 주제에 방문자 수를 늘리기 위해 떡밥을 던지는 자극적인 제목들, 격돌, 뿔 나팔을 울리라는 선동, 천박한 저질 농담, 불안감을 야기하는 동영상, 인간의 지능을 하향 평준화시키고, 비열한 본능을 자극해 공포와 환상을 유지하도록 부추기는 리트윗이 난무하는 계정이었다. 요컨대 그는 화면이라는 보호막 뒤에 숨어 그릇된 정보와 음모주의에 영합하는 주장을 널리 퍼뜨리는 선동자였다.

경찰의 봉쇄령이 내려지면서 로랑 라포리는 보몽 섬에 체류 중인 유일한 기자라는 특권을 누리게 되었다. 몇 시간 전부터 그는 주어진 상황을 적극 활용하기 시작했다. 〈프랑스 2TV〉 뉴스에서 로랑 라포리의 트위터 계정을 TV화면으로 송출하면서 모든 뉴스 채널들이 앞 다투어 그의 사진을 보도했다.

"사이비 기자 녀석이 혼자 활개치고 다니면서 온통 물을 흐려놓고 있어."

내 휴대폰화면에 뜬 로랑 라포리의 프로필을 본 그레구아르가 기가 찬다는 듯 불평을 토로했다. 어제 저녁 8시 뉴스에서 로랑 라포리는 섬 주민들 대다수가 '호사스러운 대저택의 높은 담장' 뒤에 수

치스러운 비밀을 숨기고 있고, 그럼에도 법을 어기는 사람이 나타나지 않는 이유는 갈리나리 집안이 코를레오네(Corleone 이탈리아 시칠리아 팔레르모 인근 지역의 명칭으로 영화 〈대부〉에 나오는 마피아 가문 이름으로 유명하다 : 옮긴이) 출신답게 공포와 돈으로 군림하고 있기 때문이라는 추측을 마치 기정사실인 양 암시하는데 성공했다. 이런 일이 계속된다면 로랑 라포리가 보몽 섬 주민들로부터 증오의 대상이 되는 건 시간 문제였다. 섬에서 벌어지는 사사로운 일들이 모두 언론의 집중적인 스포트라이트를 받게 되자 섬 주민들은 참담한 심사가 되었다. 매사 조심스러운 태도는 수십 년 전부터 섬사람들의 유전자처럼 되어 있었다. 로랑 라포리는 트위터에 경찰 또는 법조계에서 유출된 게 분명한 추론을 공공연히 언론사에 제공해 자신의 입지를 한층 더 곤란하게 만들어가고 있었다.

나는 시민들의 알 권리를 충족시켜준다는 명분으로 수사기밀을 유지해야 하는 원칙이 대수롭지 않게 다뤄지는 현실에 반대하는 입장이었지만 개인적인 소신을 일시적으로 접어두고 로랑 라포리가 제공하는 각종 정보에 호기심이 발동하기도 했다.

로랑 라포리는 최근 트위터에 자신의 블로그 주소를 링크해놓았다. 나는 경찰수사 내용을 종합했다는 기사를 읽기 위해 그의 블로그 주소를 클릭했다. 그가 수집한 정보에 따르면 아직 희생자의 신원은 밝혀지지 않은 상태였다. 진실성 여부를 확인할 길이 없었지만 로랑의 기사는 엄청난 폭로로 끝을 맺고 있었다. 유칼립투스나무에 못 박히기 전 여자의 사체가 냉동되어 있었고, 그 기간을 고려하자면 사망 시점을 몇 주 전으로 보는 게 타당하다는 내용이었다.

나는 기사의 의미를 제대로 파악하기 위해 두 번이나 꼼꼼하게 읽었다. 내 어깨 너머로 기사를 보기 위해 자리에서 일어났던 그레구아르는 뭔가에 압도된 듯 다시 의자에 털썩 주저앉았다.

보몽 섬은 오랜 잠에서 깨어나면서 이제까지와는 전혀 다른 현실의 소용돌이 속으로 빠져들고 있었다.

2

네이선은 모처럼 상쾌한 기분으로 눈을 떴다. 오래도록 느껴보지 못했던 기분이었다. 늦게까지 느긋하게 잠을 자고 일어나 아침식사를 하고 나서 테라스에서 담배를 피우며 한 시간쯤 글렌 굴드의 피아노 연주 음반을 들었다. 다섯 번째 곡을 감상할 때 이처럼 상쾌한 기분이 어디에서 비롯되었는지 가늠해보았다. 현재 기분을 설명해줄 수 있는 요인이 뭔지 생각해보다가 결론적으로 마틸드 몽네를 떠올렸다. 집안 곳곳에 그녀가 남기고 간 자취가 떠돌고 있었다. 그녀의 흔적은 마치 한 줄기 햇살 혹은 매혹적인 한 방울의 향수처럼 손에 넣으려고 할수록 어디론가 멀리 달아나 버렸다. 그럼에도 마지막 한 방울까지 그녀가 남기고 간 향기를 음미하고 싶었다.

11시쯤부터 기분이 바뀌기 시작했다. 그녀를 다시는 만날 수 없기에 모처럼 침대에서 눈을 뜨는 순간 느꼈던 상쾌힌 기분을 더이상 음미할 수 없으리라는 결론에 도달하면서 평소의 냉담한 모습으로 돌아왔다. 섬에서 혼자 살아간다는 건 고독과의 타협 없이는 불가능했다. 정오 무렵 그는 사춘기 소년일 때 느꼈던 치기, 설렘, 가벼운 흥분을 집어던지고 잠시나마 흔들렸던 마음을 다잡았다. 20년 동안 요지부동이었던 결심이 한 여인 때문에 쉽사리 흔들려서는 안 될 일이었다. 그런 한편 두 사람이 주인공으로 나오는 영화에서 서로 만나는 장면을 머릿속으로 그려보았다. 유독 한 가지 부분이 신경 쓰였다. 얼핏 사소한 문제일 수도 있었지만 명확하게 확인해둘 필요가 있겠다는 생각이 들었다.

네이선은 맨해튼의 재스퍼 반 와이크에게 전화를 걸었다. 재스퍼는 벨이 몇 번 울리고 나서야 아직 잠이 덜 깬 목소리로 전화를 받았다. 뉴욕은 새벽 6시니까 침대에서 혼곤한 잠에 빠져 있다가 전화벨 소리를 듣고 깨어난 게 분명했다.

네이선은 우선 그에게 마틸드 몽네가 최근 몇 년 동안 《르 탕》지에 기고한 기사들을 찾아달라고 부탁했다.

"정확히 뭐가 알고 싶은 거야?"

"뭐라고 단정적으로 말할 수는 없어. 아무튼 내 소설이나 나와 관련된 문제들을 직접 다루고 있는 기사나 몇 다리 건넌 기사라도 약간의 관련성이 있으면 전부 찾아봐줘."

"시간이 제법 많이 걸리는 일이야. 뭐 또 다른 건 없나?"

"1998년에 청소년의 집 미디어센터 책임자였던 여자가 현재 어디서 근무하는지 알아봐주게."

"청소년의 집이라니?"

"파리 코생병원 부속기관이었는데 청소년을 위한 의료센터야."

"혹시 그 여자 이름이 기억나나? 미디어센터 책임자였다는 여자 말이야."

"아니, 기억 안 나. 자네가 알아봐줘."

"일단 알아보고 나서 연락해줄게."

네이선은 통화를 끝내고 주방으로 와서 커피를 준비했다. 그는 에스프레소를 마시며 오래된 기억을 불러내려고 애썼다. 포르루아 얄 근처에 세워진 청소년의 집은 식생활 장애, 우울증, 학교 공포증, 정서불안증 등으로 고통 받는 청소년들을 치유하기 위해 마련된 시설이었다. 더러는 병원에 입원 중인 청소년 환자들도 있었고, 낮 한때만 병원에서 지내는 환자들도 있었다. 그가 참여한 프로그램은 강연, 질의응답 그리고 글쓰기 실습이었다. 그 행사에 참가했던 환자들의 이름이나 얼굴을 전부 기억할 수는 없었지만 프로그램을 진행하는 동안 긍정적인 인상을 받았던 기억이 났다. 주의 깊게 강연을 들어주던 청소년들, 활기차게 진행된 토론, 정곡을 찌르는 질문들이 이어졌던 프로그램이었다.

커피 잔을 마저 비우는 순간 전화벨이 울렸다. 네이선은 벨이 여러 번 울릴 때까지 기다리지 않았다.

"링크드인 덕분에 쉽게 미디어센터 책임자를 찾아냈어. 이름이 사비나 브누아야."

"이름을 들으니 나도 그 여자의 인상이 기억나."

"사비나는 청소년의 집에서 2012년까지 일하다가 그만두었어. 그 후에는 줄곧 지방에 있는 도서관에서 사서로 일하고 있어. '모두를 위한 도서관 네트워크' 소속 도서관이야. 현재 도르도뉴 지방의 트렐리삭이라는 곳에 살고 있는데 전화번호를 알려줄게."

네이선은 연락처를 받아 적고 나서 지체 없이 사비나에게 전화를 걸었다. 사비나는 전화로 그의 목소리를 듣게 되자 몹시 놀라는 한편 매우 반가워하는 눈치였다. 네이선의 기억 속에는 그녀의 얼굴보다 몸짓이나 태도가 훨씬 또렷이 남아 있었다. 큰 키에 짧게 자른 갈색 머리, 에너지 넘치는 몸짓은 전염성이 강했다. 파리 도서전시회 때 그녀를 처음 만났고, 코생병원 미디어센터에서 청소년 환자들의 치유에 도움을 주고자 마련한 행사에 나와 달라는 부탁을 받았다. 어찌나 열정적인 태도로 이야기하던지 그녀의 제안에 속절없이 빨려들었다.

"난 요즘 회고록을 쓰고 있는데 필요한 자료가 있어요."

"회고록이라고요? 그렇게 말하면 제가 덥석 믿을 거라고 생각하시는 건 아니죠?"

사비나가 깔깔대며 그의 말을 반박했다.

언제나 따지고 보면 솔직한 태도가 더 나은 결과를 낳는 법이었다.

"그래요, 사실 난 오래 전 강연 프로그램에 참가했던 청소년 환자들 가운데 하나였던 마틸드 몽네에 대해 알아보려고 전화했어요."

"분명 들어본 이름인데 딱히 누군지 기억나지 않아요." 사비나가 잠시 생각에 잠겼다가 말을 이었다. "나이를 먹어갈수록 점점 기억력이 둔화되어 가고 있어요."

"기억력이야 마찬가지죠. 아무튼 마틸드 몽네가 무슨 이유로 그 병원에 입원했었는지 알고 싶어요."

"환자의 신상정보나 입원 이력에 대해서는 접근이 불가해요. 설령 가능하더라도 타인의 정보를 허락도 받지 않고 유출할 수는 없어요."

"아직 코생병원 미디어센터에서 일하는 지인이 있을 텐데 제발 한번만 알아봐주세요. 매우 중요한 일이니 부탁합니다."

"글쎄요, 알아보긴 하겠지만 장담할 수는 없어요."

네이선은 통화를 마치고 나서 서재로 자리를 옮겨 책들을 샅샅이 훑어보았다. 한참 동안 시선을 여기저기로 돌린 끝에 비로소 《로렐라이 스트레인지》를 찾아냈다. 1993년 가을에 서점에 배포되었던 초판본 가운데 한 권이었다. 손바닥으로 표지에 쌓인 먼지를 닦아내자 '공 굴리는 곡예사' 그림이 나타났다. 피카소의 핑크시대에 속하는 걸작이었다. 네이선은 그림을 찢어 직접 표지를 만들었다. 출판사에서는 책에 대한 기대치가 매우 낮았기 때문에 그가 하는 대로 내버려두었다. 《로렐라이 스트레인지》 1쇄는 언론의 서평도 변변하게 받지 못했고, 판매부수도 5천 부를 넘지 않았다. 그 후 그의 첫 번째 소설은 예상을 뒤엎고 성공가도를 달리게 되었는데 서점에서 특별히 신경써준 결과는 아니었다. 성공의 유일한 이유는 소설을 읽고 열광한 독자들이 입소문을 내준 덕분이었다. 마틸드 몽네처럼 소설의 주인공에게서 자신의 모습을 발견한 여학생들의 반응은 그야말로 열광적이었다. 소설의 줄거리도 크게 한몫 했다.

《로렐라이 스트레인지》는 어느 주말에 정신병원에 입원한 청소년 여자 환자 로렐라이가 맞닥뜨리게 되는 다양한 형태의 만남을 그린 소설이었다. 로렐라이를 주인공으로 삼은 이유는 병원을 가득 채우고 있는 인간 군상들을 실감나게 묘사하기 위해서였다. 베스트셀러에 등재된 소설은 순위를 올리다가 마침내 '하나의 현상'이라는 찬사를 이끌어낼 만큼 괄목할 만한 성공을 거두기에 이르렀다. 처음 출간 당시 시큰둥하게 반응하던 사람들도 시간이 흐를수록 차츰 열광적인 독자 대열에 합류했다. 독자층도 다양해 젊은사람, 노인, 지식인, 교수, 학생, 평소 소설 읽기를 좋아하는 사람, 평소 책을 가까이 하지 않는 사람까지 두루 애독자가 되었다. 모두들 저마다 《로렐라이 스트레인지》에 대한 나름의 의견을 피력했고, 심지어 소설에서 언급하지 않은 내용들까지 논의선상에 올랐다. 네이선이 대대적인 오해라고 말했던 이유는 바로 그런 기현상 때문이었다. 해를 거듭하면서 《로렐라이 스트레인지》를 찾아 읽는 독자들이 한층 더 증폭되었고, 모든 사람들이 반드시 읽어야 할 문학의 고전으로 자리매김했다. 이 소설에 대한 학술논문들이 쏟아져 나왔고, 서점은 물론 공항 가판대나 동네 슈퍼마켓 도서판매대에서 쉽게 구해볼 수 있는 책이 되었다. 간혹 책이 자기계발서 코너에 꽂혀 있기도 해 네이선을 비탄에 빠뜨리기도 했다.

그러다가 마침내 파국이 도래했다. 네이선은 절필을 선언하기 전에 이미 자기가 쓴 작품을 증오하게 되었고, 사람들이 소설에 대해 이러쿵저러쿵 이야기하는 걸 도저히 들어주지 못할 지경이 되었다.

네이선은 출입문 차임벨 소리를 듣고 나서야 과거의 기억에서 빠져나왔다. 소설을 원래 자리에 다시 꽂아두고 감시카메라 화면으로 눈길을 돌렸다. 깁스를 풀어주기 위해 방문한 의사 장 루이였다. 그는 하마터면 깜빡 잊을 뻔했다. 그를 깁스로부터 해방시켜줄 구원자가 문 앞에 서 있었다.

3

트리스타나 비치 살인사건

서점을 찾는 관광객이나 주민들은 너나할 것 없이 모두 중앙광장을 통과해 안으로 들어왔다. 다들 온통 살인사건 이야기로 떠들썩했다. 오후로 접어들며 서점에는 수많은 뜨내기 고객들이 모여들었다. 엄밀한 의미에서 책을 사기 위해 찾아온 고객은 거의 없었고, 살인사건과 관련해 뭔가 솔깃한 이야기를 들을 수 있지 않을까 기대하며 방문한 사람들이 대부분이었다. 혹자는 공포감을 물리치기 위해, 혹자는 병적인 호기심에 사로잡혀 삼삼오오 무리를 지어 웅성거렸다.

나는 계산대를 지키면서 맥북을 열었다. 서점의 인터넷 연결 속도는 비교적 빠른 편이었지만 자주 끊겼고, 그럴 때마다 위층으로 올라가 셋톱박스를 껐다가 다시 켜야 하는 번거로움이 따랐다. 나는 마침 트위터에 새로운 기사를 써서 올린 로랑 라포리의 계정 화면을 열었다.

로랑이 수집한 정보에 따르면 경찰은 마침내 희생자의 신원을 확인하는데 성공했다. 희생자 이름은 아폴린 샤푸이, 나이는 38세, 직업은 와인도매상, 주거지는 보르도의 샤르트롱 지역이었다. 초기에 확보한 증언에 따르면 아폴린 샤푸이는 지난 8월 20일 생 쥘리앵 레 로즈 선착장에 모습을 드러냈던 것으로 확인되었다. 그날 함께 페리에 올랐던 승객들 중 몇몇은 배에서 그녀와 얼굴을 마주친 적이 있었지만 섬을 방문하는 이유에 대해서는 제대로 아는 사람이 없었다. 경찰 역시 아직 그녀의 방문 목적을 조사 중이라고 했다. 검증되지 않은 추측이 난무하는 가운데 로랑은 누군가 아폴린 샤푸이를 보몽 섬으로 유인한 다음 납치살해하고 사체를 냉동고에 보관해왔을 공산이 크다는 가설을 소개했다. 로랑이 트위터에 올린 기사는 경찰이 희생자가 감금되어 있던 장소를 찾아내기 위해 섬의 모든 거처를 대상으로 압수수색을 벌이고 있다는 얼토당토않은 허위 사실로 끝을 맺었다.

나는 그레구아르가 컴퓨터 화면 뒤에 방치해둔 우체국 달력을 살폈다. 카르자(Étienne Carjat 1828-1906 프랑스 사진가, 기자, 시인 : 옮긴이)가 찍은 아르튀르 랭보의 사진(대다수 사람들이 알고 있는 천재 시인 랭보의 얼굴은 카르자가 1872년에 촬영한 사진으로 추정되고 있다 : 옮긴이)이 실린 달력이었다. 로랑이 제시한 날짜가 사실이라고 가정할 경우 아폴린 샤푸이는 나보다 3주 앞서 섬에 도착했다. 8월 말이라면 지중해에 면해 있는 많은 섬에 홍수가 날 만큼 비가 억수처럼 쏟아졌던 때였다.

나도 모르게 기계적으로 '아폴린 샤푸이' 라는 이름을 검색엔진에

쳤다. 클릭 몇 번 만에 아폴린 샤푸이가 다니는 회사 홈페이지에 접속했다. 로랑은 기사에서 아폴린의 직업을 와인도매상으로 썼지만 엄밀히 말하자면 그녀의 전문분야는 마케팅이었다. 세계무대에서 대단히 적극적인 활동을 펼치고 있는 회사로 규모는 작지만 호텔과 식당을 상대로 고가의 명품 와인을 판매하거나 돈 많은 와인애호가들에게 일종의 '턴키' 방식으로 와인창고를 구성해주는 비즈니스에 주력하는 업체였다.

홈페이지의 탭 브라우징 '우리는 누구인가?'에 접속해보니 회사를 만든 설립자의 이력과 연혁을 정리해놓은 페이지가 있었다. 설립자는 보르도 지역에서 여러 개의 와이너리 지분을 보유하고 있는 집안 자손이었다.

파리에서 태어난 아폴린은 보르도 4대학에서 '포도와 와인에 관한 법' 마스터 과정을 이수했고, 몽펠리에 국립고등농학연구소에서 발행하는 와인제조전문가 국가 학위(DNO)를 받았다. 아폴린은 학업을 마친 후 런던과 홍콩에서 일했고, 그 후 컨설팅회사를 창업했다. 흑백으로 찍은 증명사진만 봐도 그녀가 얼마나 매력적인 외모 – 특히 큰 키에 금발, 약간 우수에 잠긴 얼굴을 좋아하는 사람에게라면 – 의 소유자인지 알 수 있었다.

아폴린은 보몽 섬에 무슨 일로 왔을까? 일과 관련한 방문이었을까?

다른 볼일 때문일 수도 있겠지만 일과 관련한 방문이었을 가능성이 매우 높았다. 보몽 섬에는 아주 오래 전부터 포도밭과 와이너리가 있었다. 포르크롤 섬과 마찬가지로 보몽 섬의 농장들 역시 처음에는 화재에 대비한 방화벽 목적으로 생겨났다. 현재 보몽 섬의 여러 와이너리에서는 코트드프로방스 지역 특산물로 분류되는 품질 좋은 와인이 생산되고 있었다. 보몽 섬에서 가장 규모가 큰 와이너리는 갈리나리 가문 소유로 품질 면에서 매우 뛰어났다. 보몽 섬은 요즘 유명 와인 생산지로서의 명성을 쌓아가고 있었다.

2000년대 초반, 갈리나리 가문의 코르시카 계 사람들은 점토와 석회질이 주성분인 토양에 희귀한 품종의 포도를 심었다. 다들 처음에는 얼빠진 행위로 간주했지만 그들이 생산해내는 화이트 와인 ― 일 년에 2만 병만 한정 생산하는 〈테라 데이 피니〉 ― 은 현재 비교가 불가할 만큼 고품격 맛을 인정받아 전 세계 최고급 식당들에서 즐겨 선보이는 메뉴가 되었다. 보몽 섬에 온 이후 나는 몇 번 〈테라 데이 피니〉를 맛볼 기회가 있었다. 단맛은 거의 없고 상큼한 과일향이 나는 화이트와인으로 한 모금 마실 때마다 입 안 가득 꽃향기와 베르가모트 향이 번져갔다. 하나부터 열까지 바이오다이내믹 농법으로 와인을 제조하고 있었고, 섬의 따스한 기후와 온화한 바닷바람이 양질의 포도를 생산할 수 있는 바탕이었다.

나는 로랑의 기사를 읽기 위해 다시 화면 쪽으로 고개를 숙였다. 난생처음 추리소설에 등장하는 수사관이 된 기분이었다. 매번 흥미 있는 뭔가를 발견할 때마다 그랬듯 나의 오감을 일깨워 소설에 결집시키고 싶었다. 어느새 내 머릿속에서는 불안감을 야기하는 수수께끼 같은 이미지들이 구체적인 형체를 잡아가기 시작했다. 지중해에 떠있는 작은 섬에서 냉동된 젊은 여인의 사체가 발견되면서 섬을 드나들던 배와 사람들의 출입이 통제되고, 세계적인 명성을 떨친 유명작가는 20년 동안 세상과 단절한 가운데 섬의 자택에서 은둔생활을 해오고 있었다.

컴퓨터에서 새 파일을 연 나는 소설의 도입부를 써내려가기 시작했다.

1장

2018년 9월 11일 화요일

바람을 잔뜩 머금은 돛들이 쨍한 하늘 속에서 펄럭였다.

딩기 요트는 오후 1시가 조금 지날 무렵 바르 해안을 출발해 5노트의 속도로 보몽 섬을 향해 나아갔다. 나는 요트의 키 근처 조타수 옆에 앉아 바다냄새에 흠씬 취했고, 지중해 해수면 위에서 찬란하게 부서지는 황금빛 햇살을 눈이 시리도록 바라보았다.

4

태양은 하늘을 오렌지 빛깔 줄무늬 얼룩으로 물들이며 수평선 뒤로 내려갔다. 반려견과 산책을 나갔던 네이선은 다리를 질질 끌다시피 하며 집으로 돌아오고 있었다. 의사의 충고를 보란 듯 무시한 객기였다. 의사가 깁스를 풀어주기 무섭게 그는 지팡이도 없이 브롱코를 데리고 산책을 나갔다가 혹독한 대가를 치르는 중이었다. 숨이 턱에 찰 듯 가빠왔고, 발목이 나무막대기처럼 뻣뻣했고, 몸의 모든 근육들이 피로감과 통증을 호소했다.

네이선은 거실로 들어서자마자 바다가 마주보이는 곳에 놓인 소파에 털썩 주저앉아 소염 진통제를 삼켰다. 그가 두 눈을 질끈 감고 잠시 숨을 고르는 사이 브롱코가 옆에 서서 손을 핥아댔다. 소파에 기대 설핏 잠이 들려는 순간 출입문 차임벨이 울리는 바람에 자기도 모르게 자리에서 벌떡 일어섰다.

소파 팔걸이를 짚고 자리에서 일어난 그는 다리를 절룩거리며 감시카메라 화면 앞으로 걸어갔다. 마틸드 몽네의 환한 얼굴이 화면을 가득 채우고 있었다.

네이선은 그 자리에 우뚝 멈춰 섰다.

저 여자는 왜 또 찾아온 거야?

마틸드의 방문은 그의 머릿속에서 희망인 동시에 위협으로 다가왔다. 다시는 찾아오지 않겠다고 말하고 떠난 그녀가 다시 나타난 걸 보면 무슨 꿍꿍이가 있는 게 분명했다.

어쩐다? 그냥 모른 체할까?

무슨 일인지는 몰라도 회피할 경우 지금 당장은 성가신 일을 겪지 않아도 되겠지만 만약 중요한 용무가 있어 찾아왔다면 들을 수 있는 기회를 영영 놓치게 되는 셈이었다.

네이선은 한마디 말도 없이 문을 열어주었다. 어느새 가빴던 숨이 진정되었고, 근육 통증도 완화되었다. 그는 그녀를 직접 대면한 자리에서 이제 더 이상 자신의 생에 끼어들지 말라고 부드러운 말로 충고해줄 생각이었다.

네이선은 전날처럼 문 앞에 서서 마틸드를 기다렸다. 브롱코 녀석이 한 손으로 문틀을 잡은 그의 발 언저리에서 배를 깔고 넙죽 엎드려있는 동안 그는 마틸드의 픽업이 먼지를 일으키며 다가오는 광경을 물끄러미 지켜보았다. 그녀는 현관 입구 층계 앞에 차를 세우고 핸드브레이크를 잡아당겼다. 이윽고 차문을 열고 나온 그녀는 네이선을 정면으로 바라보며 한동안 가만히 서 있었다. 꽃무늬가 수놓인 짧은 소매 원피스 안에 골지 터틀넥 니트를 받쳐 입은 차림새였다. 저녁의 마지막 햇살이 미끄러지듯 아래로 내리깔렸다.

네이선은 그녀의 시선을 대하는 순간 두 가지 확신을 얻었다.

첫째, 마틸드는 우연히 섬을 찾아온 게 아니다. 그녀가 섬을 찾은 목적은 단 한 가지, 은둔 작가의 비밀을 캐내기 위해서다. 둘째, 마틸드는 은둔 작가의 비밀이 무엇인지 전혀 알지 못한다.

"드디어 깁스에서 해방되셨네요. 그럼 저 좀 도와주실래요?"

마틸드가 자동차 뒤쪽에 쌓여있는 봉투들을 내려놓으면서 그에게 도움을 청했다.

"이게 다 뭡니까?"

"시장을 좀 봐왔어요. 어제 이 집 냉장고가 텅 비었다고 하셨잖아요."

네이선은 그 말을 듣고도 꼼짝하지 않았다.

"난 집안일 도우미는 필요 없어요. 혼자서도 얼마든지 시장을 볼 수 있습니다."

마틸드의 향수냄새가 그가 서 있는 곳까지 날아왔다. 민트와 오렌지 향이 섞인 냄새, 방금 빤 세탁물에서 나는 청결한 냄새가 숲의 향기와 어우러져 코끝을 간질였다.

"절대로 무료봉사가 아니니 오해하지 마세요. 다만 한 가지 확인 해보고 싶은 부분이 있을 뿐이에요. 자, 그러니 도와주실 건가요, 말 건가요?"

"도무지 무슨 말인지 모르겠네요."

네이선이 영문을 모르겠다는 듯 떨떠름한 표정으로 차에 남아있 는 봉투들을 들어올리며 물었다.

"송아지 찜 요리."

네이선은 잘못 들은 거라고 지레 짐작하자 마틸드가 정색하며 말했다.

"마지막 인터뷰 때 송아지 찜 요리를 기가 막히게 잘 만든다고 하셨잖아요. 내가 정말 좋아하는 요리거든요."

"채식주의자일 거라 상상했는데 아니었군요."

"송아지 찜 요리에 필요한 재료를 다 샀으니까 저녁식사에 초대 하지 않으려는 핑계는 접어두세요."

네이선은 전혀 예상하지 못한 상황에 놓이게 되었지만 충분히 컨 트롤 할 수 있는 게임이라 여기고 마틸드에게 들어오라는 손짓을 보냈다.

마틸드는 마치 자기 집에 온 듯 주방 테이블 위에 쇼핑해온 봉투 들을 내려놓더니 입고 있던 라이더 재킷을 옷걸이에 걸었다. 그런 다음 코로나 맥주 한 병을 들고 테라스로 나가더니 석양을 붉게 물들인 노을을 감상하며 느긋하게 마셨다.

　네이선은 주방에 남아 식료품을 냉장고에 정리해 넣은 다음 심드렁한 태도로 오븐 앞에 섰다. 마지막 인터뷰 때 송아지 찜 요리를 잘 한다고 했던 건 멍청하기 그지없는 답변이었다. 기자가 질문하는 바람에 별 의미 없이 내뱉은 말을 아직까지 기억하고 있는 누군가가 있다는 게 신기할 지경이었다. 그는 누군가 사생활에 대해 물을 경우 이탈로 칼비노의 명제, 즉 '대답하지 않거나 거짓말을 한다.' 라는 원칙을 고수해왔다. 하지만 이미 내뱉은 말을 주워 담을 수도 없는 노릇이었다. 그는 최대한 아픈 다리에 체중을 싣지 않으려고 애쓰면서 필요한 재료들을 선별했다. 벽장에서 한동안 쓰지 않았던 법랑냄비를 꺼내 올리브유를 두르고 가스 레인지 위에 올려 데워지기를 기다렸다. 그 다음 도마를 꺼내 송아지 허벅지 살과 뒷다리 고기를 썰어 냄비에 넣고, 마늘과 파슬리를 다져 노르스름하게 익어가는 고기 위에 뿌렸다. 그 다음은 밀가루 한 숟가락, 화이트 와인 한 컵을 차례로 넣고 나서 마지막으로 뜨거운 육수를 부었다. 이제부터 뭉근한 불에 한 시간 정도 올려두면 완성이었다.

　네이선은 다른 방들 쪽으로 시선을 옮겼다. 해는 이미 졌고, 제법 쌀쌀해진 저녁 공기를 피해 실내로 들어온 마틸드는 턴테이블에 야드버즈(The Yardbirds 1963년 런던에서 결성된 록 밴드로 1992년 로큰롤 명예의 전당에 입성 : 옮긴이)의 오래된 LP판을 올려놓고 나서 서가에 꽂혀있는 책들을 살폈다. 네이선은 냉장고의 연장선상에 놓인 와인랙에서 생쥘리앵 한 병을 꺼내 천천히 디캔터에 옮겨 담고 거실에 있는 마틸드에게로 갔다.

"여긴 그다지 따뜻하지 않군요." 마틸드가 한마디 했다. "벽난로에 불을 지피는 게 좋겠어요."

"그럼 그렇게 하죠."

네이선은 장작을 보관해둔 창고로 갔다. 나뭇조각과 장작 몇 개를 가져와 거실 한가운데에 매달린 벽난로에 불을 붙였다. 마틸드는 거실에서 이리저리 서성이다가 장작 보관창고 옆 벽에 설치된 금고를 발견했다. 조금 열려 있는 금고 문 틈으로 안쪽에 보관되어 있는 펌프액션이 보였다.

"성가신 사람들이 찾아오면 총을 쏜다더니 괜한 말이 아니었나 봐요?"

"부인하지 않겠습니다. 당신은 용케 그런 일을 겪지 않았으니 다행이네요."

마틸드는 총기를 찬찬히 살펴보았다. 개머리판은 호두나무, 총열은 연마 강철 소재였다. 푸르스름한 반사광을 뿜어내는 총신의 아라베스크 문양 부조 한가운데에 루시퍼를 닮은 용이 위협적인 표정으로 그녀를 노려보고 있었다.

"악마 부조인가요?"

마틸드가 물었다.

"쿠세드라인데 알바니아 설화에 등장하는 용이죠. 암컷이고, 뿔이 달렸어요."

"매력적인 용이네요."

네이선은 그녀의 어깨를 살짝 밀어 벽난로 쪽으로 데려간 다음 와인을 따라주었다. 두 사람은 건배하고 나서 말없이 생쥘리앵을 마셨다.

"그뤼오 라로즈 1982년산이군요. 좋은 대접을 받아 기분이 좋아요."

마틸드는 소파 옆에 놓인 가죽 안락의자에 앉아 담배에 불을 붙이고 나서 브롱코의 목덜미를 쓰다듬어주었다.

네이선은 주방으로 돌아가 송아지 고기 찜 요리에 씨를 뺀 올리브 몇 알과 버섯을 추가했다. 그런 다음 끓는 물에 쌀을 넣어 익히고, 식탁에 접시 두 개와 수저를 올려놓았다. 마지막으로 식초를 첨가한 계란 노른자를 송아지 고기 찜에 넣었다.

"요리가 다됐으니 이리 오세요."

네이선이 요리를 식탁에 올려놓으며 소리쳤다.

마틸드는 식탁으로 자리를 옮기기 전 턴테이블에 영화 〈추상(Le Vieux Fusil)〉의 오리지널 사운드트랙을 올려놓았다. 마틸드가 프랑수아 루베의 멜로디에 맞춰 손가락으로 딱딱 소리를 내는 동안 네이선은 그 모습을 물끄러미 바라보았고, 브롱코는 어슬렁거리며 그녀 주변을 맴돌았다. 자연스러우면서도 아름답고 매혹적인 광경이었다. 그저 현재의 분위기에 자연스럽게 몸을 맡겨두면 그만이었지만 이런 모습들조차 상대를 마음대로 조종하기 위한 치열한 게임의 일환이라는 사실을 모르지 않았다.

네이선은 그녀와의 게임이 어떤 결과를 가져오게 될지 가늠해보았다. 그는 집안으로 늑대를 받아들이는 위험을 감수했다. 이제껏 어느 누구도 그가 지난 20년 동안 감추어온 비밀에 근접하지 못했다.

송아지 찜 요리는 완벽한 성공작이었다. 마틸드는 왕성한 식욕으로 요리를 맛있게 먹었다. 네이선은 평소 거의 말을 하지 않고 지내왔지만 어떤 분야든 특유의 관점을 가진 마틸드의 놀라운 식견과 유머러스한 화술 덕분에 더할 나위 없이 즐거운 시간을 보냈다. 어느 순간 마틸드의 눈빛이 달라진 걸 발견했다. 그녀의 눈에서 반짝이는 광채는 여전했지만 웃음기가 가신 진중한 눈빛이었다.

"당신에게 줄 생일선물을 가져왔어요."

"나는 6월에 태어났는데 생일선물이라니요?"

"생일을 조금 앞당기거나 뒤로 미룬다고 해서 그리 잘못될 건 없잖아요. 작가로서 마음에 드는 선물일 거예요."

"난 이제 작가가 아닙니다."

"작가는 대통령이나 마찬가지죠. 대통령을 역임한 사람은 임기가 끝나도 언제나 대통령이란 직함이 이름 뒤에 따라다니죠."

"그리 틀린 말은 아니네요."

마틸드는 전선을 옮겨 다니며 그를 공격했다.

"역사적으로 봤을 때 작가들은 가장 심한 거짓말쟁이들이었어요."

"역사상 최고의 거짓말쟁이들은 정치가들, 역사가들, 기자들 순이라고 할 수 있죠. 작가들을 거짓말쟁이로 치부하는 의견에는 결코 동의할 수 없습니다."

"작가들은 삶을 이야기한다는 방편을 내세워 천연덕스럽게 거짓말을 늘어놓잖아요. 인간의 삶은 방정식으로 간추리거나 한 권의 소설 속에 구겨 넣을 수 있을 만큼 간단하지 않아요. 그럼에도 소설은 논픽션보다 사람들에게 미치는 파급력이 훨씬 더 크죠. 소설을 픽션이라고 하는 건 다른 말로 하자면 거짓말이라는 의미 아닌가요?"

"오히려 그 반대라고 할 수 있죠. 필립 로스가 소설에 대해 언급했던 말이 있어요. '소설은 소설 창작자에게 말로는 표현할 수 없는 진실을 표현할 수 있는 거짓말을 제공한다.' 라고요."

"일리 있는 말이긴 하네요."

네이선은 갑자기 이 모든 설왕설래가 성가시게 여겨졌다.

"소설이 뭔가에 대해 따지자면 아마 밤새 토론을 해도 결론내리기 쉽지 않을 것 같군요. 그나저나 나에게 줄 선물이 뭐죠?"

"당신에게 들려줄 이야기가 있는데 좋은 선물이 될 거예요."

마틸드는 술잔을 들고 식탁에서 일어나더니 앞서 앉았던 가죽 안락의자로 돌아갔다.

"아마도 내 이야기가 끝나면 당신은 컴퓨터 앞에 앉아 글을 쓰지 않고는 못 배길 거예요."

네이선은 고개를 저었다.

"꿈에서라도 그런 일은 일어나지 않을 겁니다."

"내기할까요?"

"내기 같은 건 하지 않아요."

"혹시 내 말대로 될까봐 두려우세요?"

"아니, 전혀 두렵지 않아요. 이 세상 어디에도 나로 하여금 다시 글을 쓰게 만들 이유는 없으니까. 당신이 들려줄 이야기가 무엇인지 몰라도 어떻게 내 마음을 바꿀 수 있다고 자신하는지 이해하기 어렵군요."

"왜냐하면 당신과 밀접하게 관련된 이야기니까요. 뒤를 잇는 다음 이야기가 필요하기도 하고요."

"그런 이야기라면 굳이 하고 싶지 않아요."

"아니, 난 반드시 들어야 해요."

마틸드는 꼼짝도 하지 않고 안락의자에 앉아 빈 잔을 네이선에게 내밀었다. 생쥘리앵 와인 병을 들고 자리에서 일어난 네이선은 그녀의 잔에 와인을 따라주고 나서 다시 소파에 앉았다. 이제부터 본격적으로 중요한 일이 시작되고 있고, 그녀가 지금껏 늘어놓았던 말들은 그저 객쩍은 소리에 불과할 수도 있다는 걸 깨달았다. 진정한 의미에서의 양자 간 전면전이 시작되기 직전이었다.

"2000년대 초 오세아니아에서부터 시작되는 이야기입니다." 마틸드가 운을 뗐다. "파리 출신 젊은 커플인 아폴린 샤푸이와 카림 암라니는 열다섯 시간의 비행 끝에 하와이에 도착합니다. 두 사람은 하와이에서 휴가를 보낼 작정이었죠."

5. 이야기보따리를 품고 있는 여자

자기 내면에 아직 풀어놓지 않은 이야기보따리를 간직하고 있는 것보다 더 고약한 불안감은 존재하지 않는다.
-조라 닐 허스턴

2000년

이야기는 2000년대 초반 오세아니아에서 시작된다.

파리 출신 젊은 커플인 아폴린 샤푸이와 카림 암라니는 열다섯 시간의 비행 끝에 하와이에 도착했다. 그들은 하와이에서 일주일 동안 휴가를 즐길 예정이었다. 호텔에 도착한 두 사람은 객실의 미니바에 들어있던 술을 다 비우고 나서 깊은 잠에 빠져들었다.

두 사람은 다음날부터 본격적인 관광을 시작했다. 우선 천혜의 자연을 그대로 간직하고 있는 화산섬 마우이를 둘러보며 자연의 매력에 흠뻑 빠져들었다. 작은 폭포들 앞을 지날 때면 감탄사를 연발했고, 해시시 담배를 피우며 꽃이 만발한 들판을 감상했다. 고운 모래가 깔린 해수욕장에서 사랑을 나누기도 했고, 배를 한 척 빌려 라하이나의 먼 바다로 나가 고래들을 만나기도 했다.

사흘째 되던 날, 스쿠버 다이빙 체험을 하다가 그만 바다에 카메라를 떨어뜨려 분실하는 일이 빚어졌다. 잠수부 두 명이 카메라를 찾기 위해 애써봤지만 헛수고로 돌아갔다.

아폴린과 카림은 카메라 찾기를 포기할 수밖에 없었다. 휴가를 보내면서 찍은 사진을 몽땅 잃어버린 셈이었다. 그날 저녁에 두 사람은 해변에 위치한 술집에서 칵테일을 마시며 카메라를 바다에 빠뜨린 작은 사고를 까마득히 잊어버렸다.

2015년

우리 인생은 늘 나름의 놀라움을 간직하고 있다.

여러 해가 지나고 나서 미국인 여성 사업가 일리노어 파라고는 하와이에서 9천 킬로미터나 떨어진 타이완 남단 컨딩 지역의 바이샤완 해변에서 조깅을 하던 중 바위 틈 사이에 끼어있는 뭔가를 발견하고 뜀박질을 멈추었다.

그때가 2015년 봄 오전 7시 경이었다. 세계적인 호텔에서 일하는 일리노어 파라고는 동일 체인의 아시아 지역 몇몇 호텔을 방문하기 위해 출장 중이었다. 체류 마지막 날 아침, 그녀는 뉴욕 행 비행기에 몸을 싣기 전 타이완의 코트다쥐르 격인 바이샤완 해변을 달렸다. 곱디고운 금빛 모래와 투명한 물로 유명한 해변이었지만 바다 깊숙한 곳에 뿌리를 내린 바위들도 간간이 눈에 띄었다. 일리노어는 바로 그 바위틈에서 뭔지 모를 물건을 발견했다. 그녀는 문득 궁금증이 일어 물건이 있는 바위까지 달려갔고, 깊이 몸을 숙여 손에 넣는 데 성공했다. 방수 케이스 속에 담겨 있는 캐논 파워샷 카메라였다.

일리노어는 알지 못했지만 ─ 그녀는 사실 끝내 알지 못했다 ─ 젊은 프랑스 커플이 하와이 바다에서 분실한 카메라가 15년 동안 온갖 장애물과 조류를 헤쳐 가며 거의 1만 킬로미터에 육박하는 거리를 표류해온 셈이었다.

호텔로 돌아온 일리노어는 카메라를 기내용 가방에 넣었다. 몇 시간 후 그녀는 뉴욕의 JFK공항으로 가는 23시 08분 비행기에 탑승했다.

일리노어는 비행기가 예정보다 세 시간이나 늦게 출발한 까닭에 집으로 빨리 돌아가고 싶은 마음이 앞서 서두르다가 그만 기내의 수하물 보관함에 넣어두었던 가방과 몇 가지 소지품을 두고 내리는 실수를 저질렀다. 그녀가 깜빡 잊고 기내에 두고 내린 물건들 중에는 문제의 카메라도 포함돼 있었다.

*

청소를 하던 항공사 직원이 기내 수하물 보관함에서 일리노어가 두고 내린 가방과 소지품들을 발견했고, JFK공항 분실물보관센터에 맡겼다. 3주 후, 분실물보관센터 직원은 가방에서 일리노어의 항공권을 발견했다. 그는 자료 확인 절차를 거친 끝에 일리노어의 휴대폰번호로 전화를 걸었지만 받지 않아 음성메시지와 문자메시지를 남겼으나 아무런 답신도 받지 못했다.

JFK공항 분실물보관센터는 정해진 절차에 따라 82일 동안 일리노어의 분실물을 보관했고, 기간이 지나자 다른 수천 가지 물건들과 함께 앨라배마의 한 회사에 일괄적으로 판매되었다. 수십 년 전부터 미국 항공회사들의 분실 수하물들을 구입해온 회사였다.

*

2015년 가을이 시작될 무렵 문제의 카메라는 주인이 찾아가지 않은 물건들을 판매하는 회사의 수하물센터(Unclaimed Baggage Center UBC) 진열대에 놓이게 되었다. 수하물센터의 역사는 1970년 애틀랜타에서 북쪽으로 2백 킬로미터 떨어진 곳에 위치한 잭슨 카운티의 스코츠보로에서 시작되었다. 처음에는 가족들끼리 운영하는 소규모 회사였는데 주인이 찾아가지 않는 물건들을 팔아보자는 아이디어에 착안해 항공사들과 계약을 체결하게 되었다. 처음에는 그저 하나의 독특한 아이디어로 시작한 사업이었지만 예기치 않게 큰 성공을 거두며 분실수하물을 판매하는 전문기업으로 명성을 굳히게 되었다.

2015년, UBC가 보유한 창고 면적은 무려 4만 제곱미터에 달했고, 매일이다시피 미국 전역의 공항분실물센터로부터 7천 점 이상의 새로운 물건들이 세미 트레일러에 실려 밀려들었다. 세계 각지에서 호기심 많은 사람들이 UBC가 보유한 분실물들을 구경하기 위해 몰려들었고, 사업은 갈수록 호황을 이루었다. 한 해에 방문객 수가 1백만 명을 넘어서면서 창고 내부에 할인마켓과 호기심 박물관까지 들어섰다. 5층짜리 창고에는 각종 의류, 컴퓨터, 태블릿PC, 헤드폰, 악기, 손목시계 등이 빼곡하게 진열되었다. 기발한 물건들을 전시하는 호기심 박물관에는 18세기에 제작된 이탈리아 산 바이올린, 이집트의 데드마스크, 5.8 캐럿 다이아몬드, 죽은 자의 유골을 담은 유골함 등을 진열해두고 있어 방문객들의 눈길을 사로잡았다.

캐논 파워샷 카메라도 호기심 박물관 판매대 한 구석에 놓이게 되었다. 2015년 9월부터 2017년 12월까지 그 카메라는 천으로 만든 파우치에 넣어진 상태로 그 자리를 지켰다.

2017년

2017년 크리스마스 휴가 기간 동안 스코츠보로에 사는 스코티 말론은 열한 살짜리 딸 빌리와 함께 UBC 상점의 진열대 사이를 누비며 돌아다녔다. 운이 좋으면 신제품 가격보다 80퍼센트 이상 저렴한 가격에 새것과 다름없는 물건을 구입할 수 있었다. 스코티는 군터스빌 호수로 가는 길목에서 카센터를 운영하고 있었고, 자동차뿐만 아니라 선박도 수리했다.

올해 나이 마흔두 살인 그는 아내 줄리아가 떠난 후 혼자 빌리를 키우며 살아가고 있었다. 줄리아는 3년 전 어느 겨울날 그와 딸을 남겨두고 집을 나갔다. 그날, 그는 평소처럼 카센터에서 일을 마치고 집으로 돌아왔고, 주방 테이블 위에 놓인 줄리아의 메모를 발견했다. 구체적인 이유를 밝히지도 않고 집을 떠나기로 결심했다는 의사만 간단히 적어놓은 메모였다. 그는 마음이 아팠지만 - 그 고통은 지금까지도 계속 진행 중이었다 - 크게 놀라지는 않았다. 줄리아가 언젠가 떠나리라는 걸 알고 있었기 때문이다. 아름다운 장미는 언젠가는 시들기 마련이었고, 줄리아가 떠나리라는 건 마치 운명이라는 책자의 어느 한 페이지에 또렷하게 적혀있을 만큼 자명했다. 두려움은 끝내 현실화되었고, 돌이킬 수 없는 이별로 귀결되었다.

"아빠, 크리스마스 선물로 물감을 받고 싶어요. 제발 부탁이에요."

빌리가 간청했다.

스코티는 알았다는 뜻으로 고개를 끄덕였다. 두 사람은 책과 문구 관련 용품들을 파는 꼭대기 층으로 올라갔다. 15분쯤 매장을 둘러본 끝에 두 사람은 수채화 물감이 들어있는 예쁜 상자와 오일 파스텔, 작은 스케치북을 발견했다. 빌리는 크게 기뻐했고, 스코티도 마음이 훈훈해졌다. 그는 좋아하는 작가인 마이클 코넬리의 책《시인》을 0.99 달러에 구입했다. 줄리아 덕분에 독서의 매력을 알게 되었다. 추리소설, 역사소설, 모험소설 등 줄리아는 그가 흥미로워할 만한 책들을 꾸준히 추천해주었다. 처음에는 소설에서 펼쳐지는 이야기 속으로 깊숙이 빠져들기 쉽지 않았지만 마치 그를 위해 쓴 듯

한 디테일, 대화문, 등장인물들이 가진 생각에 공감하며 자기도 모르게 매료되어 음미할 수 있는 책을 손에 쥐게 되면 눈앞에서 새로운 세계가 펼쳐지는 느낌이 들었다. 소설이 펼치는 세계 속으로 빠져드는 일은 그 무엇보다 보람 있는 일탈이었다. 그의 경험으로 보자면 소설 읽기가 넷플릭스에서 보는 영화, 애틀랜타 호크스의 농구시합, 사람들을 좀비로 만드는 비디오 클립들보다 훨씬 유익했다.

빌리와 계산대 앞에 줄을 선 스코티는 바구니에 가득 담아놓은 딸이 물건들을 보았다. 철망으로 된 대형 바구니를 뒤적거리던 그는 수많은 잡동사니들 가운데 유난히 눈길이 가는 카메라를 4.99달러를 지불하고 구입했다. 잠시 생각에 잠긴 스코티는 마음이 흔들렸다. 그는 망가진 물건을 수리하길 좋아했다. 반드시 물건을 고치기로 마음먹고 일에 몰두하다 보면 시간이 정말 빨리 흘렀다. 오래되고 낡은 기기들을 다시 새것처럼 작동하게 만들 때마다 마치 자신의 삶 한 부분을 고쳐놓은 느낌이 들기도 했다.

*

집으로 돌아온 아빠와 딸은 크리스마스가 되려면 아직 이틀이나 남은 토요일이었지만 서로에게 줄 선물을 미리 열어보기로 합의했다. 스코티는 월요일에 다시 카센터 문을 열기로 한 만큼 주말 동안에라도 선물을 받은 기쁨을 누릴 수 있을 테니까. 이번 겨울은 유난히 추웠다. 스코티는 딸에게 줄 핫 초코를 준비했다. 마시멜로 조각들이 뜨거운 음료 표면을 떠다녔다. 빌리가 음악을 틀어놓고 오후 내내 그림을 그리는 동안 스코티는 시원한 맥주로 목을 축이며 추리소설을 읽었다.

빌리가 저녁식사로 치즈 마카로니를 만들겠다며 주방에서 온통 법석을 떠는 동안 스코티는 카메라가 들어있는 봉투를 열었다. 방수가 되는 프레임 상태를 관찰한 그는 카메라가 여러 해 동안 물속에 잠겨 있었을 거라 짐작했다. 카메라의 프레임을 해체하려면 톱니 달린 칼이 필요했다. 예상대로 작동이 되지 않는 카메라였지만 여러 차례 시도 끝에 처음 상태를 그대로 유지하고 있는 메모리칩을 꺼내는데 성공했다. 그는 메모리칩을 컴퓨터에 연결한 다음 안에 들어있는 사진들을 복사했다.

스코티는 자기도 모르게 조금 흥분한 상태로 사진들을 훑어보았다. 타인의 사생활을 몰래 엿보는 느낌이 들어 마음이 불편한 동시에 야릇한 호기심이 발동했다. 카메라에서 복사한 사진이 40장쯤 되었다. 젊은 커플이 마치 지상낙원 같은 분위기에 흠뻑 빠져 활짝 웃고 있는 사진이었다. 해수욕장, 에메랄드빛 바다, 나무들이 우거진 녹색의 숲, 바다 속으로 깊숙이 잠수해 찍은 색색의 물고기들이 젊은 커플과 함께 했다. 그 당시는 셀프 사진이 유행하기 이전이었는데 카메라렌즈를 자기 쪽으로 오게 한 다음 팔을 최대한 길게 뻗어 셔터를 누른 사진도 있었다. 배경은 아우마쿠아 호텔이었다. 스코티는 인터넷을 열고 몇 번 검색한 끝에 하와이에 있는 호텔이라는 걸 알아냈다.

분명 이 카메라는 하와이에서 잃어버린 거야. 한동안 태평양에 잠겨 있었다는 뜻이지.

카메라의 메모리 칩 안에는 다른 사진들도 들어 있었다. 사진에 나온 날짜로 보아 하와이 사진들보다 몇 주 앞서 촬영되었고, 더 이상 지상낙원 같은 분위기는 나지 않았다. 그 사진들에는 다른 부류 사람들이 등장했고, 모르긴 해도 다른 나라에서 촬영한 게 분명했다.

도대체 이 카메라의 원래 주인은 누구였을까?

스코티는 머릿속에 여러 가지 의문을 담은 가운데 컴퓨터화면 앞을 떠나 저녁식사 테이블로 자리를 옮겼다. 저녁식사 후에 빌리와 크리스마스를 소재로 한 무서운 영화를 보기로 약속했기 때문이었다. 그는 빌리와 함께 〈그렘린〉과 팀 버튼의 〈크리스마스 악몽〉을 보았다.

텔레비전 앞에 앉아 있는 동안에도 카메라 속에서 찾아낸 사진들이 머릿속에서 어른거렸다. 텔레비전을 보며 맥주를 마시던 그는 결국 소파에서 혼곤한 잠에 빠져들었다.

*

다음날 눈을 떴을 때는 벌써 10시가 다 되어갈 무렵이었다. 그의 눈에 컴퓨터 앞에 앉아 뭔가 열심히 작업 중인 빌리의 모습이 들어왔다.

"커피 끓여줄까요?"

"빌리, 아빠 허락 없이 마음대로 인터넷에 접속하면 안 된다고 했잖아."

그가 다짜고짜 버럭 소리를 질렀다.

빌리는 기분이 상한 듯 어깨를 으쓱 추어올리고는 주방으로 사라졌다.

스코티는 딸이 방금 전까지 앉아있던 컴퓨터 책상에서 구깃구깃 접혀 있는 종이쪽지 한 장을 발견했다. 자세히 보니 전자항공권이었다.

"이 전자항공권을 어디에서 찾았니?"

"카메라가 들어있던 파우치에서 발견했어요."

빌리가 코끝으로 파우치를 가리키며 퉁명스럽게 대답했다.

스코티는 눈을 가느다랗게 뜨고 전자항공권에 적혀 있는 정보들을 읽었다. 2015년 5월 12일에 타이베이를 출발해 뉴욕으로 가는 델타 에어라인 항공권이었다. 승객의 이름은 일리노어 파라고였다.

스코티는 뭐가 뭔지 점점 더 알 수 없게 되어간다는 느낌이 들며 머리를 긁적였다.

"아빠, 난 무슨 일이 일어났는지 알아요. 아빠가 깊은 잠에 빠져든 사이 나름 생각해볼 시간이 있었으니까!"

빌리가 기세등등하게 말하고 나서 컴퓨터 앞에 앉더니 인터넷에서 다운받은 세계지도를 출력했다. 그런 다음 볼펜으로 태평양 한가운데에 있는 작은 섬을 가리켰다.

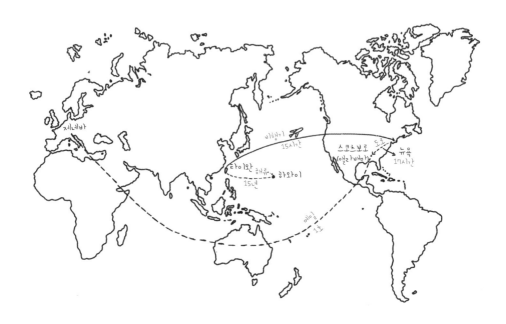

"이 카메라는 2000년에 하와이에서 스쿠버다이빙 체험을 하던 젊은 커플이 잃어버린 거예요."

빌리는 카메라 메모리칩에서 나온 최근 사진들을 화면에 띄우며 설명을 시작했다.

"거기까지는 나도 같은 생각이야."

스코티도 안경을 쓰며 빌리의 말에 동의했다.

빌리는 세계지도 위에 하와이에서 타이완까지 이어지는 긴 화살표를 그리고 나서 항공권을 가리켰다.

"이 카메라는 해류를 따라 표류하면서 타이완 해안까지 갔어요. 2015년에 타이완을 방문했던 일리노어 파라고라는 여자가 마침 해안에서 카메라를 발견한 게 분명해요."

"일리노어 파라고는 미국 뉴욕으로 돌아오던 길에 카메라를 기내에 두고 내렸겠지."

"일리 있는 추론이에요."

빌리가 고개를 끄덕이며 맞장구를 쳤다.

"결국 그런 과정을 겪은 끝에 우리 손에 들어오게 되었죠."

빌리는 다시 세계지도 위에 타이베이에서 뉴욕으로 향하는 화살표를 그린 다음 그들이 사는 스코츠보로까지 점선을 그려 넣었다.

스코티는 내심 빌리의 놀라운 추리력에 감탄하지 않을 수 없었다. 어느 누구의 도움도 받지 않고 혼자 퍼즐조각을 거의 완벽하게 꿰어 맞춘 셈이었으니까. 다만 아직 맞추지 못한 한 조각의 퍼즐이 남아있었다.

"하와이에서 찍은 사진에 등장하는 사람들은 누구일까?"

"그야 나도 모르지만 프랑스 사람들 같아요."

"왜 그렇게 생각하지?"

"하와이 말고 그 이전에 촬영한 사진들을 자세히 보면 창문 너머로 파리에서 흔히 볼 수 있는 지붕들이 보여요." 빌리가 조리 있게 말을 이었다. "희미하지만 멀리 에펠탑이 보이는 사진도 있어요."

"이제 보니 그러네. 난 그냥 에펠탑이 라스베이거스에도 있는 줄 알았어."

"아빠! 정말 그렇게 생각한 건 아니죠?"

"물론 농담이야." 스코티가 고개를 끄덕이며 대답했다. 그는 언젠가 줄리아와 파리여행을 떠나기로 약속했던 일이 떠올랐다. 힘들게 여러 해를 사는 동안 그 약속을 아예 잊어버렸다. 힘겨운 일상은 인생을 녹슬게 만드니까.

스코티는 파리에서 찍은 사진들을 몇 번이나 거듭 들여다보았고, 그런 다음 다시 하와이에서 찍은 사진들을 보았다. 왜 그런지 이유를 알 수는 없었지만 그는 사진들을 들여다보는 동안 저절로 최면에 걸린 느낌이 들었다. 서로 다른 두 시간대를 담고 있는 그 사진들의 이면에 상상하기 힘들 만큼 굉장한 드라마가 똬리를 틀고 있을 거라는 느낌이었다. 그가 탐닉해 읽은 추리소설 속에 등장하는 사건들처럼 매우 흥미로운 수수께끼가 도사리고 있다는 느낌.

도대체 이 사진들을 찍은 사람은 누구일까?

스코티는 우연히 입수하게 된 이 사진들을 들고 경찰서를 찾아갈 이유가 없었지만 왠지 누군가에게 보여주어야 한다는 내면의 소리를 외면하기 힘들었다.

가령 이 사진을 기자에게 보여주는 건 어떨까? 이왕이면 프랑스 기자라면 더 좋겠지.

스코티는 프랑스어라면 아베세데(알파벳)도 몰랐다.

빌리가 방금 만든 진한 커피 한 잔을 내밀었다. 스코티는 딸아이에게 고맙다는 인사를 건네고 나서 둘이 함께 컴퓨터화면 앞에 앉았다. 아빠와 딸은 검색 엔진에 다양한 키워드를 넣어 검색한 끝에 그들이 사진을 보여주고 싶은 프로필에 부합하는 기자를 찾아냈다. 뉴욕에서 유학한 경험이 있는 프랑스 여기자로 컬럼비아대학에서 이공계 석사 학위를 받은 인물이었다. 그녀는 학위를 마치고 유럽으로 돌아가 현재 스위스의 어느 일간지에서 근무하고 있었다.

빌리가 신문사 사이트에 들어가 여기자의 메일 주소를 알아냈다. 아빠와 딸은 사진을 입수하게 된 경위와 왜 그녀에게 보여주길 원하는지 설명하는 메일을 작성했다. 사진들을 보는 동안 뭔가 심상치 않은 수수께끼를 마주한 느낌이 들었다는 말도 잊지 않고 덧붙였다. 메일에 언급한 내용이 설득력을 가질 수 있도록 사진 몇 장을 골라 첨부했다.

이윽고 두 사람은 편지를 유리병에 집어넣고 띄우는 심정으로 메일함의 보내기 버튼을 눌렀다.

메일을 받게 될 프랑스 여기자의 이름은 마틸드 몽네였다.

황금색 머리카락을 가진
천사

TV 방송 〈부이용 드 퀼튀르〉 발췌

1998년 11월 20일 〈프랑스2TV〉에서 방영

세련된 미니멀리즘 취향의 무대 : 크림색 장막과 고대 신전의 열주, 대리석으로 깎은 느낌을 주는 가상의 서재. 게스트들이 테이블 주변에 놓인 검은색 가죽의자에 둘러앉아 있다. 트위드재킷을 입고 콧잔등에 반달형 돋보기를 얹은 진행자 베르나르 피보는 질문을 던지기에 앞서 매번 브리스틀 지로 만든 파일에 시선을 준다.

베르나르 피보 : 어느새 밤이 깊었지만 마이크를 끄기 전 네이선 파울스 씨에게 그간 우리 프로그램에서 진행해온 관례대로 질의응

답 시간을 갖겠습니다. 자, 첫 번째 질문입니다. 당신이 가장 좋아하는 단어는 무엇입니까?

네이선 파울스 : 빛

베르나르 피보 : 당신이 가장 증오하는 단어는?

네이선 파울스 : 관음주의. 단어가 내포하고 있는 의미뿐만 아니라 단어 자체가 지니고 있는 음률도 싫어합니다.

베르나르 피보 : 당신이 가장 좋아하는 마약은?

네이선 파울스 : 위스키, 그중에서도 〈바라 노 니와(Bara No Niwa)〉를 좋아합니다.

베르나르 피보 : 방송에서 특정 술 상표를 언급해서는 안 되는데 깜박 잊으셨군요. 다음 질문으로 넘어가죠. 당신이 가장 좋아하는 소리는?

네이선 파울스 : 침묵의 소리.

베르나르 피보 : 당신이 애용하는 저주의 말이나 욕설, 신성 모독적 언사는 뭐죠?

네이선 파울스 : 머저리 자식들.

베르나르 피보 : 그 언사는 그다지 문학적이지 않네요.

네이선 파울스 : 난 어떤 게 '문학적'이고, '문학적'이 아닌지 알지 못합니다. 예를 들어 레몽 크노는 그의 작품 《문체연습》에서 다음과 같은 표현을 썼죠.

'불쾌하기 짝이 없는 태양 아래에서 역겹도록 기다린 끝에 나는 머저리 자식들이 다닥다닥 붙어 서있는 불결한 버스에 올라탔다.'

베르나르 피보 : 새 지폐에 새겨 넣을 가치가 있는 인물은?

네이선 파울스 : 알렉상드르 뒤마. 그는 많은 자산을 모았지만 나중에 다 잃게 되었죠. 그 결과 우리들에게 돈은 충직한 하인이자 나쁜 주인이라는 사실을 분명하게 일깨워주었습니다.

베르나르 피보 : 당신이 환생했을 때 되고 싶은 식물이나 나무 혹은 동물이 있다면?

네이선 파울스 : 개. 왜냐하면 개들은 일반적으로 인간들보다 훨씬 인간적이니까요. 혹시 에마뉘엘 레비나스의 개 이야기를 들어보셨습니까?

베르나르 피보 : 아뇨, 하지만 그 이야기는 다음번에 들려주시죠. 마지막 질문입니다. 만약 신이 존재한다면 당신의 사후에 무슨 말을 해주길 원합니까?

네이선 파울스 : 넌 완벽하지 않았어, 네이선. 그런데 사실은 나도 마찬가지야.

베르나르 피보 : 오늘 이 자리에 나와 주셔서 감사합니다. 모두들 편안한 밤 되시고, 다음 주에 다시 찾아뵙겠습니다.

방송 종료를 알리는 시그널 뮤직 : 소니 롤린스가 색소폰으로 연주하는 〈더 나이트 해즈 어 사우전드 아이즈(The Night has a Thousand Eyes)〉.

6. 작가의 휴가

작가는 절대 휴가를 누릴 수 없다. 작가에게 삶이란 곧 글을 쓰거나 글쓰기에 대해 생각하는 것이니까.
-외젠 이오네스코

2018년 10월 10일 수요일

1

동트기 전, 네이선은 조심스럽게 석재계단을 내려왔고, 브롱코가 발뒤꿈치에서 졸졸 뒤따라왔다. 식당에 들어서자 전날 저녁을 먹고 치우지 않고 식탁에 그대로 놔둔 접시들이 눈에 들어왔다. 그는 아직 잠이 덜 깨 눈꺼풀이 천근만근 무겁고, 머릿속이 혼미했지만 거실과 식당 사이를 기계적으로 오가며 집안청소를 했다.

네이선은 청소를 마치고, 브롱코에게 아침을 주고 나서 커피를 넉넉하게 뽑아 커다란 잔에 따랐다. 어젯밤 마틸드가 들려준 이야기가 어찌나 마음을 심란하게 하는지 카페인 정맥주사라도 맞아야 머릿속을 뿌옇게 채우고 있는 안개기둥을 날려버릴 수 있을 듯했다.

네이선은 뜨거운 커피가 담긴 머그잔을 두 손으로 거머쥐고 테라스로 나왔다. 절로 몸이 덜덜 떨릴 만큼 날씨가 쌀쌀한 가운데 장밋빛깔 가로선들이 서서히 움직이며 푸른 실로 자수를 놓은 하늘의 장막 속으로 녹아들었다. 밤새도록 불어댄 북동풍은 여전히 비질하듯 해안을 쓸어댔다. 대기는 간절기도 없이 불과 몇 시간 만에 여름에서 겨울로 훌쩍 건너뛴 듯 건조하고 냉랭했다.

네이선은 품이 넉넉한 스웨터에 달린 지퍼를 끝까지 올리고 테라스의 움푹 들어간 구석에 놓인 테이블 앞 의자에 앉았다. 바람의 영향이 미치지 않는 그만의 보금자리로 하얀 석회로 마감한 벽면 탓에 마치 실내정원 같은 분위기를 풍겼다.

네이선은 지난밤 마틸드가 들려준 이야기를 머릿속으로 그려보며 일관성 있는 구도가 되도록 퍼즐 조각을 맞추는 데 골몰했다. 그러니까 마틸드는 앨라배마의 소도시에서 카센터를 운영하는 스코티로부터 관련 사진을 입수하게 되었다고 했다. 스코티는 승객들이 기내에서 분실한 물품들을 파는 곳에서 카메라를 구입했다. 2000년에 하와이에서 휴가를 즐기던 프랑스 출신 커플 남녀가 태평양에 빠뜨린 카메라로 15년이라는 세월이 지나 타이완의 어느 해변에서 기적처럼 발견되었다. 카메라에는 여러 장의 사진이 들어있었고, 마틸드가 은연중 암시한 대로라면 분명 비극적인 사건이 벌어졌음을 짐작케 하는 사진이라고 했다.

"도대체 어떤 사진들인데 그런 짐작을 하게 되었죠?"

네이선은 어젯밤 마틸드가 잠시 이야기를 멈추고 한숨 돌리는 사이 그렇게 물었다. 질문을 받은 마틸드는 반짝이는 눈빛으로 그의 얼굴을 뚫어지게 응시했다.

"오늘 저녁에는 여기서 마무리해야겠어요. 그 다음 이야기는 내일 들려줄게요. 내일 오후에 소나무 만에서 만나요."

네이선은 농담이라 여겼지만 그녀가 마치 아무 일도 없었다는 듯 생쥘리앵 잔을 비우고 벌떡 일어서는 모습을 보는 순간 더럭 화가 치밀었다.

"당신은 내가 우습게 보여요?"

마틸드는 잠자코 라이더재킷을 입더니 입구의 소지품 함에 놓아 둔 자동차 키를 집어 들고 브롱코의 머리를 쓰다듬었다.

"송아지 찜 요리도 근사했고, 생쥘리앵도 맛이 기가 막혔어요. 혹시 숙식제공 민박집을 열 생각 없어요? 내 생각에는 민박집을 열면 무조건 대박날 것 같은데요."

마틸드는 상대가 듣거나 말거나 계속 혼자 재잘대다가 아무 일도 없었다는 듯 자연스럽게 집을 나섰다.

네이선은 그녀가 '그 다음 이야기는 내일 들려줄게요.'라고 일방적으로 선언하는 바람에 속이 부글부글 끓어올라 있는 상태였다.

뭐 이 따위 여자가 다 있어? 마치 자기가 셰헤라자데(《아라비안나이트》에 나오는 이야기꾼 : 옮긴이)라도 되는 양 착각하고 있잖아. 작가 앞에서 감히 몇 날 밤을 꼬박 새워서라도 서스펜스 넘치는 이야기를 들려줄 테니 무조건 들으라는 태도잖아. 아무튼 지나치게 잘난 척하는 여자야.

네이선은 커피를 마저 마시며 마음을 진정시켰다. 솔직히 카메라 오디세이는 흥미진진한 이야기였고, 소설로 써보고 싶은 욕심이 나는 소재였다. 아직 이야기가 어떤 식으로 마무리될지 짐작할 수 없었지만 현재까지 전개된 부분만으로도 훌륭했다. 다만 여전히 이해되지 않는 부분이 있었다.

마틸드는 왜 그 이야기가 나와 관련이 있다고 했을까?

네이선은 하와이나 타이완에는 한 번도 가본 적이 없었고, 앨라배마도 마찬가지였다.

나랑 관련 있다면 이야기에 등장하는 아폴린 샤푸나 카림 암라니 같은 이름을 들었을 때 당장 뭔가 떠올랐어야 마땅하잖아.

네이선은 처음 들어보는 이름들이었고, 그들 커플과 관련해 전혀 기억나는 일이 없었다. 그럼에도 왠지 마틸드가 지어낸 허무맹랑한 이야기는 아닐 거라는 느낌이 들었다.

마틸드가 번거로운 연출을 거친 끝에 이야기보따리를 풀어놓은 걸 보면 소설적인 매력뿐만 아니라 뭔가 다른 노림수가 있다고 봐야 했다.

마틸드의 노림수가 뭘까?

빌어먹을! 어쨌거나 단기적인 관점에서 보자면 마틸드의 작전은 보기 좋게 성공한 셈이었다. 간밤에 이야기의 퍼즐을 맞추느라 뜬 눈으로 밤을 지새우다시피 했고, 아직도 머릿속에서 와글거리고 있으니까.

새파란 애송이 기자에게 낚인 건가?

아무튼 매우 고약한 상황인 건 분명했다. 지금 이 순간에도 온통 마틸드가 들려준 이야기에서 벗어나지 못하는 형편으로 볼 때 앞으로도 그녀가 원하는 방향으로 끌려 다니게 될 공산이 컸다.

이런 젠장!

네이선은 그녀가 원하는 대로 마냥 끌려 다니는 상황을 방치해서는 안 된다고 판단했다.

이대로 당할 수는 없어. 이제부터 반격의 실마리를 찾아내려면 마틸드에 대한 뒷조사가 필요해. 그녀가 쳐놓은 올가미에 꼼짝없이 걸려들기 전에 나를 찾아와 이야기를 들려준 목적과 원하는 게 무엇인지 알아내야만 해.

네이선은 잔뜩 긴장한 표정으로 꽁꽁 얼어붙은 양 손을 비볐다. 마틸드의 정체를 알아내려면 무엇부터 시작해야 할지 감이 잡히지 않았다. 인터넷이 없어 사소한 정보검색조차 불가능한 상황이었고, 발목이 퉁퉁 부어오르고 통증이 심해 외출도 버거웠다. 뉴욕의 재스퍼 반 와이크에게 의존할 수밖에 없는 상황이었다. 재스퍼가 인터넷을 검색해 마틸드에 대한 최소한의 정보를 찾아내 알려주겠지만 겨우 그 정도로 결정타를 기대하는 건 무리였다.

아무리 머리를 쥐어짜내며 생각해봐도 속 시원한 해결책이 나오지 않았다. 재스퍼 말고 다른 누군가에게 도움을 청하지 않는 한 문제를 해결할 실마리를 찾을 수 없으리라는 결론에 도달했다.

나를 도울 수 있다면 물불을 가리지 않고 위험을 감수할 수 있는 사람, 미처 예기치 못한 상황에 직면했을 때 신속하게 대처할 수 있을 만큼 임기응변이 뛰어난 사람이 필요했다. 괜히 눈치코치도 없이 동네방네 시끄럽게 떠들고 다녀 평지풍파를 일으키기보다는 암중모색만으로도 무엇을 해야 할지 날카롭게 판단하고 행동으로 옮길 수 있는 사람이어야 했다.

네이선은 한참 동안 궁리한 끝에 마침내 일을 맡기기에 적합한 인물을 찾아냈다. 그는 곧장 의자에서 일어나 거실로 직행한 다음 전화를 걸었다.

2

나는 침대 구석자리에서 몸을 잔뜩 웅크리고 사지를 덜덜 떨었다. 갑자기 어제부터 기온이 10도가량 뚝 떨어졌다. 잠자리에 들기 전 라디에이터를 켜려고 해봤지만 어딘가 고장 났는지 제대로 작동하지 않았고, 밤새도록 절망적인 냉기를 발산했다.

나는 담요를 뒤집어쓰고 창문 너머로 동이 트는 모습을 물끄러미 지켜보았다. 보몽 섬에 온 이후 처음으로 침대 밖으로 빠져나갈 수 없을 만큼 몸이 으슬으슬 떨렸다. 유칼립투스나무에 못 박힌 아폴린 샤푸이의 사체가 발견된 이후 보몽 섬은 전격적인 봉쇄조치가 내려졌다. 그 이후 보몽 섬은 이전과는 완전히 달라진 양상을 노출하고 있었다. 봉쇄조치 이후 고작 이틀이 흘렀을 뿐이지만 지중해 연안의 작은 낙원은 이제 흉흉한 범죄현장으로 돌변해버렸다.

이웃끼리 거리낌없이 어울리던 모습, 매일이다시피 열리던 식전 주 행사, 언제나 쾌활하고 활기찼던 일상은 어느새 자취를 감춰버렸다. 게다가 날씨마저도 갑자기 냉랭해졌다. 이제 주민들은 이웃을 경계하기 시작했다. 전국적으로 배포되는 유력 주간지가 '보몽 섬의 어두운 비밀'이라는 제목으로 관련 기사를 게재하고, 커버 타이틀로도 내세워 시선몰이에 나서는 바람에 사람들의 관심이 증폭되면서 섬은 점점 더 긴장감이 고조되고 있는 형편이었다. 판매신장을 노리고 기획한 일회성 기사들이 으레 그렇듯 사실에 근거한 내용은 전혀 없었다. 출처가 분명하지 않은 정보들과 항간에 떠도는 소문들을 적당히 버무려 기사를 쓰고, 자극적인 제목을 뽑아 독자들의 시선을 끄는 전형적인 황색저널리즘이었다. 사람들은 보몽 섬을 백만장자들이 사는 부자 섬이라 단정하는가 하면 아무런 근거도 없이 광적인 분리주의자들의 소굴로 매도하기도 했다. 보몽 섬에 근거를 둔 분리주의자들에 비하자면 코르시카 민족해방전선 무장세력(FLNC - Canal Historique은 1990년에 창설된 이후 여러 차례에 걸쳐 살해와 테러리즘을 자행했다 : 옮긴이)은 귀여운 곰돌이로 보일 정도였다. 세간의 입방아에 오르내리는 걸 싫어해 사생활 관리를 철저하게 해온 갈리나리 가문 사람들도 이번만큼은 예외 없이 난도질의 대상이 되었다. 황색언론들은 한목소리로 아폴린 샤푸이 사건이 비밀에 싸여 있던 보몽 섬의 실체를 발견하게 된 계기로 작용했다며 호들갑을 떨어대기도 했다. 외국 기자들도 허황된 소문들을 앞 다투어 퍼 나르며 호재를 즐겼다. 수많은 언론매체들이 팩트 체크도

해보지 않고 부지런히 서로의 기사를 복제했다. 오히려 사실에 근거한 정보는 설자리를 잃게 되었고, 심하게 왜곡된 유언비어가 정설로 둔갑해 널리 유포되고 있었다. 이제 다음 수순은 SNS(소셜 네트워크)라는 거대한 믹서로 들어가는 것이었다. 클릭 수와 리트윗 수를 늘릴 수 있다면 무엇이든 하는 SNS의 특성상 온갖 가설과 확인 불가 소문이 갖가지 형태로 결합되어 최고의 퓨전 요리를 탄생시켰다. 날조된 소문들이 사실을 밀어내고 대대적인 승리를 차지하는 순간이었다.

주민들은 보몽 섬에 살인마가 숨어있을지도 모른다는 두려움보다 수많은 언론과 누리꾼들이 가하는 융단폭격에 더욱 우려스러운 시선을 보냈다. 그들은 오랜 세월 지켜온 삶의 터전이 21세기 정보화 사회의 을씨년스러운 햇살 아래에 무방비 상태로 노출되고 난도질당하는 모습에 절망감을 표했다. 주민들은 깊은 상처를 받게 되었고, 길을 가다 우연히 마주친 사람들 대부분이 마치 만트라처럼 앞으로 섬은 이전 모습을 결코 회복하지 못하리라고 말하며 절망감을 숨기지 못했다. 보몽 섬 주민들은 통통배 수준의 고기잡이 어선부터 대형선박에 이르기까지 거의 집집마다 배를 한 척씩 가지고 있었다. 봉쇄령은 바다를 생계수단으로 살아가는 섬 주민들에게는 재앙이나 다름없는 조처였다. 그들에게 배의 운항을 통제하는 경찰들은 점령군 또는 침략자로 간주되었다. 대규모 경찰병력이 섬에 상주하고 있었지만 수사는 여전히 지지부진한 상태였다. 섬 주민들에게 불명예스러운 치욕을 안기는 언론보도만이 연일 위세를 떨쳤다.

그 모든 일들이 섬 주민들에게는 참기 힘들 만큼 부당한 처사로 인식되었다. 육지에서 온 형사들은 섬의 몇 안 되는 식당과 바, 대형 냉장고와 냉동고를 보유한 상점들을 대상으로 압수수색을 벌였지만 이렇다 할 단서를 확보하지 못했다.

나는 전화기 신호음을 듣고 나서야 겨우 담요 밖으로 나왔다. 게슴츠레한 눈을 비비며 휴대폰화면에 떠있는 메시지를 읽었다. 로랑 라포리가 방금 전 블로그에 두 건의 새로운 기사를 올렸다는 소식이었다. 나는 컴퓨터를 켜고 로랑의 블로그에 접속했다. 첫 번째 기사에는 누군가에게 흠씬 두들겨 맞아 얼굴이 퉁퉁 부어오른 로랑의 사진이 첨부되어 있었다. 지난밤 그는 〈플뢰르 뒤 말트〉의 카운터에서 술을 마시던 도중 폭력을 당했다고 주장했다. 섬 주민들이 로랑이 거짓기사를 양산하고 악성 트윗을 날려 여러 가지 오해와 억측을 빚게 만든 장본인이라며 집단적으로 비난을 퍼부었다고도 했다. 로랑이 주민들이 떼거리로 비난하는 장면을 찍으려고 하는 순간 시 소속 경찰 앙주 아고스티니가 휴대폰을 압수했고, 술집 주인 플뢰르가 주먹으로 가격했고, 일부 손님들이 폭력행위에 가담하며 환호를 보냈다는 것이었다.

로랑은 고소 의사를 밝히는 한편 르네 지라르의 그 유명한 '희생양' 이론을 인용하며 기사를 마무리했다. 위기에 처한 사회 또는 공동체는 희생양을 만들어내고, 공동체가 겪고 있는 모든 해악의 근원으로 지목해 비난의 화살을 집중시킨다는 뜻이었다.

결론만 놓고 보자면 로랑의 논리는 명쾌했고, 판단에도 잘못이 없어보였지만 주민들 입장에서 보자면 그는 집단적인 증오심을 불러일으키는 사기꾼일 뿐이었다. 그는 현재 가장 뜨거운 뉴스의 총아로 스포트라이트를 받는 존재였음에도 십자가 고행에 버금갈 만큼 괴로운 나날을 보내고 있었다. 그는 자신이 기자 직분을 다해 사람들의 알 권리를 충족시키는 역할을 해내고 있다고 여겼지만 섬 주민들은 그가 불구덩이에 기름을 쏟아 붓는 역할을 맡고 있다고 믿었다. 보몽 섬은 이제 상식적인 논리가 통하지 않는 비이성적인 세계로 치닫고 있었고, 로랑이 또 다른 무질서의 희생양이 될 가능성을 배제할 수 없는 상황이었다. 섬 주민들의 마음을 진정시키고 악화일로를 치닫고 있는 집단심리를 누그러뜨리려면 봉쇄령을 해제해야 마땅할 테지만 치안당국은 아직 방침을 변경할 기미가 보이지 않았다. 경찰 입장에서 보자면 범죄를 저지른 살인자를 검거하는 일이 무엇보다 시급히 해결해야 할 과제일 테니까.

로랑이 블로그에 올린 두 번째 포스트는 경찰의 수사 관련 내용으로 피해자의 인물 됨됨이와 개인사를 직접적으로 파고든 글이었다.

아폴린 샤푸이는 1980년 생으로 출생신고 당시 이름은 아폴린 메리냑이었다. 파리 7구(우리나라에서도 '서울의 강남 3구에서 출생했다.'라고 하면 특별한 의미를 함축하고 있듯이 프랑스 역시 '파리 7구 혹은 16구에서 출생했다.'라고 하면 각별한 의미를 내포한다 : 옮긴이)에서 나고 자랐다. 생트 클로틸드 초등학교를 거쳐 페늘롱 생트 마리 중고등학교를 다녔다. 수줍음 많은 성격에 학업성적이 우수한 편이었고, 문학 전공

대학입시준비반에 들어갔지만 막바지에 돌연 인생의 궤도에서 이탈했다.

아폴린 샤푸이는 학생들끼리 모여 즐기는 저녁파티 때 샤펠 대로구역에서 마약딜러를 하는 카림 암라니를 만나 사랑하게 되면서 생의 탄탄대로에서 벗어나게 되었다. 카림 암라니는 낭테르대학에서 법학을 공부하다가 학업을 중단했고, 가진 돈은 없지만 언변이 뛰어난 인물이었다. 정치적으로 극좌파에 경도되어 있었고, 어느 날은 피델 카스트로 같은 혁명가가 되기를 소망하다가 다른 날에는 토니 몬타나(Tony Montana 또는 스카페이스. 동명의 영화 주인공으로 쿠바에서 추방당한 불한당 : 옮긴이)처럼 되고 싶다고도 했다.

아폴린은 연인의 마음을 사로잡기 위해 수업을 수시로 빼먹는가 하면 함께 살기 위해 샤토됭 가의 허름한 불법 점유 아파트로 이사했다.

카림은 차츰 코카인에 중독되었고, 마약을 구입하려면 제법 많은 돈이 필요했다. 아폴린은 딸을 구하려는 가족들의 눈물겨운 노력을 외면하고 나날이 삶의 나락으로 빠져들었다. 급기야 연인에게 코카인을 사주기 위해 매춘을 시작했지만 그 돈만으로는 충분하지 않았다.

아폴린은 결국 카림과 함께 범죄세계에 발을 들여놓기에 이르렀다. 처음에는 단순절도에 그쳤지만 차츰 폭력을 동반한 특수절도로 변질되었다가 2000년 9월에는 스탈린그라드 광장 근처에서 승마복권을 취급하는 술집털이에 가담했다. 술집 주인이 격렬하게 저항하는 바람에 계획이 어그러지게 되자 카림은 그를 겁박할 목적으로 산탄권총을 발사했다. 결국 술집 주인은 총알 파편을 맞고 한쪽 눈을 실명하게 되었다. 마침내 술집 금고를 확보하게 된 카림은 오토바이를 타고 대기 중이던 아폴린과 합류했다.

경찰차와 그들이 탄 오토바이 사이에서 맹렬한 추격전이 벌어졌다. 경찰은 푸아소니에르 대로의 그랑렉스 극장 맞은편에서 두 사람이 타고 있는 오토바이를 가로막는 데 성공했고, 다행히 추가 희생자 없이 상황이 종료되었다. 그 사건으로 카림은 징역 8년, 아폴린은 징역 4년을 선고받았다.

그제야 나는 인터넷에서 아폴린 샤푸이를 검색할 때 의문을 느꼈던 문제가 떠올랐다. 교도소 수감을 고려하면 아폴린의 이력서에서 발견한 긴 공백 기간이 저절로 설명되었다.

2003년에 아폴린은 플뢰리 메로지스 교도소를 출감했고, 그동안 뒤틀렸던 생도 다시 본궤도를 찾기에 이르렀다. 아폴린은 보르도와 몽펠리에서 중단했던 학업을 다시 이어갔고, 변호사 자제인 레미 샤푸이와 결혼했다. 두 사람은 2012년에 자녀가 없는 상태로 이혼했다. 아폴린은 이혼한 이후 보르도에서 와인 관련 사업을 시작했고, 늦은 감이 있었지만 동성애자로 커밍아웃했다. 보르도경찰서에 아폴린이 실종된 사실을 처음으로 알린 사람은 그녀의 예전 여자 동급생 중 하나였다.

로랑은 블로그에 포스트한 두 번째 글 말미에 오래 전 발행된 《파리지앵》의 기사 하나를 스캔해서 실었다. 스탈린그라드의 '보니 앤

클라이드'로 불린 아폴린과 카림 사건 재판을 보도한 기사였다. 흑백사진에 등장한 아폴린은 키가 크고 깡마른 체격에 길쭉한 얼굴, 움푹 파인 뺨, 두 눈을 아래로 내리깐 모습이었다. 카림은 키는 작지만 다부진 체격, 힘이 남달리 세 보이는 느낌에 결연한 태도가 인상적이었다. 그는 마약 기운에 취하면 거칠고 폭력적인 인물이 된다고 알려져 있었지만 재판이 진행되는 동안 보여준 태도만 보자면 흠 잡을 데 없을 만큼 멀쩡해보였다. 카림은 변호사의 조언과 반대로 최대한 아폴린의 명예를 지켜주고자 노력했고, 결국 그의 전략은 나름 성공적으로 마무리되었다.

로랑의 포스트를 읽고 나서 아폴린이 한때 범죄자로 살았던 어두운 과거를 알게 되었고, 그녀가 살해된 이유 역시 보몽 섬이나 주민들과는 무관할 수도 있다는 생각이 들었다. 아폴린의 죽음은 굳이 보몽 섬이 아닌 다른 장소에서도 얼마든지 벌어질 수 있는 일이었다.

한편 나는 카림 암라니의 출감 후 행적이 궁금했다.

카림은 다시 범죄에 가담하고 있을까? 혹시 과거의 공범과 다시 접촉을 시도하지는 않았을까? 카림은 정말 아폴린에게 강력한 영향력을 미치는 인물이었을까? 아니면 다른 복잡한 사정이 개입되어 있었을까?

나는 과연 20년이 지난 후 아폴린의 예사롭지 않은 과거 범죄 전력이 부메랑이 되어 돌아온 사건이 발생할 수 있는지 알아보고 싶었다.

침대 발치에 놓여있는 노트북컴퓨터를 집어 들었다. 소설을 쓰기 위한 메모를 기록해두기 위해서였다. 지난밤부터 나는 미친 듯이 글을 써나가고 있었다. 단숨에 여러 페이지가 저절로 가득 채워졌다. 내가 지금 쓰고 있는 글이 얼마나 소설적 가치가 있는 내용인지 판단할 수 없었지만 적어도 강력한 운명이 이야기 속으로 나를 이끌어가고 있다는 느낌을 지울 수 있었다. 소설보다 강한 실제 이야기, 내 예감이 정확하다면 중대한 본류가 있는 이야기가 따로 있어보였다.

나는 왜 아폴린의 죽음이 빙산의 일각이라고 생각하는가?

아마도 그 이유는 사람들의 열에 들뜬 태도가 왠지 수상하게 여겨졌기 때문이었다. 보몽 섬은 평온한 겉모습과 달리 엄청난 비밀을 간직하고 있는 곳이 분명했고, 아직 만천하에 진면목을 드러낼 준비가 되어 있지 않아보였다.

어쨌든 나는 내가 쓰는 소설 속 등장인물이 되었다. 어렸을 때 책을 읽다 보면 나도 모르게 감정이입이 되어 책 속에 등장하는 영웅이 되었던 것과 같은 이치였다. 나의 이러한 감정은 훗날 일어난 여러 가지 사건들 때문에 한층 더 단단히 여물게 되었다.

휴대폰이 진동했고, 화면에 낯선 번호가 떠있었다. 지역번호를 보니 보몽 섬 어디에선가 걸려온 전화라는 걸 알 수 있었다. 전화를 받는 즉시 네이선 파울스의 목소리라는 걸 알아차렸다.

네이선은 나에게 즉시 집으로 와달라고 했다.

지금 당장.

3

네이선은 지난번처럼 펌프액션을 쏘아대며 나를 맞이하지는 않았다. 그 대신 집으로 들어오게 하더니 미리 준비해두고 있던 커피잔을 내밀었다. 집안 분위기는 내가 상상했던 모습과 기가 막히게 일치했다. 나는 넓은 유리창으로 푸른 바다와 숲이 내다보이는 실내, 자연미를 최대한 살린 동시에 따뜻한 분위기를 자아내는 인테리어를 보며 완벽하게 작가다운 집이라는 느낌이 들었다. 그런 한편 헤밍웨이, 네루다, 심농 같은 작가들이 주변 환경과 완벽한 조화를 이루는 집에서 글을 쓰고 있는 모습을 상상했다.

진 바지에 흰 셔츠, 목에 지퍼가 달린 두꺼운 스웨터 차림의 네이선이 금빛 털을 가진 골든 리트리버에게 마실 음료를 주었다. 나는 파나마모자와 선글라스를 벗은 네이선의 앞에 앉아 비로소 그의 외모를 제대로 살필 수 있었다. 많은 세월이 흘렀지만 1990년대 말에 찍은 사진으로 접했던 그의 모습과 크게 달라진 부분이 없었다. 그는 크지도 작지도 않은 보통 체격의 소유자였음에도 마치 거인 앞에 있는 듯 강력한 존재감이 느껴졌다. 그의 두 눈이 적당하게 그을린 얼굴 속에서 마치 투명한 개울물처럼 옅은 빛깔로 보였다. 사흘 정도 면도를 하지 않은 턱수염과 머리카락은 적당히 희끗희끗했다. 대체로 그의 면모를 보자면 묘하고 수수께끼 같은 아우라를 풍겼다. 묵직하면서도 태양처럼 강렬한 느낌이었다.

"테라스로 나가서 이야기를 나누세."

네이선이 에임스 체어에 놓인 낡은 가죽가방을 가볍게 두드리며 말했다. 그 가방은 나보다 두 배는 더 나이 들어보였다.

나는 그를 따라 테라스로 나갔다. 해는 벌써 중천에 떠올랐지만 아직 날씨는 선선했다. 처음 본 날 그가 마치 보초처럼 경계를 서던 테라스 왼쪽 끝자락 타일 바닥은 흙이 드러나는 공터로 이어지다가 이내 바위들이 앞서거니 뒤서거니 자리를 다투는 곳이 등장했다. 거대한 세 그루의 금송 아래쪽에 설치해둔 테이블 주변에 커다란 석재의자가 놓여 있었다.

네이선은 나에게 손짓으로 의자를 권하고 나서 맞은편에 앉았다.

"거두절미하고 본론부터 말하겠네." 네이선이 내 눈을 똑바로 바라보면서 입을 열었다. "사실은 자네가 필요한 일이 있어서 보자고 했어."

"제가 필요한 일이라뇨?"

"나는 지금 자네 도움이 필요해."

"제 도움이라고요?"

"앵무새마냥 따라하지 말고 일단 내 말을 들어보고 나서 나를 도울지 말지 판단해주었으면 하네. 무슨 말인지 알아듣겠나?"

"무슨 일인데요?"

"아주 긴요하고 위험한 일이야."

"그 일을 해주고 나서 제가 얻을 수 있는 이익이 뭐죠? 아무런 대가도 없이 위험한 일에 뛰어들 수는 없잖아요."

네이선은 서류가방을 세라믹 타일로 표면을 처리한 테이블 위에 내려놓았다.

"이 가방에 대가가 들어있어."

"가방 안에 들어있는 게 뭔지 몰라도 저는 관심 없어요."

네이선이 하늘을 향해 눈을 치켜떴다.

"가방 안에 뭐가 들어 있는지 알지도 못하면서 무조건 관심이 없다니?"

"제가 바라는 단 한 가지가 있다면 원고를 읽어달라는 겁니다."

네이선은 여유만만하게 가방을 열더니 내가 처음 만났던 날 전해준 소설 원고를 꺼내들었다.

"네 놈이 쓴 소설을 다 읽어봤어."

네이선이 입가에 미소를 지었다. 그는 내 뒤통수를 쳐놓고 몹시 즐거운 듯 여전히 미소를 지으며 《산마루의 수줍음》 원고를 내게 건네주었다.

나는 마치 열에 들뜬 사람처럼 원고를 넘겨보았다. 내가 쓴 글 아래에 달아놓은 주석들이 눈에 들어왔다. 그가 내 소설을 대충 읽어보는 선에서 그치지 않고, 성의 있게 주석을 달아준 것이 놀라웠다.

나는 갑자기 불안감에 휩싸였다. 출판사들의 거절 편지와 베르나르 뒤피처럼 고지식한 작가의 정신 나간 의견 따위는 얼마든지 참아 넘길 수 있었지만 내가 평소 우상처럼 떠받들어온 작가의 신랄한 독설을 접하고도 과연 다시 힘을 내 컴퓨터 앞에 앉을 수 있을지 의문이었다.

"내 소설을 읽어 본 소감이 어떤지 단도직입적으로 말씀해주세요."

나도 모르게 잔뜩 주눅 든 목소리가 흘러나왔다.

"솔직히 말해줄까?"

"당연하죠. 형편없던가요?"

네이선은 내 불안감 따위는 안중에도 없다는 듯 커피를 마시며 잔뜩 여유를 부리다가 마침내 입을 열었다.

"제목은 마음에 들었어. 제법 울림도 있고, 상징성도 있으니까."

나는 어찌나 긴장되는지 숨조차 맘껏 쉴 수 없었다.

"제법 잘 쓴 소설이야. 그 사실을 인정하지 않을 수는 없더군."

그제야 긴장이 풀리며 참았던 숨이 터져 나왔다. '잘 쓴 소설'이라는 표현을 칭찬의 의미로 받아들이기에는 아직 섣부르다는 느낌이 들었지만 일단 그 말을 듣고 나자 마음이 놓이긴 했다.

네이선이 부연 설명을 했다.

"오히려 너무 잘 쓴 글이라서 문제야."

네이선은 내가 들고 있던 원고를 다시 빼앗아가더니 재빨리 내용을 훑어보았다.

"자네가 내 글을 두세 가지 도용한 부분을 체크해 놓았어. 나뿐만 아니라 스티븐 킹, 코맥 매카시, 마거릿 애트우드 같은 작가들을 따라한 부분도 간혹 눈에 띄더군."

나는 그 말에 어떻게 대꾸해야 할지 판단이 서지 않았다. 절벽을 향해 맹렬하게 달려와 부서지는 파도소리가 들려왔고, 나는 마치 배의 갑판 위에 서 있는 것 같은 착각이 일었다.

"다른 작가를 모방한다는 건 권장할 일은 아니지만 작가 지망생이라면 누구나 한 번쯤 그런 실수를 저지르지. 사실은 모방도 작가가 되기 위한 과정의 일부이고, 습작의 경우 딱히 비난 받을 이유는 없어. 처음에는 누구나 따라하고 싶은 모델이 있는 법이니까. 적어도 자네가 좋은 책을 많이 읽었다는 증거이기도 하지."

네이선은 자신이 달아놓은 주석들을 보느라 원고를 뒤적였다.

"대체로 대화문은 감칠맛이 나고, 스토리전개도 빠르고, 가끔 유머러스한 표현도 있고, 마지막 반전도 있어. 무엇보다 내가 각별히 칭찬해주고 싶은 점은 지루하지 않다는 거야."

"반드시 지적해주고 싶은 점은 뭐죠?"

"다 좋은데 알맹이가 없어."

"알맹이가 뭔데요?"

내심 잔뜩 기뻐하다가 기분이 급격히 가라앉은 내가 되물었다.

"자네는 알맹이가 뭐라고 생각하나?"

"독창적인 내용, 새로운 아이디어? 뭐, 그런 건가요?"

"아니야. 새롭고 독창적인 아이디어는 찾아보면 도처에 널려 있어."

"이야기를 설득력 있게 풀어나가는 기술? 아니면 소재와 등장인물들의 딱 맞아떨어지는 조화?"

"기술 같은 건 카센터에나 줘버려. 비평가들이 소설을 풀어가는 방정식이니 뭐니 떠들어대지만 그런 건 수학자들이 더 뛰어나. 작가가 되려면 기술보다 더 중요한 게 있지."

"적절한 어휘 사용?"

"물론 작가라면 어휘력이 풍부해야 하지만 가장 중요한 덕목은 아니야. 누구나 사전을 열심히 들여다보면 풍부한 어휘력을 갖출 수 있으니까. 자네는 작가가 갖추어야 할 가장 중요한 덕목이 뭔지 생각해본 적 있나?"

"작가라면 독자들을 들었다 났다 할 만큼 흥미진진한 책을 쓰는 게 가장 중요하다고 봐요."

"작가에게 독자는 그 무엇보다 중요하지. 암, 그렇고말고. 엄밀히 말하자면 작가는 독자들과 대화하기 위해 글을 쓰니까. 나도 자네 말에 전적으로 동의하네. 다만 작가가 글을 쓰면서 오로지 독자들의 반응만 염두에 둔다면 정작 외면 받을 수밖에 없지."

"도무지 무슨 말인지 모르겠네요. 그래서 알맹이가 도대체 뭡니까?"

"알맹이는 자네 글에 수분을 공급해주는 수액이라고 할 수 있지. 자네의 영혼을 휘어잡고, 목숨이 글에 달려 있기라도 하듯 일관되게 밀어붙이게 해주는 힘 말일세. 독자들이 글에 매료되어 깊숙이 빠져들게 만들어주는 요소가 바로 알맹이야. 작가의 머릿속에는 모든 힘과 열정을 불사를 수 있을 만큼 절박한 이야기가 들어있어야 하지."

나는 방금 전 네이선의 입에서 쏟아져 나온 말들을 마음속으로 되새김질하며 물었다.

"제 글의 또 다른 문제점은 뭐죠?"

"자네 글은 너무 건조해. 읽는 동안 아무런 감정이 느껴지지 않아."

"나름 절박한 감정을 담아 썼는데요."

네이선은 고개를 저었다.

"아마도 거짓 감정일 거야. 인위적으로 만들어낸 감정 말일세."

네이선은 손가락 관절을 뚝뚝 소리가 나도록 꺾으며 자신의 생각을 좀 더 명확하게 가다듬어 말해주었다.

"소설은 감정과 감동의 산물이야. 지적인 갈증을 해소시켜주는 글이 아니지. 소설에 감정이 묻어나게 하려면 작가가 실제로 경험해보는 게 중요해. 작가라면 등장인물들, 그러니까 주인공이든 보조인물이든 잠시 등장하는 인물이든 그들의 감정을 오롯이 피부로 느낄 수 있어야만 독자들에게 감동을 줄 수 있어."

"작가에게 가장 중요한 부분이 인물의 감정을 피부로 느끼고 소설에 반영하는 겁니까?"

네이선이 어깨를 으쓱했다.

"다른 사람들은 몰라도 나는 소설을 읽을 때마다 감정의 울림을 기대하지."

"제가 처음 조언을 구하려고 왔을 때 왜 작가가 되려고 하지 말고 다른 일을 찾아보라고 하셨죠?"

네이선은 길게 한숨을 토했다.

"글을 쓴다는 건 건전한 정신을 가진 사람이 할 일이 못되니까. 정신분열증 환자들에게 적합한 일이야. 대단히 파괴적인 정신분열 상태를 요구하니까. 글을 쓰기 위해 자네는 이 세상에 속해 있는 동시에 밖에 있어야 하지. 내 말이 무슨 뜻인지 알겠나?"

"무슨 말인지 알 것 같아요."

"사강이 작가에 대해 말하길 '작가는 가엾은 동물이다. 자기 자신과 더불어 우리 안에 갇혀 있으니까.' 라고 했지. 글을 쓸 때면 자네는 아내나 자식들 혹은 친구들과 함께 지내는 게 아닐세. 아니, 그들과 함께 사는 시늉을 할 뿐이지. 작가는 가족들이나 친구들보다 등장인물들과 더 밀접한 관계를 맺고 살아가야 하는 존재니까."

네이선은 그동안 꾹 닫고 있던 말문이 터진 눈치였다.

"작가는 파트타임 직업이 아니야. 하루 24시간 내내 일에 얽매여야 하지. 편안하게 쉴 수 있는 기회도 없이 늘 경계상태에 머물러 있어야 한다네. 갑자기 머릿속에 소설을 풍성하게 해줄 수 있는 표현, 등장인물들에게 입체감을 부여해줄 수 있는 아이디어가 떠오를 경우 지체 없이 메모해두어야 하니까."

나는 머릿속으로 네이선의 말을 빠짐없이 흡수했다. 그가 열정적으로 글쓰기에 대한 이야기를 털어놓는 모습을 바로 앞에 앉아 듣고 있다는 사실이 신기할 따름이었다. 내가 보몽 섬에 온 가장 중요한 목적은 네이선 파울스를 만나 소설에 대한 이야기를 듣는 것이었다.

"그래도 작가가 되어볼 가치가 있지 않나요?"

"물론이지."

네이선은 한껏 고조된 목소리로 선뜻 대답하고 나서 말을 이었다.

"왜 그런 줄 아나?"

이번에는 나도 알 것 같았다.

"작가는 글을 쓰는 동안에는 신과 같은 존재가 되니까요."

"컴퓨터 화면 앞에 앉아 있는 동안 작가는 여러 사람의 운명을 쥐락펴락 할 수 있는 창조주가 되는 셈이지. 그 벅찬 경험을 하고 나면 이 세상에서 그보다 더 짜릿한 일은 없다는 걸 알게 된다네."

그동안 몹시 궁금했던 질문을 놓치기에는 너무 좋은 기회였다.

"그런데 왜 글쓰기를 그만두셨죠?"

네이선은 돌연 입을 다물더니 얼굴 표정이 금세 굳어버렸다. 눈에 어른거리던 광채가 사라졌고, 터키석 빛깔이던 맑은 눈빛이 화가의 실수로 검은 잉크가 몇 방울 떨어진 듯 혼탁해졌다.

"빌어먹을!"

네이선의 입에서 웅얼거리듯 그 말이 튀어나왔다.

"더 이상 글을 쓸 힘이 남아 있지 않아서 그만두었어."

"지금도 아주 건강해 보이는데요. 게다가 절필 선언을 했을 당시에는 겨우 서른다섯 살이었잖아요."

"내가 힘이라고 한 건 정신을 말한 거야. 글쓰기에 필요한 심리적 자질, 그러니까 정신적인 순발력이 바닥 나 버렸어."

"그렇게 된 이유가 있나요?"

"어디까지나 그건 내 개인적인 문제니까 말해줄 수 없어."

네이선이 내 원고를 다시 가방 속에 집어넣고 딱 소리가 나게 닫았다.

그제야 내가 존경해 마지않는 대가의 문학수업이 모두 끝났고, 이젠 그가 나를 부른 이유가 뭔지 들어볼 차례가 되었다.

4

"나를 도울 건가, 아니면 거절할 건가?"

네이선은 단호한 태도로 내 시선을 꽉 붙잡더니 절대로 놓아주지 않았다.

"뭘 도와야 하는지 말씀해보세요."

"어떤 여자에 대해 알아봐주었으면 하네."

"누군데요?"

"현재 섬에 체류하고 있는 여기자야. 스위스 출신이고, 이름은 마틸드 몽네."

"누군지 알아요." 내가 화색을 띠며 대답했다. "그 여자가 기자인 줄은 몰랐어요. 지난 주말에 서점에 들러 당신 소설을 모두 구입해 갔어요."

내 말을 들은 네이선의 얼굴이 눈에 띄게 일그러졌다.

"마틸드 몽네에 대해 뭘 알고 싶은데요?"

"자네가 수집 가능한 정보라면 뭐든지 조사해주게. 무슨 목적으로 섬에 왔고, 평소 무슨 일을 하며 시간을 보내고, 어떤 사람들을 만나고 다니는지 알아봐줘."

"혹시 그 여자가 당신에 대한 기사를 쓸까봐 걱정되세요?"

네이선은 내 질문을 아예 무시했다.

"마틸드 몽네가 머무는 방에 들어가 조사해보는 게 가장 확실할 거야."

"그 여자 방에 들어가 뭘 찾아내야 하는데요?"

"이런 눈치코치도 없는 놈을 봤나. 내가 기껏 말했다시피 가능한 정보를 모두 입수해달라고 했잖아."

"정보를 얻겠다고 불법행위를 저지를 수는 없어요."

"법적으로 허락된 행위만 한다면 좋은 작가가 될 수 없어. 그런 마음가짐으로 작가는 물론이고, 예술가가 되겠다는 생각을 아예 버리는 게 좋아. 예술의 역사는 정해진 틀을 깨는 행위로부터 출발했으니까."

"교묘한 말장난으로 불법행위를 부추기지 마세요."

"말장난이야말로 작가들의 고유 영역 아닌가?"

"당신은 이제 더는 글을 쓰지 않잖아요."

"한 번 작가는 영원한 작가야."

"퓰리처 상 수상작가가 인용하기에는 구차한 말로 들려요."

"입 닥쳐."

"그 여자 방에 들어가 알아낸 정보들을 전해주길 원해요?"

"사진이나 기사, 컴퓨터에서 프린트한 자료 따위가 있으면 다 가져와."

네이선은 잔에 커피를 더 따르더니 얼굴을 잔뜩 찌푸리며 한 모금 홀짝거렸다.

"자네가 해야 할 일이 또 있어. 인터넷을 검색해 마틸드 몽네에 대해 알 수 있는 자료들을 모두 취합해. 또……."

내가 그의 말이 미처 끝나기도 전에 노트북컴퓨터를 꺼내 인터넷 검색을 시도하자 그가 나서서 말렸다.

"괜한 시간 낭비 하지 마. 이 집에는 와이파이가 없어서 인터넷 접속이 되지 않으니까."

나는 나쁜 짓을 하다 들킨 학생처럼 얌전히 노트북컴퓨터를 닫았다.

"가능하면 내가 말하는 사람들에 대해서도 알아봐줘. 아폴린 샤푸이와⋯⋯."

"살해당한 여자 말인가요?"

네이선이 미간을 잔뜩 찌푸렸다.

"자네, 지금 무슨 얘길 하는 건가?"

네이선의 얼굴 표정을 보아하니 깊은 고독 속에 빠져 홀로 지내느라 요 며칠 보몽 섬을 깊은 소용돌이로 몰아넣은 사건은 물론이고 그 일 때문에 빚어진 대혼란에 대해 전혀 알지 못하는 눈치였다.

나는 아폴린의 죽음, 냉동된 사체, 그녀가 카림 암라니와 함께 저지른 범죄이력, 섬에 떨어진 봉쇄령 등에 대해 자세히 이야기해주었다.

내 이야기를 듣는 동안 네이선은 경악한 표정을 감추지 못했다. 내가 처음 이 집에 와서 그를 처음 보았을 때 감지했던 막연한 수심은 이제 손에 잡힐 것 같은 불안감으로 변모해 그의 심신을 통째로 뒤흔들고 있었다. 내가 말을 마칠 때쯤 그는 아예 기진맥진한 상태가 되었다. 그는 한참 동안 표정을 일그러뜨리고 가만히 앉아 있다가 겨우 다시 기운을 추스른 듯 침착한 모습을 되찾았다.

네이선은 전날 마틸드가 들려준 이야기를 털어놓았다. 아폴린과 카림이 하와이 바다에서 잃어버린 카메라가 태평양에서 1만 킬로나 표류하다가 타이완에 당도하게 되고, 타이베이 남단 바이샤완 해변에서 조깅하던 미국인 여성사업가 일리노어에게 발견되고, 그녀가 기내에서 카메라가 든 가방을 두고 내리는 바람에 JFK공항 분실물 보관센터에 보관되었다가 스코츠보로의 수하물센터로 옮겨가게 된 사연까지 다 들었지만 정확한 맥락을 이해하기 힘들었다. 오랜 세월에 걸쳐 벌어진 여러 가지 일들이 하나의 이야기로 통합되는 동안 신비로운 사연들이 많이 개입되었다는 생각이 들었다.

네이선의 이야기를 듣는 동안 의문이 끊이지 않아 묻고 싶은 말이 많았지만 그는 질문할 기회를 주지 않았다. 그는 이야기를 마치자마자 내 팔을 잡더니 현관문으로 끌고 갔다.

"자, 이제 돌아가서 마틸드의 방을 조사해보게."

"당장은 서점에서 일해야 하기 때문에 곤란해요."

"시간은 자네가 알아서 써." 네이선이 마치 악을 쓰듯 말을 이었다. "그 대신 무슨 수를 쓰더라도 마틸드 몽네에 대한 정보를 수집해오게."

네이선은 나를 집밖으로 내몰고 나서 쾅 소리가 나도록 문을 닫았다. 나는 상황의 심각성을 느끼는 한편 네이선이 부탁한 일을 최대한 빨리 실행에 옮기기로 작정했다.

7. 태양은 가득히

힉 순트 드라고네스(Hic Sunt Dragones 여기는 용의 영역이다. 중세에 지도를 제작할 때 미지의 영역 또는 위험한 곳을 표시하기 위해 사용한 라틴어 표현).

1

섬의 남서쪽 곶

마틸드 몽네는 픽업 문을 닫고 나서 시동을 걸고 이내 자갈이 깔린 길 위에서 차를 반대방향으로 돌렸다. 겉으로 드러난 목재 골조, 짚으로 엮은 지붕, 대리석으로 마감한 정면을 보건대 그녀가 묵고 있는 민박집은 우아한 영국식 시골집이었다. 넝쿨 장미가 흐드러지게 핀 집 뒤쪽에는 인위적으로 가꾸지 않은 야생 상태 그대로의 정원 두 개가 아치형 다리를 경계로 양편으로 나뉘어 있었다. 다리를 건너면 바로 생트 소피 반도였다.

나는 섬의 남쪽에는 두 번밖에 와본 적이 없었다. 처음에는 베네딕트 수도회 수녀들이 기거하는 수도원을 보기 위해서였고, 트리스타나 비치에서 아폴린의 사체가 발견되던 날 앙주 아고스티니를 따라 방문한 게 전부였다.

내가 처음 섬에 도착했을 때 그레구아르는 보몽 섬의 남쪽 지역은 영어권 사람들이 선호하는 지역이라고 설명해준 적이 있었다. 아닌 게 아니라 민박집을 운영하는 주인 역시 아일랜드 출신 여성 건축가인 콜린 던바였다. 그녀는 2층 빈 방을 B&B(Bed & Breakfast 간단한 아침식사를 제공하는 영국식 민박 : 옮긴이) 형태로 빌려주고 숙박비를 받아 생활비에 보태 쓰고 있었다.

나는 자전거를 타고 네이선의 집을 방문했었기에 시내까지 오는 동안 줄곧 페달을 밟아대느라 다리의 힘이 모두 빠져버렸다. 더는 페달을 밟을 수 없을 만큼 지친 나는 어쩔 수 없이 〈에드의 코너〉 앞에서 스쿠터 한 대를 빌려 타고 민박집으로 향했다. 목적지에 도착하기 직전 덤불숲에 스쿠터를 숨겨두었다. 오전에는 서점 일을 할 수 없게 되어 그레구아르에게 연락해 어렵사리 허락을 받아냈다. 그레구아르는 날이 갈수록 점점 더 우울해하는 한편 짜증이 부쩍 늘었다. 마치 이 세상의 모든 불행을 혼자 떠안고 있는 사람 같았다.

나는 사람들의 통행이 뜸해지기를 기다렸다가 가파르지 않은 바위들 틈으로 내려갔다. 바위 뒤에 몸을 숨기고 민박집을 주시하면서 덤으로 야생의 자연이 고스란히 살아 숨 쉬는 풍경을 맘껏 감상했다.

20분 전, 나는 던바 부인이 집을 나서는 모습을 보았다. 자동차를 타고 온 딸과 함께 장을 보러 가는 듯했다. 급기야 마틸드도 집을 나섰다. 그녀의 픽업은 서쪽으로 방향을 틀며 집에서 멀어져갔다. 보몽 섬 서쪽은 반듯반듯한 직선도로가 평지를 따라 곧게 이어지는 곳이었다. 나는 그녀가 시야에서 완전히 사라질 때까지 기다렸다가 망을 보던 바위 뒤에서 빠져나와 민박집을 향해 다가갔다.

재빨리 주변을 살펴보니 가까이에 이웃이라고는 없었다. 베네딕트 수도원은 적어도 1백 미터 이상 떨어져 있었다. 신경을 곤두세우고 수도원 쪽을 보니 수녀 서너 명이 텃밭에서 일을 하느라 바삐 움직이고 있는 모습이 시야에 들어왔다. 집을 돌아 뒤쪽으로 가니 수녀들이 있는 위치에서는 구조적으로 나를 볼 수 없게 되었다.

나는 법으로 금지된 행위를 한다는 생각에 마음이 찜찜했다. 지금껏 나는 줄곧 모범생증후군에 갇혀 살아왔다. 언제나 경제적인 여유 없이 빠듯하게 살아야하는 중산층 집안의 외아들이었다. 부모님은 내가 학교에 다닐 때 공부를 열심히 해 성공한 사람이 되길 바랐고, 얼마 되지 않는 수입을 내 교육을 위해 투자했다. 부모님의 헌신적인 뒷바라지를 받아서인지 나는 어렸을 때부터 나쁜 짓을 하지 않으려고 애썼다. 그러다보니 보이스카우트 기질은 나에게 제2의 천성이 되었다.

내 청소년기를 요약하자면 잔잔하고 평온하게 흐르는 강물이었다. 열네 살 때 학교 운동장 구석에서 몰래 담배를 피운 적이 있었고, 스쿠터를 타고 빨간불을 두어 번 지나친 적이 있었고, 유료 채널인 카날 플러스 방송에서 포르노영화를 불법 다운로드 받은 적이 있었고, 축구시합을 하다가 태클 반칙을 가한 녀석의 면상에 주먹을 날린 적이 있었지만 불법을 저지르기 않기 위해 무던히 애쓰며 살았다.

대학시절 역시 평탄한 날들의 연속이었다. 두어 번 떡이 되도록 술을 마셨고, 아카시아 목재로 조각한 친구의 명품 펜을 얼떨결에 손에 들고온 적이 있었고, 몽파르나스 대로변의 '뢰유 에쿠트(L'Oeil Écoute 눈이 듣는다는 뜻 : 옮긴이)' 서점에서 조르주 심농의《플레이아드 전집(정확한 명칭은 Bibliothèque de la Pléiade, 즉 플레이아드 총서로 프랑스 문학 출판에서 최고 권위를 자랑한다. 갈리마르 출판사에서 간행되는 이 총서에 아름을 올리는 건 작가에게 최고의 영예로 간주된다 : 옮긴이)》한 권을 훔친 적이 있었지만 크게 후회하며 다시는 그런 짓을 저지르지 않았다. 그 후, 서점이 있던 자리에 옷가게가 들어섰고, 나는 그 앞을 지날 때마다 혹시 내가 책을 훔치는 바람에 파산한 건 아닌지 가책을 느꼈다.

나는 마리화나를 피운 적이 없었고, 마약은 종류를 불문하고 손댄 적이 없었다. 솔직히 나는 마리화나 마약을 어디서 구하는지조차 몰랐다. 나는 그 당시 대학생들이 즐기던 밤샘 파티도 좋아하지 않았고, 무슨 일이 있더라도 최소한 여덟 시간은 잠을 푹 자야 하는 사람이었다. 그러던 내가 2년 전부터 주말과 휴가 기간을 포함해 매일이다시피 일에 매달려야 했다. 소설을 쓰는 일 말고는 그저 집세를 내거나 먹고 살기 위한 생계형 작업이 대부분이었다. 만약 소설에서 순진하고 감상적이던 청년이 강력계 형사가 되어 수사 경험을 쌓아가고, 인생의 굴곡을 맛보며 점점 강인한 인물로 변모해가는 캐릭터를 구현해야 한다면 완벽하게 그려낼 자신이 있었다.

나는 이제 거리낌 없이 민박집 입구를 향해 걸어갔다. 보몽 섬에서는 그 어떤 집도 문을 걸어 잠그지 않는다는 말을 귀에 못이 박히도록 들어왔지만 막상 문손잡이를 돌려보니 꿈쩍도 하지 않았다. 섬 주민들이 육지에서 온 관광객이나 나처럼 무슨 말이든 곧이곧대로 믿는 사람들을 상대로 허풍을 떨었거나 여기서 불과 몇 킬로미터 떨어진 지점에서 아폴린 샤푸이의 사체가 발견된 탓에 경계심이 증폭되었을 가능성이 컸다.

무척이나 껄끄러운 일이었지만 이제는 무단침입이라도 감행해야 할 상황이었다. 주방 쪽 이중창문을 살펴보니 어찌나 두꺼운지 유리를 깨고 집안으로 들어가려면 몸에 상처가 나는 걸 감수하는 수밖에 없어보였다. 생각다 못해 집 뒤로 돌아갔다. 수도원 텃밭에서 일을 하던 수녀들은 어느새 안으로 들어갔는지 눈에 띄지 않았다.

나는 마음을 다잡고 용기를 냈다. 상대적으로 얇은 유리창을 찾아내 팔꿈치로 깨고 집안으로 들어갈 생각이었다. 아일랜드 출신집 주인이 대충 엉성하게 만든 테라스에는 잿빛 테크 목재 테이블과 의자 세 개, 소박한 가구 몇 개가 놓여 있었다. 가구들은 오랜 시간 강렬한 햇빛과 비, 소금기를 머금은 바람에 무방비 상태로 노출되어 온 탓에 여기저기 흠집이 나고 빛이 바래 있었다.

테라스 뒤 여름용 거실 뒤쪽에 창문을 겸한 여닫이문이 있었고,

반쯤 열려있었다. 그 모습이 눈에 들어오는 순간 어찌나 반갑던지 하마터면 크게 환호성을 지를 뻔했다.

2

나는 반쯤 열린 창문을 통해 거실로 들어갔다. 아늑한 느낌이 절로 들 만큼 난방이 잘된 곳이었다. 실내에서 계피를 듬뿍 뿌린 사과파이의 달착지근한 향이 떠다녔다. 실내 인테리어는 대체로 집 분위기와 잘 어울렸다. 영국 풍의 캔디볼, 여러 개의 양초, 체크무늬 담요, 꽃무늬 커튼, 로맨틱한 느낌이 나게 벽을 장식한 타피스리와 접시들이 눈에 들어왔다.

내가 막 2층으로 올라가려고 할 때 문득 개가 으르렁거리는 소리가 들려왔다. 몸을 돌리는 순간 독일 산 불도그 한 마리가 나를 향해 돌진해왔다. 녀석은 1미터쯤 떨어진 거리에서 멈춰 섰지만 여전히 공격적인 자세를 풀지 않고 으르렁거렸다. 윤기가 반질반질 흐르는 짙은 빛깔 털을 곤두세운 녀석은 선 자세가 내 하복부에 다다를 만큼 덩치가 크고 근육이 잘 발달되어 있었다. 녀석이 여차하면 공격을 개시하겠다는 듯 두 귀를 쫑긋 세우고 노려보는 눈빛이 대단히 위협적이었다. 녀석의 목에 걸린 커다란 메달에 리틀 맥스라는 이름이 새겨져 있었다. 태어난 지 두어 달밖에 안된 강아지였다면 썩 잘 어울렸겠지만 현재 모습과는 전혀 어울리지 않는 이름이었다.

나는 어찌나 겁이 나는지 뒤로 살금살금 물러섰지만 녀석은 내 의

사쯤은 전혀 고려대상이 아니라는 듯 맹렬하게 달려들었다. 가까스로 공격을 피한 나는 계단을 향해 달려갔고, 한 번에 세 계단씩 뛰어 올라갔다. 녀석이 날카로운 이빨로 내 다리를 물어뜯는 모습이 연상되어 죽을힘을 다했다. 간발의 차이로 녀석보다 앞서 마지막 계단을 오른 나는 가장 먼저 눈에 띈 방으로 달려들었다. 나는 녀석의 코앞에서 쾅 소리가 나도록 문을 닫고 거친 숨을 몰아쉬었다.

녀석이 분을 참지 못하고 요란하게 문짝을 긁으며 짖어대는 동안 나는 숨을 고르며 놀란 가슴을 진정시켰다. 다음 순간 나는 전혀 예기치 못한 행운을 잡았다는 사실을 알게 되었다. 불도그를 만나 다리를 물어뜯길 뻔했던 상황을 겪은 끝에 무턱대고 들어간 곳이 바로 내가 최종목표로 한 마틸드의 방이 분명했다.

옅은 빛깔 목재 대들보가 겉으로 드러나 있는 일종의 원룸으로 마치 로라 애슐리(Laura Ashley 영국 출신 패션 디자이너이자 사업가로 동명의 회사를 설립해 19세기 영국 전원을 떠올리는 디자인을 전 세계에 유행시켰다 : 옮긴이)의 보이지 않는 손길이 방 여기저기에 머물러 있는 듯했다. 빛바랜 파스텔 톤으로 덧칠한 목재가구 위에는 말린 꽃묶음들이 군데군데 놓여 있었고, 커튼과 침대보에도 영국 전원 풍경 프린트 무늬가 찍혀 있었다.

마틸드는 로맨틱한 분위기를 물씬 풍기는 방을 작업실로 활용하고 있었다. 그녀가 집착하는 대상은 네이선 파울스였고, 그 방은 일종의 전투를 치르기 위한 작전상황실 같았다.

핑크색 벨벳 천을 씌운 나지막한 안락의자에는 각종 책들과 서류들이 잔뜩 쌓여 있어 금방이라도 쏟아져내릴 듯 위태로워보였다. 큼지막한 테이블은 집필용 책상, 거울 달린 화장대는 프린터용 받침대로 활용되고 있었다. 리틀 맥스가 문밖에서 계속 소란을 피우는 동안 나는 방 안에 즐비한 서류들을 뒤지기 시작했다.

마틸드는 분명 네이션 파울스에 대해 심도 깊은 조사를 하고 있었다. 테이블 위에 노트북컴퓨터는 보이지 않았지만 스타빌로 형광펜으로 밑줄을 친 출력기사들 수십 개가 널려 있었다. 나도 언젠가 읽은 기사들이었다. 인터넷을 검색하면 쉽게 찾아낼 수 있는 기사였으니까. 1990년대, 네이션 파울스가 집필중단을 하기 직전 이루어진 인터뷰 기사와 2010년에 《뉴욕타임스》지에 실린 기사, 3년 전 《배너티 페어》지 미국 판에 실린 '파울스냐 파울이냐?' 라는 제하의 기사였다.

마틸드는 세 권의 소설에도 빼곡하게 주를 달아놓았고, 네이션이 등장하는 수많은 사진들을 출력해두고 있었다. 네이션이 베르나르 피보가 진행하는 〈부이용 드 퀼튀르〉에 출연했을 당시의 방송화면 캡처 사진들도 있었다. 나는 도무지 이유를 알 수 없었지만 네이션이 방송에 나왔을 당시 신고 있던 구두를 클로즈업한 사진들도 여러 장 있었다.

나는 주의 깊게 사진들을 살펴보았다. 마틸드가 인터넷에서 찾아낸 구두의 광고사진도 있었다. 모델명이 캄브르 705로 갈색 송아지 가죽에 탄성밴드를 부착한 구두였다.

나는 마틸드가 왜 이토록 구두에 집착하는지 이유를 몰라 그저 머리만 긁적거렸다.

마틸드는 도대체 이 사진들을 무엇에 쓰려고 모아두었을까?

모르긴 해도 마틸드는 다른 수많은 기자들처럼 보몽 섬에 칩거하고 있는 은둔 작가에 대한 N번째 기사를 작성하고 있는 건 아닌 듯했다. 그녀가 네이선에 대해 벌이고 있는 조사는 기사를 쓰기 위한 취재라기보다는 경찰 수사에 가까웠다.

마틸드는 왜 네이선에 대해 이토록 치밀한 조사를 벌이는 걸까?

나는 안락의자에 잔뜩 쌓여 있는 서류철을 뒤적이다가 새로운 사진들을 발견했다. 망원렌즈로 찍은 어떤 남자 사진으로 촬영 장소는 각기 달랐다. 북아프리카 출신으로 보이는 40대 남자는 티셔츠에 데님 조끼 차림이었다. 나는 즉시 사진의 배경이 어딘지 알아보았다. 파리 근교 에손 주, 좀 더 정확하게 말하면 에브리 시였다. 사진은 제법 여러 장이었다. 논란이 많은 대성당, 쇼핑몰 에브리2, 코키뷔스 공원, 에브리 쿠르쿠론 역 앞 광장은 내게 익숙한 곳이었다.

파리에서 경영대학 졸업을 앞두고 사귀던 여자 친구가 에브리에 살았다. 이름은 조안나 파블로브스키, 2014년 미스 일드프랑스(Île de France 일드프랑스는 파리 주변 수도권 지역을 가리키는 말로 우리나라로 치면 경기도에 해당한다 : 옮긴이) 대회에 참가해 3위를 차지한 경력이 있었고, 상상을 초월할 만큼 얼굴이 예뻤다. 커다란 녹색 눈, 폴란드 이민 가문 출신다운 탐스런 금발, 몸짓에서 우아하고 부드러운 기품이 묻어나는 여자였다.

나는 수업이 끝나고 나서 자주 조안나를 집까지 바래다주었다.

파리 북역에서 RER D선을 타고 에브리 역에서 내리는 여정은 좀처럼 끝나지 않을 듯 긴 시간이 소요되었다. 조안나와 동행하는 동안 나는 그녀를 독서신도로 개종시키기 위해 많은 공을 들였다. 그녀에게 내가 가장 좋아하는 책들인 《미완성 소설》, 《지붕 위의 기병》, 《영주의 애인》 등을 선물했지만 부질없는 짓이었다. 조안나는 분명 낭만주의시대 소설에 나올 법한 여주인공 외모를 타고났지만 로맨틱한 여인과는 거리가 멀었다. 나는 몽상가인 데 반해 조안나는 지극히 현실주의자였다. 그녀가 현실세계에 굳건하게 두 발을 딛고 서 있다면 나는 감정의 영역을 표류하는 방랑자였다.

조안나는 결국 학업을 중단하고, 쇼핑몰의 보석가게에서 일자리를 얻어 내 곁을 떠났다. 6개월 후, 나를 카페로 불러낸 그녀는 쇼핑몰 안에 있는 대형마트 책임자 장 파스칼 페샤르-사람들은 그를 JPP라고 불렀다- 와 결혼하기로 했다는 소식을 들려주었다. 조안나의 입장에서 보자면 내가 줄기차게 써 보낸 시들보다는 JPP가 25년 상환 조건으로 대출받아 장만한 사비니 쉬르 오르주의 단독주택이 훨씬 더 매력적으로 보인 게 틀림없었다.

나는 상처받은 마음을 스스로 위로하기 위해 언젠가 반드시 조안나의 선택을 후회하게 만들어줄 거라고 결심했다. 내 소설이 〈라 그랑드 리브레리(La Grande Librairie 2008년부터 France5 TV에서 프라임 타임에 방송하는 유일한 문학프로그램으로 평균 시청자 수가 45만 명에 달했다. 프랑스의 문학서적 판매에 가장 큰 영향을 미치는 문학프로그램으로 유명하다 : 옮긴이)〉에 나오는 날이 올 거라고 믿었다. 그때가 언제일지 알 수 없다는 게 문제였고, 나는 꽤 오랫동안 조안나 때문에 의기소침해질 수밖에 없었다. 내 휴대폰에 들어 있는 조안나의 사진을 들여다볼 때마다 수려한 외모와 섬세한 정신은 전혀 무관하다는 사실을 받아들여야 했다. 똑같은 실수를 반복하지 않으려면 머릿속에 그 사실을 분명하게 각인시켜둘 필요가 있었다.

문 밖에서 개가 맹렬한 소리로 짖어대는 소리를 듣고 나서야 상념에서 벗어난 나는 지금 한가하게 오래 전 기억이나 떠올리고 있을 계제가 아니라는 걸 깨달았다. 나는 다시 사진들을 점검하는 데 집중했다. 그 사진들에는 2018년 8월 12일이라는 날짜가 찍혀 있었다.

이 사진들은 과연 누가 찍었을까? 형사? 사설탐정? 마틸드? 이 남자는 대관절 누구일까?

문득 어느 사진에서 남자의 눈빛이 보다 자세히 드러났고, 나는 비로소 그가 누군지 알게 되었다. 그는 바로 카림 암라니였다. 나이를 스무 살 더 먹으면서 체중이 불어나 몰라봤지만 자세히 보니 카림 암라니가 분명했다.

왕년에 샤펠 대로를 주름잡던 불량배 카림 암라니는 수감 생활을 마치고 에손 주에서 새로운 인생을 시작한 듯했다. 그가 기계를 만지는 기술자들과 이야기를 나누거나 카센터를 드나드는 장면을 포착한 사진들이 여러 장 있었다. 언뜻 보아하니 카센터 주인이거나 관리자인 듯했다.

아폴린과 마찬가지로 카림 역시 견실한 생활인으로 돌아온 걸까? 그렇다면 그 역시 누군가로부터 위협을 받고 있는 건 아닐까?

나에게는 여러 의문들에 대한 답을 구할 시간이 없었다. 나는 방에 있는 사진들을 몽땅 챙겨가야 할지 말지 잠시 망설였다. 무엇보다 내가 다녀간 흔적을 남기지 않기 위해서라도 모두 가져가기보다는 중요한 사진만 휴대폰으로 찍어가기로 마음먹었다.

머릿속에서 수많은 질문들이 꼬리에 꼬리를 물었다.

마틸드는 왜 카림 암라니에게 관심을 보이는 걸까? 그야 물론 태평양 해류를 따라 1만 킬로 가까이 표류하다가 기적적으로 발견된 카메라 때문일 테지만 그 일이 네이선 파울스와 무슨 관련이 있단 말인가?

나는 방을 나서기 직전 궁금증을 풀기 위해 다시 한 번 방과 욕실을 치밀하게 뒤져보았다. 침대 매트리스 아래, 서랍, 벽장에는 아무것도 없었다. 화장실 변기 수세 장치의 뚜껑까지 열어 안쪽을 살피고, 발로 마룻바닥을 더듬어 보기도 했다. 모든 바닥 면이 일정하게 고르지는 않았지만 그 어디에도 중요한 자료를 숨겨둔 곳은 없었다.

화장실 뒤쪽 굽도리 널들 가운데 하나가 내 손이 닿자마자 툭 떨어졌다. 크게 기대하지 않고 몸을 굽혀 틈새 안으로 손을 들이밀자 리본으로 묶어둔 두툼한 편지뭉치가 손에 잡혔다. 내가 편지들을 확인하려는 순간 자동차 엔진소리가 들려왔다. 죽어라고 짖어대던 리틀 맥스가 어느새 계단 아래로 달려 내려간 듯 조용했다. 커튼 사이로 내려다보니 쇼핑을 마치고 돌아온 콜린 던바와 딸의 자취가 보였다.

마음이 다급해진 나는 편지뭉치를 반으로 접어 입고 있던 점퍼 안주머니에 쑤셔 넣었다. 나는 두 여자가 시야에서 사라지기를 기다렸다가 창고 지붕을 향해 나 있는 내리닫이 창을 밀어 올렸다. 창고 지붕으로 나가 잔디밭으로 뛰어내린 나는 다리가 후들거렸지만 스쿠터를 세워둔 곳으로 힘껏 달려갔다.

스쿠터의 시동을 걸고 출발하려는 순간 내 바로 뒤에서 리틀 맥스가 요란하게 짖어대는 소리가 들려왔다. 스쿠터는 처음 몇 미터를 달리는 동안 잠시 비실거렸지만 내리막 경사로가 나오자 본격적으로 속도를 내 달릴 수 있었다. 나는 추격을 단념하고 꼬리를 내리고 집으로 돌아가는 리틀 맥스 녀석을 향해 가운뎃손가락을 들어 보이며 일갈했다.

"리틀 맥스, 엿이나 먹어."

3

마치 여름이 다시 시작되기라도 하듯 해가 뜨거웠다. 어느새 힘을 잃고 미지근해진 바람은 잔뜩 풀이 죽어 있었다. 마틸드는 짧은 진 바지에 블론디가 프린트 된 티셔츠 차림으로 힘든 기색 하나 없이 바위들을 폴짝 뛰어넘었다.

바위들로 둘러싸인 소나무 만은 보몽 섬에서 가장 숨 막히도록 아름다운 풍광을 자랑하는 곳이었다. 눈이 부시도록 새하얀 바위를 뚫어 만든 작고 깊은 협곡…… 누구나 쉽게 접근할 수 있는 곳이 아니었기에 소나무 만에 가려면 제법 위험지대를 통과해야 하는 모험을 감수할 수밖에 없었다.

마틸드는 파도 비치의 평평한 장소에 차를 세우고 화강암들 사이로 미로처럼 나 있는 오솔길로 접어들었다. 한 시간은 족히 걸은 끝에 소나무 만에 다다랐다. 처음에는 평평해보이던 길이 해안을 따라가며 점점 가팔라지더니 곳곳에서 뚝 끊기기 일쑤였다. 위험을 감수한 덕분에 눈앞에서 펼쳐지는 야생의 파노라마는 계속 눈에 넣어두고 싶을 만큼 절경이었다.

이제 길은 바다를 향해 급강하하기 시작했다. 사고를 당하기 십상인 길이었다. 바다를 향해 거의 수직으로 떨어지는 끄트머리 몇 미터 길이 특히 위험했지만 무릅쓸 가치가 있는 절경이 눈앞에 펼쳐졌다.

마틸드는 천신만고 끝에 해변에 다다랐고, 마치 잃어버린 낙원을 되찾은 느낌이 들었다. 에메랄드빛 물, 벽돌색 모래, 해송 그늘, 황홀한 유칼립투스 향기가 코끝으로 스며들었다. 멀지 않은 곳에 신비한 동굴이 있었지만 관광객들에게 위치를 알려주는 건 금기였다.

화강암 절벽들이 그다지 넓지 않은 반달 모양 해변 주변에 병풍처럼 둘러서서 바람을 막아주고 있었다. 7월과 8월에는 휴가를 즐기는 사람들이 많이 몰려들어 비좁게 느껴질 정도였지만 10월에는 텅 비어 있기 일쑤였다.

소나무 만에서 50미터쯤 떨어진 맞은편 바다에 작은 섬 하나가 떠있었다. 푼타델라고 섬으로 마치 하늘을 향해 꽂아둔 화살표 같은 모양새였다. 여름철 성수기 때면 혈기왕성한 10대들이 맨발로 섬에 올라 바다를 향해 자맥질을 하며 놀기도 했다. 또래들과 함께 섬에 오면 으레 거쳐야 하는 일종의 통과의례 같은 놀이였다.

마틸드는 선글라스 너머로 수평선을 뚫어져라 응시했다. 네이선은 뾰족한 돌기둥 옆에 배를 묶어두었다. 리바 호의 금속부품들과 니스 칠을 한 흑단 선체가 오후의 햇빛을 받아 번쩍거렸다. 돌체 비타(Dolce Vita 파시즘 정권과 제2차 세계대전으로 피폐해진 이탈리아는 1950년대에 들어서면서 번성기를 맞게 되었고, 이 시기를 집중조명한 페데리코 펠리니 감독의 영화 〈돌체 비타〉가 1960년에 발표되면서 생겨난 표현 : 옮긴이) 또는 60년대 프랑스의 생 트로페 내포와 다르지 않은 풍경이었다.

마틸드는 멀리서 네이선을 향해 손짓을 보냈지만 배를 몰고 다가와 그녀를 태우고 갈 기색이 보이지 않았다.

나를 데리러올 마음이 없다는 뜻이지?

어쨌거나 마틸드는 수영복을 챙겨 입고 왔다. 그녀는 반바지와 티셔츠를 벗어 가방 안에 집어넣은 다음 바위에 내려놓고, 방수 케이스에 넣은 휴대폰만 챙겨들었다.

바닷물은 눈이 시리도록 맑고 투명했지만 몹시 차가웠다. 바다를 향해 2,3미터쯤 걸어 들어간 그녀는 더는 따질 필요도 없다는 듯 풍덩 바닷물 속으로 헤엄쳐 들어갔다. 차가운 파동이 온몸으로 짜릿하게 퍼져나갔다가 개구리헤엄을 거듭하는 동안 서서히 적응이 되었다.

마틸드는 리바 호를 눈으로 정조준하면서 앞으로 헤엄쳐 나아갔다. 짙은 감색 폴로셔츠에 엷은 빛깔 바지 차림의 네이선은 배의 키 앞에서 팔짱을 끼고 서서 그녀가 헤엄쳐 다가오는 모습을 물끄러미 지켜보고 있었다. 얼굴에 선글라스를 착용하고 있어 표정을 읽을 수는 없었다.

이제 팔 동작을 몇 번만 더하면 배에 닿을 만큼 가까워졌다. 네이선은 그제야 손을 내밀었지만 그녀가 배에 올라탈 수 있도록 도울지 말지 잠시 망설이는 눈치였다.

"잠깐 동안이지만 당신이 나를 다시 바닷물에 밀어 넣을지도 모른다고 생각했어요."

"차라리 물에 빠뜨릴 걸 그랬네요."

네이선이 수건을 내밀며 빈정거렸다.

마틸드는 터키석 빛깔이 도는 가죽 장의자에 앉았다. 그 유명한 팬톤의 아쿠아마린 색으로 리바 사에서 출시한 요트 슈퍼 아쿠아라마라는 이름은 그 색에서 연유되었다.

"대단한 환대네요."

마틸드가 수건으로 머리카락과 목, 팔을 닦으며 비아냥댔다.

네이선이 그녀 곁으로 다가왔다.

"이번 약속은 현명하지 않았어요. 봉쇄령이 내린 걸 알면서도 어쩔 수 없이 배를 띄울 수밖에 없었으니까."

마틸드는 어쩔 수 없는 일이라는 듯 두 팔을 벌렸다.

"당신이 내 이야기에 관심이 많으니까 배를 타고 여기까지 왔잖아요. 진실을 알아내려면 부득이 감수할 수밖에 없는 일이 있는 법이죠."

네이선은 요즘 되는 일이라고는 없다는 듯 황당한 표정을 지었다.

"당신은 이런 일이 재미있나 봐요?"

"내 이야기의 후속편을 듣고 싶지 않아요?"

"착각하지 말아요. 내가 당신 이야기를 듣기 위해 간청하며 매달리기라도 할까 봐요? 아마도 내가 이야기를 듣고 싶어 하는 마음보다는 당신이 나에게 이야기를 들려주고 싶은 마음이 훨씬 더 클 거라고 생각하는데요?"

"그러시다면야 없던 일로 하고 돌아갈게요."

마틸드가 다시 바다로 뛰어들 것 같은 자세를 취하자 네이선이 서둘러 그녀의 팔을 붙잡았다.

"유치한 협박일랑 그만해요. 이왕 여기까지 왔는데 카메라에 들어 있던 사진 얘기나 계속해 봐요."

마틸드는 가죽 장의자 위에 내려놓았던 방수 케이스에서 휴대폰을 꺼내들고 사진 앱을 작동시켰다. 그녀는 광도를 최대한 높인 다음 네이선에게 사진들을 보여주었다.

"문제의 카메라에 마지막으로 찍힌 사진들인데, 보다시피 촬영날짜가 2000년 7월로 되어 있어요."

네이선은 휴대폰화면을 스크롤해가며 사진들을 훑어보았다. 하와이 바다에서 카메라를 잃어버린 젊은 연인들의 휴가 사진으로 그의 예상과 정확하게 일치했다. 해변을 거니는 아폴린과 카림, 호텔에서 정사에 탐닉하는 아폴린과 카림, 만취 상태의 아폴린과 카림, 바닷물 속으로 뛰어드는 아폴린과 카림……

마틸드가 새롭게 화면에 띄운 또 다른 사진들은 촬영시점이 하와이 휴가 때보다 적어도 한 달은 앞서 있었다. 네이선은 눈앞의 사진들을 보면서 마치 복부에 묵직한 주먹 한방을 얻어맞은 느낌이 들었다.

아마도 누군가의 생일인 듯 가족들 셋이 테라스에 모여 함께 저녁 식사를 하는 사진도 있었다. 아빠와 엄마 그리고 열 살쯤 되어 보이는 아이가 등장하는 사진이었다. 아직 본격적인 밤이 시작되기 이전이었고, 하늘에 분홍빛 노을이 남아있었다. 테라스 뒤에 있는 정원의 나무들 사이로 파리의 지붕들이 보였고, 저 멀리 에펠탑이 희미하게 보였다.

"아이를 주목해서 보세요."

마틸드가 사진 한 장을 확대해보여주며 긴장한 목소리로 말했다.

네이선은 휴대폰화면에 빛이 반사되지 않도록 조심하며 사진에 등장하는 아이 얼굴에 시선을 고정했다. 빨간 뿔테 안경 너머로 반짝이는 눈, 자연스럽게 뒤엉킨 금발의 소유자인 아이의 얼굴에는 장난기가 그득했다. 아이의 두 뺨에는 프랑스의 삼색기 문양이 그려져 있었고, 프랑스 축구 국가대표팀 유니폼을 입고 손가락으로 V자를 그려 보이고 있었다. 척 보기에도 착하기 그지없는 개구쟁이였다.

"혹시 아이 이름을 아세요?"

마틸드가 대뜸 물었다.

네이선은 대답 대신 고개를 저었다.

"이 아이의 이름은 테오 베르뇌유입니다." 마틸드가 잠시 분위기를 환기시키려는 듯 말을 멈추었다가 다시 이었다. "2000년 6월 11

일, 아이의 열한 번째 생일을 축하하는 저녁식사 자리에서 찍은 사진이죠. 그날은 유로2000 대회에 참가한 프랑스 국가대표팀의 첫 번째 시합이 열리는 날이기도 했어요."

"이 사진들을 나에게 보여주는 이유가 뭐요?"

"혹시 그날 밤 이 아이에게 무슨 일이 생겼는지 아세요? 아이는 사진을 찍고 나서 세 시간쯤 후 누군가가 등 뒤에서 쏜 총을 맞고 숨을 거두었어요."

4

네이선은 눈썹 한 번 까딱하지 않고 그녀의 말을 경청했다. 그는 다시 화면을 스크롤해가며 아이 부모의 사진들을 좀 더 면밀하게 살폈다. 40대 중반으로 보이는 아이 아빠의 두 눈에는 생기가 넘쳐 흘렀고, 반짝이는 빛을 담고 있었다. 적당히 그을린 얼굴, 굳은 의지를 담고 있는 턱의 소유자로 강한 자신감과 추진력, 진취력이 엿보이는 인상이었다. 긴 머리를 틀어 올린 아이 엄마의 자취에서는 남편과 달리 무대에서 한 걸음 뒤로 물러서 있는 엑스트라 분위기가 묻어났다.

"이제 이 사람들이 누구인지 감이 오지 않나요?"

마틸드가 또다시 물었다.

"이제 알겠어요. 이들은 베르뇌유 가족이군요. 사건 당시 세상이 떠들썩하도록 언론보도가 됐었기에 분명히 기억합니다."

"알렉상드르 베르뇌유가 누군지 기억나시죠?"

네이선은 두 눈을 가느다랗게 뜨고 비죽비죽 돋아나기 시작한 턱수염을 손으로 쓸었다.

"알렉상드르 베르뇌유는 좌파 성향 의사였죠. 국경없는의사회에 이어 밀어닥친 '프렌치 닥터스' 물결의 주역이기도 했어요. 책을 몇 권 낸 적이 있었고, 이따금 언론에 등장해 생명윤리와 인도주의적 의료 활동에 대한 지론을 펼쳐 보이기도 했죠. 내 기억이 정확하다면 많은 사람들이 그의 명성을 익히 알고 있고, 얼굴을 알아보기 시작할 무렵 돌연 그 자신을 포함해 부인과 아들까지 잔혹하게 살해되었죠."

"부인 이름은 소피아였어요."

마틸드가 한 마디 덧붙였다.

"부인 이름은 기억나지 않더군요." 네이선이 긴 가죽의자에서 멀어져가며 말을 이었다. "사람들을 큰 충격에 빠뜨린 사건이었고, 나역시 또렷이 기억하고 있어요. 그날 밤 살인자들은 베르뇌유 가족이 사는 아파트에 침입해 일가족을 모두 살해했지만 경찰은 범인이 누구이고, 살해동기가 무엇이었는지 끝내 밝혀내지 못했죠."

"경찰은 줄곧 절도가 목적이었다고 추정했죠." 마틸드가 배의 선수 쪽으로 걸어가며 부연 설명을 했다. "명품시계컬렉션, 값나가는 보석들, 당시만 해도 고가였던 카메라 한 대가 사라졌으니까요."

네이선은 그제야 감이 잡히는 눈치였다.

"그러니까 이 사진들 덕분에 베르뇌유 일가족을 살해한 범인들의 종적을 찾을 수 있게 되었다는 게 당신의 주장인가요? 당신은 아폴린과 카림이 고가의 물건들을 훔치기 위해 베르뇌유 일가족을 살해했다고 믿습니까?"

"당신도 좀 전에 보았다시피 일련의 사진들로 볼 때 충분히 가능성 있는 추론 아닌가요? 그날 저녁, 베르뇌유 가의 집 바로 위층에도 도둑이 들었어요, 물론 그 집에서는 일이 순조롭게 진행되지 않았지만요."

네이선은 화가 난다는 듯 발끈했다.

"설마 당신과 내가 힘을 합쳐 베르뇌유 일가족 살해사건을 재수사하자는 주장을 펴고 있는 건 아니죠?"

"그래서는 안 될 이유라도 있나요? 아폴린과 카림은 그 당시 연달아 강도짓을 저지르고 다녔어요. 카림이 마약중독자라 현금이 절실히 필요했기 때문이죠."

"하와이 휴가 때 찍은 사진들을 보면 카림이 딱히 마약중독자 같다는 느낌이 들지는 않던데요."

"그들이 베르뇌유 가에서 훔치지 않았다면 그 카메라를 어떤 방법으로 손에 넣을 수 있었을까요?"

"뒷골목 시장에 나온 장물을 구입했을 수도 있잖아요. 아무튼 난이미 지난 일 따위는 관심 없어요. 나와는 아무런 관련도 없는 사건인데 당신은 왜 자꾸 나를 결부시키려고 하죠?"

"아폴린 샤푸이가 이 집에서 얼마 떨어지지 않은 곳에서 유칼립투스나무에 못 박힌 사체로 발견됐어요. 오랜 시간 미궁에 빠져 있던 베르뇌유 일가족 살해사건의 진실을 밝힐 수 있는 절호의 기회가 찾아온 거죠. 아무런 관련이 없더라도 작가의 시각으로 보자면 매우 흥미로운 사건 아닌가요? 아무튼 베르뇌유 일가족 살해사건은 이 섬에서 벌어진 아폴린 샤푸이 살해사건이 벌어지면서 다시 점화되었어요. 당신이 원하지 않더라도 결코 외면할 수 없게 되었죠."

"당신은 나에게 뭘 기대하는 거요?"

"이 사건의 전모를 글로 써주길 원해요."

네이선은 감정이 격앙돼 얼굴이 붉으락푸르락 했다.

"당신은 해묵은 사건을 다시 들춰내 무엇을 얻어내고자 하는 거요? 앨라배마 잭슨카운티의 스코츠보로에서 카센터를 운영하는 사람이 메일로 보내준 사진들을 받아보고 나니 갑자기 사명감이 샘솟기라도 하던가요?"

"당연하죠. 기자로서 절대로 무심할 수 없는 일이었죠. 그 사건에 대한 진실을 캐고 싶어요. 나는 사람들을 좋아하니까요."

네이선은 비아냥거리는 표정으로 그녀의 말투를 흉내 냈다.

"'나는 사람들을 좋아하니까요.' 라고요? 아무 말이나 입에서 나오는 대로 내뱉으면 다예요? 당신이 방금 전 무슨 말을 했는지 알기나 해요?"

마틸드가 반격에 나섰다.

"내 말이 틀렸나요? 나는 사람들이 억울한 일을 당하는 걸 보고도 무심할 수는 없어요."

네이선은 갑판 위를 이리저리 오가며 생각에 잠겼다.

"당신이 나선다고 해결될 일이 아니잖아요. 그 일은 경찰에 맡겨두는 게 좋습니다. 이웃을 위한 일을 하고 싶다면 지구온난화, 야생동물의 멸종, 생태계 파괴 같은 환경문제에 지속적인 관심을 갖게 되길 바랍니다. 생태환경문제를 해결하기 위해 당장 실천할 수 있는 일이 뭔지 찾아보는 게 좋겠군요. 당신은 기자니까 그런 문제들에 대해 경각심을 높이는 기사를 써보는 것도 괜찮겠네요. 당신이 그토록 사랑한다는 사람들을 돕고자 한다면 정보를 조작하고 거짓뉴스를 퍼뜨리는 인터넷의 몹쓸 병에 대해 경종을 울리는 기사를 써보세요. 파산 직전에 내몰린 학교와 공공병원, 거대 다국적 기업들의 횡포, 암울하기 그지없는 교도소 복지문제에 대해서도 써보고요. 또……."

"이제 알았으니 그만하시죠. 저널리즘 강의 고마워요."

"당신이 사람들을 위하는 일을 하고 싶다니까 해본 말입니다. 수사관도 아니면서 쓸데없는 일에 관여하지 말고 사람들에게 정말 도움이 되는 일이 뭔지 찾아보세요."

"경찰이 지금껏 수사해왔지만 속 시원히 밝혀진 사실이 없잖아요. 아무런 죄도 없이 목숨을 잃은 사람들의 억울함을 풀어주기 위해서라도 실체적 진실을 밝히는 문제는 대단히 중요합니다."

네이선은 이리저리 오가던 걸음을 멈추더니 손가락으로 그녀를 지목했다.

"아무리 억울해도 이미 죽은 사람의 목숨을 되살릴 방법은 없어요. 살인자들은 당신이 신문에 써대는 별 볼일 없는 기사 따위는 거들떠보지도 않을뿐더러 두려워하지도 않을 거요. 내 말을 믿어도 좋아요. 나는 그 사건에 대해 단 한 줄도 글을 쓰고 싶지 않아요. 다른 사건들도 마찬가지입니다."

잔뜩 흥분한 네이선은 보트의 조종석에 가서 앉았다. 그는 마치 극장 스크린 비율에 맞춘 듯 방풍창 뒤에 앉아 하염없이 수평선을 바라보고 있었다. 마치 현재 있는 지점에서 수천 킬로미터 떨어진 수평선 끝으로 떠나길 열망하는 사람처럼 보였다.

마틸드가 베르뇌유 일가족의 사진이 떠올라있는 휴대폰화면을 그의 눈앞에 들이대며 공격을 재개했다.

"이 세 사람을 죽인 범인이 누군지 궁금하지 않아요? 우리가 힘을 합쳐 범인을 찾아내자는데 전혀 마음이 동하지 않아요?"

"난 형사가 아니라고 몇 번이나 말해야 하죠? 당신은 왜 20년 가까이 지난 사건의 재수사를 원하죠? 도대체 당신이 내세우고자 하는 명분이 뭡니까? 내가 알기로 당신은 그 사건과 아무런 관련도 없는 사람이잖아요?"

네이선은 손바닥으로 이마를 탁 쳤다.

"아, 당신 직업이 기자라는 걸 깜박했어요. 기자라면 수사를 담당한 경찰이나 피해자 주변 사람들을 만나보고 기사를 쓰면 되겠네요. 그 사건을 직접 조사하겠다는 건 과욕이죠."

마틸드는 그의 냉소적인 반격을 무시했다.

"내가 배배 꼬인 사건의 실타래를 풀 수 있도록 도와주면 안 될까요?"

"난 무엇보다 당신이 나를 만나기 위해 여러 가지 꼼수를 부렸다는 사실이 마음에 들지 않아요. 세헤라자데 흉내를 내질 않나, 내가 무방비 상태에 있을 때 개를 납치해 접촉을 시도하질 않나. 당신은 언젠가 나를 속인 것에 대해 반드시 대가를 치르게 될 거요. 난 당신처럼 목적을 이루기 위해 속임수를 쓰는 사람들을 그다지 좋아하지 않으니까."

"내가 얼마나 절실했으면 그런 속임수를 써가며 당신을 만나고자 했겠어요. 난 지금 한 아이에 대해 이야기하고 있어요. 만약 억울하게 살해당한 그 아이가 당신 자식이었다면 어땠을까요? 아마도 당연히 그 아이를 살해한 범인이 누군지 찾아내려고 눈에 불을 켰겠지요."

"그런 엉터리 비유로 나를 설득하려들지 말아요. 나는 아이가 없는 사람이니까."

"당신은 아이도 없고, 아무도 사랑하지 않는군요. 아니, 당신이 쓴 소설에 나오는 등장인물들을 사랑하겠군요. 당신의 머릿속에서 튀어나온 종이 인간들 말이죠. 당신은 이웃사람들에 대해 아무런 관심도 없으니 차라리 등장인물들과 교감하며 사는 편이 훨씬 낫겠네요."

마틸드가 비아냥거리며 말을 이었다.

"내 정신 좀 봐. 우리의 고매하신 대작가님께서 더는 글을 쓰지 않는다는 걸 깜박했네. 하다못해 쇼핑목록도 쓰지 않는다는데 등장인물 운운해서 미안해요."

"내 눈 앞에서 당장 꺼지시지. 여기서 썩 꺼지라니까."

마틸드는 그 말을 듣고도 태연한 표정을 지으며 꼼짝하지 않았다.

"우리가 함께 할 수 있을 거라 믿었는데 내가 잘못 생각했나 봐요. 나는 오로지 진실이 밝혀지길 원해요. 당신은 아직 나에 대해 잘 모를 거예요. 난 한번 결심하면 반드시 해내는 사람이죠."

"난 상관없는 일이니까 당신 마음대로 하세요. 그 대신 앞으로 다시는 내 집 근처에서 얼쩡대지 말아요."

마틸드는 집게손가락으로 네이선을 가리켰다.

"아니요, 이제 곧 당신 집에 다시 가게 될 거라 약속할게요. 당신이 내가 진실을 밝히는 일을 도울 때까지 절대로 포기하지 않을 거예요. 부디 진실을 대면하고 너무 놀라지 말길 바랍니다."

네이선은 분노가 치밀어올라 마틸드에게로 달려갔다. 요트가 기우뚱거렸고, 마틸드가 외마디 비명을 질렀다. 네이선이 있는 힘을 다해 그녀를 번쩍 들어 올리더니 바다를 향해 던졌다. 그녀가 손에 들고 있던 휴대폰도 바닷물 속으로 풍덩 빠졌다. 그는 아직도 분이 풀리지 않은 듯 식식거리며 리바 호의 엔진을 켜고 〈라 크루아 뒤 쉬드〉 쪽으로 뱃머리를 돌렸다.

8. 누구에게나 자기만의 그림자가 있다

사람은(…) 우리가 절대로 뚫고 들어가 안을 볼 수는 없으나(…) 증오와 사랑이 빛을 발할 때마다 아마도 그럴 것이라는 가정에 바탕을 두고 상상해볼 수 있는 그림자이다.-**마르셀 프루스트**

1

콜린 던바의 집을 방문했다가 독일산 불도그 리틀 맥스와 위기일발의 대치상황을 겪은 끝에 가까스로 물리지 않고 돌아온 나는 시내에 있는 〈플뢰르 뒤 말트〉 카페로 들어갔다. 번잡한 테라스를 피해 실내에 자리 잡은 나는 바다가 내다보이는 십자가형 창문 옆 테이블에 자리를 잡고 앉았다.

나는 핫초콜릿 잔을 앞에 두고 마틸드의 방에서 가져온 편지들을 읽었다. 모두 한 사람이 쓴 편지로 나는 약간 삐딱하게 기울어진 필체의 주인공이 누군지 알아차렸고, 그 순간 심장이 두방망이질치기 시작했다. 편지를 보낸 사람은 의심할 여지없이 네이선 파울스였다. 인터넷에서 네이선이 자필로 쓴 여러 원고 사진들을 본 적이 있었다. 그는 자필 원고들을 뉴욕 시립도서관에 기증했다.

파리와 뉴욕에서 발송한 20여 통의 편지들 중 몇 통에만 날짜가 적혀 있었다. 대략 1998년 4월부터 12월 사이에 쓴 편지들이었다. 네이선이 보낸 편지의 수신자는 이름을 알 수 없는 한 여인이었다. 대부분의 편지는 '내 사랑'이라는 말로 시작되었는데 그 중 한 통에서 네이선은 여자의 이름을 어렴풋이나마 짐작할 수 있는 S라는 이니셜을 사용했다.

편지를 읽던 나는 몇 번이나 도중에 읽기를 멈춰야 했다.

과연 네이선의 허락을 받지 않고 그의 내밀한 사생활 속으로 들어가도 괜찮은지 자문해보았다. 나의 내면에서 그럴 권리가 없다는 아우성이 들려왔다. 그릇된 행위라는 내면의 질책은 너무나 매혹적인 문장으로 이루어진 네이선의 편지, 이 세상에 오직 하나뿐인 글을 읽고 싶다는 욕구에 밀려 허망하게 무너져 내렸다.

탁월한 비유와 시의적절한 수사로 이루어진 문장이었고, 빼어난 문학작품이라고 해도 과언이 아니었다. 편지를 읽어 내려가는 동안 깊은 사랑에 빠진 한 남자와 예민한 감수성을 가진 생기발랄한 여인의 초상이 머릿속에 선연히 그려졌다. 편지 내용으로 보아 네이선은 당시 연인과 떨어져 지내는 상태였고, 두 사람을 만나지 못하게 가로막고 있는 장애물이 무엇인지에 대해서는 전혀 언급이 없었다.

네이선의 편지들은 갈색 계통 수채화 삽화를 곁들인 에세이나 다름없었다. 하루 종일 무얼 하며 지냈고, 저녁식사로 어떤 음식을 먹었는지 따위 일상적인 소식을 전하는 편지들과는 사뭇 달랐다. 그의 편지들에는 사랑하는 사람의 부재가 안기는 고통, 세상의 광기, 전쟁으로 피폐해진 인간의 삶에 대한 안타까운 심정이 묻어나 있었다. 그럼에도 이 세상에서 사랑이 얼마나 절실히 필요한지 역설하고 있었다.

전쟁이란 말이 편지에 여러 번 등장했다. 투쟁과 분열, 억압 같은 내용도 자주 등장했다. 다만 네이선이 당시 실제로 벌어지고 있는 전쟁과 물리적 충돌 상황을 언급하고 있는 것인지 아니면 은유적 표현에 해당하는지 명확히 알 수 없었다.

대담무쌍한 수사와 암시가 가득한 글이었고, 번개와 같은 섬광이 번득이는 문장이었다. 네이선의 소설에서는 보이지 않던 비유적 표현이 유감없이 드러나 있는 글이기도 했다. 글에 시적 운율이 담겨 있어 나는 자연스럽게 아라공과 엘자 트리올레의 몇몇 시와 군대와 더불어 전선에 나간 아폴리네르의 시가 떠올랐다. 특히 일부 문장에서 느껴지는 강력한 힘은 《포르투갈인의 편지(Lettres Portugaises 포르투갈 출신 수녀가 프랑스 장교에게 보내는 다섯 통의 편지를 번역해 묶은 작품. 처음에는 1969년에 '프랑스어로 번역한 포르투갈인의 편지'라는 제목의 책으로 발간되었지만 나중에야 소설이라는 사실이 밝혀졌다 : 옮긴이)》가 생각났다. 편지의 구조가 너무나 완벽해 혹시 허구는 아닐까 하는 의구심이 들기도 했다.

S라는 여인은 실제로 존재하는 인물이었을까? 아니면 가공의 인

물일까? 가령 사랑의 대상을 체화시킨 상징이거나 사랑에 빠진 모든 여인들을 대변하는 인물일까?

편지들을 두 번째로 정독하는 과정에서 그런 의구심은 말끔히 해소되었다.

아니야, 편지의 문장들이 진정성이 있고, 사랑에 빠진 사람에게서만 보이는 특유의 감정, 열기, 희망, 계획 따위가 드러나 있어. 사랑의 열정, 위로, 잠재적인 위협이 먹구름처럼 드리워져 있기도 해. 네이선의 편지들을 세 번째 읽으면서 나는 급기야 또 다른 가설 한 가지를 세우기에 이르렀다. S는 병에 시달리는 환자이고, 그 여인이 병마와 싸우는 과정을 전쟁이라는 표현으로 대치했을 수도 있다는 가설이었다. 편지들은 자연과 날씨를 상당히 중요한 비중으로 다루고 있었다. 특히 자연 환경을 시적으로 표현한 부분이 많았다.

네이선은 편지들에서 작열하는 태양과 프랑스 남부의 풍성한 빛 혹은 뉴욕의 쨍한 하늘같은 이미지를 풍기는 인물이었고, S는 대체로 우울하고 슬픈 이미지로 다가오는 여인이었다. 위압적인 산, 납덩어리처럼 무겁게 내려앉은 하늘, 온몸을 꽁꽁 얼어붙게 만드는 추위, 늑대들의 영역에 내려앉는 때 이른 밤 등이 S의 이미지를 반영하는 요소였다.

나는 휴대폰으로 시간을 확인했다. 그레구아르와 오전시간에 서점에 나가지 않겠다고 타협을 마쳤으니 2시부터는 일을 해야 하기 때문이었다. 나는 마지막으로 다시 한 번 오래 된 순서대로 편지들을 훑어보다가 문득 한 가지 의문에 사로잡혔다.

혹시 다른 편지들이 더 있지는 않을까? 아니면 왜 갑작스레 이처럼 강렬하고 지적인 편지쓰기를 중단하게 되었을까?

무엇보다도 나는 도대체 어떤 여자이기에 네이선이 이토록 열정적이고도 절절한 감정을 품게 되었는지 궁금했다. 네이선이 쓴 글을 모조리 읽어봤지만 그는 언론 매체와 인터뷰를 하는 자리에서도 자기 사생활에 대해 전혀 언급한 적이 없었다.

네이선은 혹시 동성애자가 아닐까? 그가 편지에서 황금빛 머리카락을 나부끼는 천사라고 표현한 대상이 남자일 수도 있을까? 아니, 절대로 그럴 리 없어. 그런 가설을 세울 수는 있겠지만 그가 쓴 글에 여성형 단어들이 많이 나오는 걸 보면 지나친 추론에 불과해.

그때 테이블에 놓아둔 휴대폰이 부르르 떨며 화면에서 플래시가 깜박였다. 로랑이 또다시 몇 개의 트윗을 올렸다는 소식이었다. 로랑은 자신의 정보원들이 찾아내 보내준 새로운 사실들을 공개했다. 아폴린과 카림의 관계를 확인한 수사관들은 에손 주를 중심으로 활동한 전직 마약딜러들을 수사하고 있다고 했다. 에브리경찰청 사법수사 담당관들이 에피네트 지역으로 되어 있는 카림의 주소지를 급습했지만 신원을 확보하지 못했고, 이웃사람들로부터 벌써 두 달째 자취를 감추었다는 증언만 입수했을 뿐이었다. 카센터직원들도 그의 소식을 모르는 건 마찬가지였지만 원래 형사들을 그다지 좋아하지 않는 사람들이라 카림의 실종 사실을 경찰에 알리지 않았다고 했다.

로랑이 마지막으로 올린 트윗에 따르면 가택 수색 때 카림의 집안에서 많은 혈흔이 발견되었고, 현재 과학수사대에서 분석 중이라는 소식이었다.

나는 불안감을 유발하는 새로운 소식들을 일단 한구석으로 치워 두고, 다시 네이선의 편지에 집중했다. 여러 번 거듭 읽은 편지들을 점퍼 안주머니에 조심스럽게 갈무리해 넣은 다음 카페를 나와 서점 으로 갔다. 마틸드의 거처에 무단 침입한 내 행동은 결론적으로 제 법 큰 성과를 거둔 셈이었다. 그 덕분에 나는 세상에 거의 알려지지 않았던 네이선의 전기적 사실들을 일부나마 확보하게 되었으니까. 보봉 섬에 칩거하며 언론에 전혀 모습을 드러내지 않았던 네이선 파울스가 자필로 쓴 편지들이 세상에 공개될 경우 의심할 여지없 이 커다란 파문이 일게 되리라는 건 자명했다. 1990년대 말, 그러니 까 네이선이 공식적으로 문학계를 떠나겠다고 발표하기 얼마 전에 어느 여인과 열정적인 사랑에 빠져 있었다는 사실이 편지에 고스란 히 담겨 있으니까. 어느 누구도 가로막을 수 없는 불꽃같은 사랑이 었다. 작가로서의 영예와 생에서 이룬 모든 업적을 뒤로 하고 매달 렸던 사랑, 지나는 길에 있는 장애물들을 모두 허물어버리고 달려 갔던 사랑이었다. 무엇인지 알 수는 없지만 그 뜨거운 사랑을 멈출 수밖에 없었던 가공할 사건이 터지면서 그는 가슴이 갈가리 찢기는 고통을 맛보게 되었다.

네이선은 사랑에 실패하면서 인생을 내팽개치다시피 했다. 성공 가도를 달리던 문학계에서 은퇴를 선언했고, 마음에도 단단히 빗장 을 질렀다. 네이선과 불꽃같은 사랑을 나누었던 여인, 황금빛 머리카락을 나부끼던 여인이야말로 단단히 잠겨 있는 비밀의 방으로 인도해줄 유일한 안내자가 틀림없었다. 오로지 그녀만이 네이선의 닫힌 마음을 열어줄 열쇠를 쥐고 있다고 해도 과언이 아니었다. 그녀야말로 네이선의 로즈버드(Rosebud 장미 꽃봉오리를 뜻하는 영어 단어이지만 미국의 영화감독 오슨 웰스가 1941년에 발표한 〈시민 케인〉에서 주인공이 죽기 직전 '로즈버드'라는 말을 남긴 이후 열쇠를 쥐고 있는 인물이라는 의미를 지니게 되었다 : 옮긴이)라 할 수 있었다.

혹시 네이선은 문제의 편지들이 마틸드에게 있다는 사실을 알고 있었고, 비밀이 밖으로 새나가는 걸 차단하기 위해 방을 뒤져보라고 했을까? 마틸드는 어떤 경로를 통해 네이선의 편지들을 입수할 수 있었을까? 마틸드는 왜 편지들을 지폐다발이나 마약 감추듯 벽에 설치해둔 비밀 판자 널 뒤에 숨겨두었을까?

2

"네이선, 일어나요!"

저녁 아홉 시, 〈라 크루아 뒤 쉬드〉는 완벽한 어둠에 잠겨 있었다. 나는 10분 동안 초인종을 눌렀지만 그 어떤 반응도 돌아오지 않았기에 어쩔 수 없이 벽을 타넘어 집안으로 들어가기로 작정했다. 칠흑 같은 어둠 속에서 나는 조심스럽게 벽을 더듬어가며 앞으로 나아갔다. 혹시 발을 헛디뎌 바위 아래로 추락할까봐 손발이 후들후들 떨려왔다. 골든 리트리버가 불청객을 향해 무섭게 달려들 거라고 예상했는데 브롱코 녀석은 오히려 나의 구세주가 되어주었다.

사실 던바의 집에서 불도그에게 물어뜯길 뻔했던 이후 개라면 상상만으로도 기분이 오싹해졌다. 녀석은 친절하게도 나를 테라스 바닥에 쓰러져 잠든 네이선에게로 데려다주었다. 그는 석재 타일이 깔린 바닥에서 산모의 뱃속에 든 태아처럼 온몸을 웅송그리고 잠들어 있었고, 옆에 빈 위스키 병이 나뒹굴고 있었다. 언뜻 보기에도 만취해 잠에 곯아떨어진 상태였다.

"네이선!"

나는 깊이 잠든 그를 깨우기 위해 몸을 마구 흔들어대며 소리쳐 불렀지만 요지부동이었다. 생각다 못해 일단 테라스에 조명을 밝히고 나서 다시 그에게로 갔다. 그의 호흡이 거칠게 이어지다가 뚝뚝 끊겼다.

브롱코가 주인 옆에 서서 얼굴을 핥아대자 그제야 네이선은 부스스한 머리를 긁적이며 몸을 일으켰다.

"괜찮아요?"

"괜찮아."

네이선이 팔뚝으로 얼굴을 훔치며 말했다.

"자네가 이 시간에 여긴 웬일이야?"

"급히 전해줄 뉴스가 있어서 찾아왔어요."

네이선이 관자놀이에 이어 눈두덩을 문질렀다.

"두통이 심해."

나는 바닥에 뒹구는 빈 위스키 병을 집어 들었다.

"위스키 한 병을 다 비웠으니 머리가 깨진다한들 그리 놀랄 일도 아니겠네요."

"마틸드 몽네의 방에 들어갔었나?"

"그 집에 몰래 들어갔다가 하마터면 불도그에게 물려 죽을 뻔했어요."

"마틸드의 방에서 무얼 찾아냈나?"

"제 이야기를 듣기 전에 일단 샤워부터 하시는 게 좋겠어요."

네이선은 그 따위 소리나 지껄이려거든 당장 꺼지라고 소리칠 듯 쳐다보다가 못 이기는 척 욕실로 사라졌다.

나는 그가 욕실에 간 틈을 타 거실을 탐색했다. 내가 네이선 파울스의 집안에 들어와 그의 내밀한 사생활을 염탐할 수 있게 되었다는 사실이 믿기지 않았다. 대단히 장엄하고 격조 있는 저택이었고, 마치 알리바바의 동굴과 플라톤의 동굴 사이쯤 되어보였다. 네이선의 동굴 〈라 크루아 뒤 쉬드〉는 그야말로 신비로운 곳이었다.

나는 처음 이 집을 방문했을 때 그 어디에도 집주인의 과거 이력을 엿볼 수 있는 사진이나 기념품이 없다는 걸 발견하고 깊은 인상을 받았다. 그럼에도 전혀 냉랭하고 을씨년스러운 느낌이 들지 않는 집이었다. 혼자 지내기에는 지나치게 넓고 휑한 공간이었고, 초소형 스포츠카 모델이 집안을 꾸미고 있는 유일한 장식물이었다. 파란색과 빨간색이 섞인 은회색 포르쉐 911.

나는 미국의 어느 신문에서 네이선이 1990년대에 초소형 모델과 똑같은 포르쉐를 구입했다는 기사를 읽은 기억이 났다. 1975년에 독일 포르쉐에서 저명한 지휘자 헤르베르트 폰 카라얀을 위해 맞춤 제작한 모델이었다.

거실을 지나 주방으로 들어간 나는 냉장고에서 식재료를 찾아내 오믈렛과 토스트, 그린 샐러드를 만들고 차를 끓였다. 보몽 섬 살해 사건 수사가 어떻게 진행되는지 알아보기 위해 휴대폰을 꺼내 인터넷에 접속해보려고 했지만 속이 터질 정도로 와이파이 신호가 잡히지 않았다.

주방의 오븐 옆에 내 할아버지가 즐겨 듣던 제품과 흡사한 라디오 한 대가 놓여 있었다. 라디오를 켜자 클래식음악이 흘러나왔다. 나는 뉴스가 나오는 방송을 듣기 위해 채널을 이리저리 돌려보았다. 겨우 〈RTL〉 방송의 21시 뉴스를 찾아내 채널을 고정시켰지만 거의 끝나가는 시간이었다. 24시간 뉴스를 내보내는 〈프랑스 앵포〉에 주파수를 맞추려고 채널을 이리저리 돌리고 있는 사이 샤워를 마친 네이선이 주방으로 들어섰다.

네이선의 자취는 좀 전과는 천양지차로 달라보였다. 흰 셔츠에 진바지, 뿔테안경을 착용한 그는 10년은 족히 젊어 보였고, 마치 여덟 시간 동안 숙면을 취한 사람처럼 안색이 밝았다.

"그 연세에 위스키 한 병을 혼자 마시는 건 무리죠."

"닥쳐."

네이선은 여전히 말투가 거칠었지만 간단한 저녁식사를 준비해둔 내 수고에 대해 고갯짓으로 고마움을 표하는 걸 잊지 않았다. 그는 접시 두 개, 포크, 나이프를 꺼내 우리가 서로 마주보고 앉아 식사를 할 수 있도록 식탁을 차렸다.

때마침 라디오에서 보몽 섬 살해사건 속보가 흘러나왔다.

우리는 잠시 모든 동작을 멈추고 라디오에서 흘러나오는 목소리에 귀를 기울였다. 사건 관련 소식은 두 가지였다. 첫 번째 소식은 말 그대로 충격 그 자체였다. 익명의 제보를 받고 수색에 나선 에브리 사법 수사당국 형사들이 방금 전 세나르 숲에서 카림 암라니의 사체를 발견했다는 소식이었다. 사체의 부패 상태로 미루어볼 때 이미 오래 전 살해되어 방치돼 왔다는 설명이 뒤따랐다.

아폴린 샤푸이 살해사건은 이제 점점 더 복잡한 국면으로 접어들게 되었다. 미디어의 상업 논리에 따라 아폴린 샤푸이 사건은 이제 보몽 섬에서 발생한 최초의 살인사건이라는 특수성을 잃게 되었다. 조직폭력배이자 파리 근교 불량배 출신인 카림 암라니가 사체로 발견되면서 이제 미디어의 관심은 아폴린 샤푸이 살해사건에서 슬그머니 카림 암라니 살해사건으로 옮겨가기 시작했다.

두 번째 소식도 비슷한 맥락에 바탕을 두고 이해할 수 있었다. 해안경찰청은 갑자기 보몽 섬 봉쇄 해제 결정을 내렸다. 〈프랑스 앵포〉에 따르자면 해안경찰청에서 내린 전격적인 봉쇄 해제 결정으로 다음날 오전 7시부터 배의 출입이 정상적으로 이루어지게 되었다는 소식이었다.

네이선은 카림 암라니 살해사건 소식을 접하고도 별반 놀라는 기색을 보이지 않았다. 그는 오믈렛을 먹으며 줄곧 마틸드와 나누었던 대화 이야기를 하느라 여념이 없었다. 그야말로 매우 흥미진진한 이야기였다. 나는 베르뇌유 일가족 살해사건을 기억할 만큼 나이가 많지 않았지만 언젠가 TV에서 나라 안팎을 온통 떠들썩하게 만들었던 유명사건들을 재조명하는 프로그램을 내보낼 때 주목해서 시청했던 기억이 났다. 지나치게 이기적이라는 말을 들을 수도 있겠지만 나는 그 사건을 접하는 순간 매우 근사한 소설 소재라고 생각했다. 나는 네이선의 이야기를 다 듣고 나서도 왜 베르뇌유 일가족 살해사건이 그의 마음을 그토록 심란하게 했는지 알 수 없었다.

"무슨 일 때문에 떡이 되도록 술을 마신 거예요?"

"한가하게 그런 이야기는 집어치우고, 마틸드 몽네 방에서 찾아낸 게 뭔지 말해 봐."

3

나는 조심스럽게 마틸드 몽네 이야기를 시작했다. 카림 암라니에 대한 이야기도 간간이 곁들였다. 나는 마틸드 이야기를 하다가 네이선이 신고 있던 구두를 클로즈업해 찍은 사진이 여러 장 있더라는 말도 전했다. 그 말을 들은 네이선 역시 이해가 가지 않는 듯 어리둥절해하는 표정을 지었다.

"정말이지 이상한 일이네."

"다음 이야기를 들으면 매우 불쾌해하실 것 같아 조심스러워요."

나는 그의 얼굴에 어리는 호기심을 놓치지 않았다. 그럼에도 이야기를 들은 그가 매우 괴로워하리라는 예감이 들어 선뜻 말을 꺼내기 쉽지 않았다.

"마틸드 몽네는 여러 통의 편지들을 가지고 있었어요."

"편지라니?"

"당신이 쓴 편지."

"나는 단 한 번도 그 여자에게 편지를 보낸 적이 없어."

"당신이 20년 전 어떤 여자에게 보낸 편지들을 말하는 겁니다."

나는 점퍼 주머니에서 편지들을 꺼내 식탁 위에 내려놓았다.

네이선은 처음에는 영문을 몰라 하다가 편지들을 대충 훑어보더니 큰 충격을 받은 눈치였다. 그는 한참 동안 얼떨떨한 표정을 감추지 못하다가 비로소 편지들을 읽어가기 시작했다. 그는 경악을 금할 수 없는 일이라는 듯 낯빛이 드러나게 어두워졌다. 그는 마치 실제로 눈앞에서 유령을 목도한 사람처럼 얼빠진 표정을 짓고 있었다. 그는 몽롱한 표정으로 멍하니 앉아 있다가 잠시 시간이 흐르고 나서야 충격이 어느 정도 가신 듯 평정심을 되찾았다.

"자네도 읽어보았나?"

"내용을 파악하기 위해 당연히 읽어보았죠. 편지를 읽은 걸 후회하진 않습니다. 제가 읽어본 느낌을 그대로 얘기하자면 정말이지 굉장한 글이었으니까요. 어찌나 철학적인 표현과 인상적인 묘사가 많이 보이던지 무조건 출판사에 보내 책으로 만들어야 한다는 생각이 들더군요."

"라파엘, 자넨 이제 그만 돌아가 보게. 나를 위해 애써줘서 고맙네."

마치 무덤 안 깊은 곳에서 흘러나오는 목소리 같았다. 네이선은 나를 배웅하기 위해 자리에서 일어났지만 문간까지 따라 나오지 않고 그저 잘 가라는 뜻으로 힘없이 손을 흔들었다. 나는 그가 현관 문턱에서 홈 바 쪽으로 걸음을 옮기더니 위스키를 한잔 따라 들고 일인용 안락의자에 앉는 모습을 물끄러미 지켜보았다. 어느새 그의 눈은 초점이 잡히지 않는 듯 심하게 흔들렸고, 혼이 어디론가 쑥 빠져 달아난 듯 멍한 표정을 짓고 있었다.

과거에 아로새겨진 고통 속을 헤매는 걸까?

나는 차마 그가 혼자 있도록 내버려둘 수 없었다.

"오늘 저녁에는 이미 많이 마셨잖아요."

나는 다시 그가 있는 쪽으로 걸어가며 소리쳤다.

안락의자 앞에서 우뚝 걸음을 멈춘 나는 그의 손에 들려 있는 술잔을 빼앗아들었다.

"날 가만 내버려두게."

"술은 이제 그만 마시고 지난날 무슨 일이 있었는지 속 시원하게 털어놔보세요."

내 손에 들린 술잔을 다시 빼앗으려는 네이선과 순순히 돌려주지 않으려는 내가 옥신각신하며 실랑이를 벌이다가 그만 술잔이 바닥으로 떨어지며 박살났다.

우리는 바보처럼 서로의 얼굴만 멀뚱히 바라보았다.

네이선은 위신을 잃고 싶지 않은 듯 아예 위스키 병을 들고 오더니 잔에 따르지도 않고 병째 들이켰다. 그는 브롱코를 위해 통유리 문을 열어주고 나서 테라스로 나가 등나무 의자에 앉았다.

"마틸드 몽네는 어떤 경로를 통해 그 편지들을 손에 넣었을까? 도 저히 짐작조차 할 수 없는 일이야."

네이선이 혼잣말처럼 중얼거렸다.

어느 정도 충격이 가신 네이선의 얼굴에 불안감이 어렸다.

"당신이 편지를 보낸 여자는 누구였죠?" 나는 그가 있는 테라스 로 나가면서 물었다. "그 S라는 여자 말입니다."

"내가 사랑했던 여자야."

"그 여자를 사랑했다는 건 편지를 읽어봐서 알고 있어요. 저는 그 토록 사랑했던 여자와 어쩌다가 헤어지게 되었는지 궁금할 따름입 니다."

"우리 두 사람의 의사와 무관하게 헤어지게 되었어. 그녀는 이 세 상 사람이 아니야. 이미 죽었으니까."

"그게 정말입니까?"

나는 자기도 모르게 그의 옆자리에 가서 앉았다.

"20년 전, 살해되었어."

"누가 그런 몹쓸 짓을 저질렀는데요?"

"아주 악질적인 놈이었지."

"그 일 때문에 더 이상 소설을 쓰지 않게 된 건가요?"

"심신이 온통 갈가리 찢기는 고통을 겪고 나서 소설을 쓰는 데 필 요한 에너지를 모두 상실하게 되었어. 소설을 쓰려면 두뇌회전이 활발하게 이루어져야 하고, 모든 감각이 활짝 열려 있어야 하는데 그 일을 겪은 후 아예 먹통이 될 만큼 둔감해졌어. 그 상태로는 더 이상 소설을 쓰는 게 불가능했지."

네이선은 망연자실한 표정으로 수평선을 응시했다. 마치 수평선 너머에 대고 해답을 구하려는 사람처럼 보였다. 휘영청 밝은 보름달이 수면 위에 빛을 뿌리자 그 일대가 온통 동화 속 요정 나라처럼 신비로운 분위기를 자아냈다.

"나중에 생각해보니 내가 소설 쓰기를 영원히 포기한 건 명백한 실수였어." 네이선이 마치 중요한 깨달음을 얻었다는 듯 고백했다. "정신을 추슬러 다시 글을 쓰기 위해 노력했어야 하는데 마냥 자포자기 상태로 지낸 거야. 내 경험에 따르자면 글쓰기는 우리의 삶과 생각을 단단하게 구조화해주지. 때로는 실존이라는 혼돈 속에 질서를 부여해주기도 해."

얼마 전부터 줄곧 내 머릿속을 떠나지 않는 한 가지 질문이 있었다.

"후회에 빠져 살지 말고 지금이라도 이 집을 떠나 집필을 재개하면 되잖아요."

네이선은 길게 한숨을 내쉬었다.

"사실 난 그녀를 위해 〈라 크루아 뒤 쉬드〉를 구입했어. 그녀는 나 말고 이 섬과도 각별한 사랑에 빠졌지. 내가 이 섬에 머물길 고집하는 건 그녀를 버리고 떠날 수 없기 때문이야. 의심할 여지없이 그래."

나는 물어보고 싶은 말이 너무 많아 혀가 근질거렸지만 네이선은 나에게 질문할 기회를 주지 않았다.

"내가 차로 데려다주지."

네이선이 자리에서 벌떡 일어나며 말했다.

"스쿠터를 타고 왔으니까 혼자 가도 충분해요. 그냥 편히 쉬세요."

"라파엘, 자네는 계속 마틸드 몽네가 나에 대해 그토록 열성을 보이는 이유가 뭔지 알아봐주게. 어쩐지 나는 그 여자가 거짓말을 하고 있다는 느낌이 들어. 우린 분명 뭔가를 놓치고 있는 거야."

네이선은 내 손에 위스키 병을 들려주었다. 나는 위스키를 병째 들고 한 모금 마셨다.

"왜 저에게 S라는 여자분 이야기를 들려주지 않으려고 하죠?"

"왜냐하면 나 역시 모든 진실을 다 알지 못하기 때문이야. 때로는 모르는 게 약이 될 수도 있어."

"또다시 교묘한 말장난을 하시네요."

"절대로 말장난이 아니야. 실제로 가끔은 모르는 게 더 나을 때가 있어."

9. 가족들의 죽음

실존의 상처들은 치유되지 않는다. 그럼에도 우리는 그것들을 결정적으로 깨닫게 해주는 이야기를 완성시키고야 말겠다는 희망을 안고, 그 상처들을 끊임없이 묘사하고 설명한다. ㅡ엘레나 페란테

2018년 10월 11일 목요일

1

새벽 6시, 아직 해가 뜨기 전이었지만 나는 서점 문을 활짝 열어 젖히고 실내공기를 환기시킨 다음 테이블 앞에 앉아 원두를 갈아 담아두는 커피 통을 살폈다. 어느새 커피가 바닥나 있었다. 간밤에 커피를 열 잔 넘게 마시며 일에 매달렸다. 그레구아르의 구닥다리 프린터는 조만간 수명을 다할 기미가 보였다. 나는 가장 중요하다고 판단한 자료들을 출력하느라 프린터에 남아 있던 잉크 카트리지를 다 써버렸다.

출력한 문서와 사진들을 서점의 코르크 게시판에 핀으로 고정시켰다. 밤새도록 베르뇌유 일가족 살해사건에 대한 정보를 찾아 쉴 새 없이 각종 사이트를 뒤졌다. 유력 신문들이 개설한 온라인 자료실도 이 잡듯이 뒤졌고, 전자책을 여러 권 다운로드받았고, 베르뇌유 일가족 살해사건을 다룬 10여 개의 팟캐스트를 청취하기도 했다.

베르뇌유 일가족 살해사건은 비극적인 동시에 선정적이었고, 순식간에 감염될 만큼 전염성이 강했다. 처음에는 금세 사건의 본질을 파악할 수 있을 거라 생각했는데 하룻밤을 꼬박 새워가며 파고들었지만 결과적으로 좌절감만 배가되었다. 아직 살인범을 찾아내지 못했고, 1970년대에 지방 소도시에서나 일어났을 법한 미제사건(Cold case)과는 거리가 멀었다. 프랑스의 최대 도시 파리에서, 그것도 21세기에 벌어진 비인간적 만행이었다. 사회적으로 유명한 의사 일가족이 거의 동시에 살해당했고, 프랑스 경찰 가운데 가장 뛰어나다는 엘리트 형사들이 투입되어 수사를 벌였지만 끝내 범인을 특정하지 못했을 뿐만 아니라 사건의 내막을 전혀 밝혀내지 못했다. 영화로 따지자면 클로드 샤브롤 감독보다는 쿠엔틴 타란티노 감독이 선호하는 스토리라인이었다.

사건이 일어났을 당시 나는 여섯 살이었고, 당연히 수사와 관련한 기억이 전혀 없었다. 그나마 한참 세월이 지나 이 사건을 두고 오가는 설왕설래를 귀동냥으로 들은 기억이 조금 남아있을 뿐이었다. 아마도 내가 대학생이었던 시절에 잡지《피의자를 입장시키시오》나 《범죄의 시간》을 보고 사건내용을 처음 접했을 가능성이 컸다.

1954년 아르퀘유에서 태어나 소화기외과 전문의가 된 알렉상드르 베르뇌유는 고교 시절부터 정치적 사안에 대해 많은 관심을 보였다. 그는 1968년 5월 봉기의 연장선상에서 미셸 로카르(프랑스 총리를 지낸 사회당 소속 정치인)를 지지하는 청년들과 뜻을 같이 하며 사회당에 입당했다. 학업을 마친 그는 파리 살페트리에르병원에서 의사로 일하기 시작했고, 그 이후 코생병원으로 자리를 옮겼다. 그는 학창시절에 쌓은 정치의식에 영향을 받아 자연스럽게 인도주의에 입각한 의료지원 활동에 깊은 관심을 보였다. 그가 걸어온 길은 당시 시민사회활동과 인도주의 실천에 매진했던 몇몇 인물들과 궤를 같이 한다.

　알렉상드르 베르뇌유는 국경없는의사회 혹은 프랑스 적십자사와 더불어 1980년대부터 1990년대까지 전쟁의 포화 속에서 신음하던 아프가니스탄, 소말리아, 르완다, 보스니아 등에서 의료지원 활동을 벌였다. 그는 1997년 국회의원 선거에서 사회당이 승리하면서 협력부의 보건 담당 자문에 임명되었지만 현장 업무, 특히 코소보에서의 의료지원 활동을 마무리 짓기 위해 몇 달이 지나고 나서야 업무를 시작했다. 1999년 말에 프랑스로 돌아온 그는 파리 대학병원 외과수술학교의 책임자가 되었다. 의사라는 본업 이외에도 바이오윤리, 사회적 소외문제에 대해 심도 깊은 경륜이 있었고, 여러 권의 관련 저서를 집필하기도 했다. 인도주의적 의료지원 활동에 헌신적으로 참여한 경력 덕분에 사회적으로 널리 존경받게 되었고, 다수의 언론 매체로부터 자주 패널로 나와 달라는 러브콜을 받았

다. 시청자들은 그의 뛰어난 언변과 싸움닭 같은 기질에 열광적인
환호를 보냈다.

2

베르뇌유 일가족 살해사건은 2000년 6월 11일 밤에 발생했다. 유
로2000 경기에 출전한 프랑스 축구 국가대표팀의 첫 번째 경기가
열린 날이기도 했다. 그날 저녁, 알렉상드르 베르뇌유와 그의 부인
소피아는 아들 테오의 열한 번째 생일을 맞아 저녁식사를 겸한 가
족파티를 열었다. 치과의사인 소피아는 로셰 가에서 치과병원을 운
영하고 있었다. 파리에서 단골환자가 가장 많기로 유명한 병원이었
다. 베르뇌유 가족은 파리 16구의 보세주르 대로에 면한 아파트 건
물 3층에 살았다. 1930년대에 지은 아파트로 집에서 밖을 내다보면
에펠탑과 라늘라그 정원이 한눈에 들어왔다.

나는 인터넷에 올라있는 테오의 사진들을 보면서 마음이 몹시 심
란해졌다. 장난기 그득한 얼굴, 틈새가 눈에 띄게 벌어진 앞니, 마
구 헝클어진 금발에 동그란 형태의 원색안경을 쓰고 있는 아이의
얼굴을 보자니 그 나이 때 내가 떠올랐다.

사건이 벌어진 지 18년이라는 세월이 흘렀지만 여전히 누가 무슨
이유로 그토록 끔찍한 살인을 저질렀는지 밝혀지지 않았다. 그날
밤 12시 15분에 옆 건물에 사는 이웃 사람의 신고를 받고 출동한 강
력범죄 퇴치반(BAC 75N) 소속 형사들이 베르뇌유의 집에 도착했을
당시 출입문은 활짝 열려 있었다. 알렉상드르 베르뇌유는 근접거리

에서 쏜 총에 맞아 두개골이 파열된 상태로 현관바닥에 쓰러져 있
었다. 소피아는 주방 문턱에 쓰러져 있었는데 살인자가 쏜 총알이
가슴 한가운데를 관통해 숨이 끊어진 상태였다. 범인이 등 뒤에서
쏜 총을 맞은 테오는 보기에도 끔찍할 만큼 참혹한 모습으로 복도
에 쓰러져 있었다.

경찰은 베르뇌유 일가족 살해사건이 일어난 시간을 23시 45분경
으로 추정했다. 알렉상드르 베르뇌유는 23시 30분에 부친에게 전
화를 걸어 유로2000에 출전한 프랑스 축구 국가대표팀의 첫 번째
경기결과를 알려주었다. 지네딘 지단이 주축이 된 프랑스 팀은 덴
마크 팀을 상대로 3대0 완승을 거두었다. 그가 전화통화를 마친 시
각은 23시 38분이었다. 이웃사람의 경찰신고는 그가 통화를 마친
20분 후 접수되었다. 신고자는 사건 발생 시간이 조금 지나서야 경
찰에 신고했는데 그 이유는 프랑스 팀의 승리에 고무된 시민들이
거리에 나와 폭죽을 터뜨리는 소리와 혼동했기 때문이라고 증언했
다.

그 당시 언론은 수사가 지지부진하자 연일 경찰을 질타하는 기
사를 쏟아냈다. 결과적으로 범인 검거에 실패했지만 경찰은 오히려
그 어느 때보다 강도 높은 수사를 진행했다. 알렉상드르의 부친 파
트리스 베르뇌유는 과거 한때 파리 사법 경찰을 지휘한 경력이 있
는 형사 출신이었고, 사건 발생 당시 내무부 고위직 관료로 재직하
고 있었다. 게다가 TV를 비롯한 각종 언론에 자주 등장할 만큼 명
망 있는 의사 일가족이 살해된 사건이라 경찰 수사를 지켜보는 시

선이 많았다. 경찰은 두루 압박감을 느낄 수밖에 없는 상황 속에서 사력을 다해 수사를 벌였지만 결과는 미미하기 그지없었다. 그날 같은 아파트 4층에도 강도가 들었다는 사실을 확인한 게 전부였다. 은퇴한 부부가 사는 집으로 주인이 마침 남프랑스로 여행을 떠나 집이 비어있는 상태였다.

경찰은 소피아의 보석들과 알렉상드르의 명품시계 컬렉션이 사라졌다는 걸 확인했다. 알렉상드르는 롤렉스시계 애호가라는 사실을 공공연히 밝힌 적이 있었고, 다수의 모델을 보유하고 있었다. 그중에는 '판다'로 널리 알려진 폴 뉴먼 데이토나 모델도 들어 있었다.

아파트 건물 입구에 감시카메라가 설치되어 있었지만 방향이 로비 벽만 비추도록 잘못 설정되어 있어 수사에 도움이 되지 않았다. 경찰은 누군가 감시카메라 방향을 고의적으로 틀어놓았는지 아니면 우연히 그렇게 되었는지 밝혀내지 못했다. 게다가 감시카메라에 잡힌 영상이 사건 당일에 찍힌 것인지 며칠 지난 것인지조차 확인이 불가능했다.

경찰은 탄도학적 분석을 통해 12구경 펌프액션이 범행에 사용된 총기라고 발표했지만 탄알은 찾아내지 못했다. 탄피 분석 결과만으로는 다른 사건과의 연관성을 확인할 수 없었다. 현장에서 채취한 DNA 분석 결과도 범인 특정에 도움이 되지 않았다. 베르뇌유 일가족 말고 일부 다른 사람의 DNA가 나왔지만 범죄자 데이터베이스에 올라있지 않아 효용성이 없었다. 경찰은 수사에 전력을 다했지만 결과가 지지부진해 언론과 여론의 비난을 피할 수 없었다.

나는 베르뇌유 일가족 살해사건 관련 자료들을 샅샅이 검색했다. 아마도 아폴린 샤푸이와 카림 암라니가 연루됐을 수도 있다는 가설에 입각해 사건을 재조명하는 인물은 내가 처음인 듯했다. 내 머릿속에서 봇물 터지듯 시나리오가 써졌다.

아폴린과 카림은 먼저 은퇴한 부부가 사는 4층 빈집을 턴다. 그들은 3층 집 역시 주인이 부재중일 수도 있을 거라 기대하며 아래층으로 내려온다. 3층 집 문을 여는 순간 베르뇌유 가족과 맞닥뜨린다. 아폴린과 카림은 몹시 당황한 나머지 펌프액션을 쏘아댄다. 순식간에 일가족을 살해한 그들은 값비싼 시계들과 보석, 카메라를 챙겨 도주한다.

'스탈린그라드의 보니와 클라이드'에 대해 쓴 언론기사를 종합해 보면 카림 암라니는 대단히 폭력적인 인물이었다는 의견이 지배적이었다. 카림은 승마 경매 카페의 지배인에게 거침없이 총을 쏘아 한쪽 눈을 실명하게 만든 적도 있었다.

나는 의자에 앉아 늘어지게 기지개를 켰다. 샤워를 하기 전에 먼저 팟캐스트를 들을 생각이었다. 〈프랑스 앙테르〉에서 방송되는 '민감한 사건들'이라는 프로였고, 베르뇌유 일가족 살해사건을 다룬 적이 있었다. 나는 컴퓨터로 방송을 클릭했지만 화면에 아무것도 뜨지 않았다.

빌어먹을! 인터넷이 또 끊겼나?

이 집에서는 자주 벌어지는 일이었고, 그럴 때마다 위층으로 올라가 모뎀을 껐다가 다시 켜야 했다. 새벽 6시라 아직 잠들어 있는 그레구아르를 깨울 우려가 있다는 게 문제였다. 나는 위험을 감수하기로 작정하고 살금살금 계단을 걸어 올라갔다. 그레구아르는 방문을 반쯤 열어놓은 상태로 잠들어 있었다. 거실로 들어가 휴대폰 전등 불빛을 비추며 인터넷 모뎀이 놓여 있는 테이블을 향해 조심스레 걸어갔다. 모뎀을 껐다가 다시 켜고 나서 마룻바닥이 삐걱대지 않도록 조심하며 살금살금 뒷걸음질 쳤다.

왠지 모르게 목덜미에서 소름이 돋았다. 벌써 몇 번이나 드나든 적이 있는데 오늘 따라 아직 어둠에 잠겨 있는 거실이 전혀 낯선 공간으로 느껴졌다. 나는 휴대폰 전등을 책장 선반들을 향해 비췄다. 《플레이아드 총서》 옆에 여러 개의 나무 액자들이 진열되어 있었다.

직관이었을까? 아니면 본능? 호기심?

아무튼 나는 액자 안에 들어있는 가족사진들을 들여다보기 위해 가까이 다가갔다. 그레구아르와 그의 부인 아니타의 사진들이 맨 앞줄을 장식하고 있었다. 그레구아르를 처음 만난 날 들었던 말대로라면 아니타는 2년 전 암으로 세상을 떠났다. 1960년대에 찍은 그레구아르와 아니타의 결혼사진도 있었고, 부부가 첫 아이를 안고 찍은 사진도 있었다. 그 사진에 등장하는 갓난아기가 다른 사진에서는 뚱한 표정의 사춘기 소녀로 변해 있었다.

1980년대 초에 오디베르 부부는 얼굴 가득 미소를 지으며 시트로엥 BX의 보닛 앞에 서 있었다. 그로부터 10년 후의 그리스 여행과 뉴욕 여행 사진도 있었다. 뉴욕에서 찍은 사진에는 9.11사태 때 폭파된 월드트레이드센터 빌딩도 보였다. 시간이 흐르고 나서야 사람들은 그때 그 순간이 얼마나 아름답고 행복했는지 새삼 깨닫게 된다.

마지막 두 장의 사진이 나를 그 자리에서 얼어붙게 만들었다.

거기에 알렉상드르, 소피아, 테오가 함께 찍은 사진 그리고 마틸드 몽네의 사진이 있었다.

3

간밤에 안락의자에 앉아 있다가 그대로 잠이 들었던 네이선은 전화벨 소리를 듣고 깨어났다. 발치에 있던 브롱코가 이제 막 잠을 깬 주인에게 꼬리를 흔들며 아침인사를 건넸다. 그는 늘어지게 하품을 하고 나서 안락의자에서 일어나 전화기가 놓여 있는 곳으로 천천히 걸어갔다.

"여보세요?"

간밤에 어찌나 술을 많이 마셨던지 목소리에 힘이 하나도 없었다. 게다가 의자에서 불편한 자세로 잠을 잔 탓에 허리도 아프고, 목 언저리도 뻣뻣했다.

지난날 청소년의 집 미디어센터 책임자를 지낸 사비나 브누아였다.

"이른 시간이라는 건 알지만 정보를 입수하는 대로 알려달라고 했던 말이 기억나서 전화했어요."

"전화주셔서 감사합니다."

네이선이 깍듯하게 인사했다.

"작가님의 강연에 참석했던 학생들의 명단을 입수했어요. 청소년의 집에 두 번이나 강연하러 오셨더군요. 1998년 3월 20일과 같은 해 6월 24일."

"학생들 명단 가운데 마틸드 몽네가 들어있던가요?"

"마틸드 몽네라는 이름은 없는데요."

네이선은 눈두덩을 문지르며 한숨을 내쉬었다.

도대체 마틸드는 왜 그런 거짓말을 했을까?

"마틸드라는 이름이 있긴 한데, 마틸드 베르뇌유입니다."

네이선은 순간적으로 피가 얼어붙는 느낌이 들었다.

"작가님도 베르뇌유 일가족 살해사건을 기억하실 겁니다." 사비나가 침착하게 말을 이었다. "저도 그 아이를 뚜렷이 기억하고 있어요. 예쁜 얼굴에 말수가 적고, 똑똑한 아이였죠. 어느 누가 그 아이 가족들에게 그런 끔찍한 비극이 밀어닥칠 거라고 예상했겠어요."

4

마틸드가 알렉상드르 베르뇌유의 딸이고, 그레구아르 오디베르의 손녀라는 사실을 알게 된 나는 어찌나 큰 충격을 받았던지 한동안 어둠 속에서 꼼짝도 하지 못하고 서 있었다. 말문이 막히고, 머리털이 곤두서고, 온몸에 소름이 돋았다.

나는 거기서 멈출 수 없었다. 서가의 맨 아래 칸에 사진앨범들이 꽂혀 있었다. 시대 순으로 정렬되어 있는 네 권의 두꺼운 앨범이었다. 나는 바닥에 앉아 휴대폰 전등을 비춰가며 앨범을 차례차례 넘기기 시작했다. 먼저 사진을 보고 나서 아래에 덧붙여놓은 설명을 읽었다. 그레구아르의 외동딸 소피아는 1962년에 태어났고, 1982년에 알렉상드르와 결혼했다. 그들 부부 사이에서 딸 마틸드와 아들 테오가 태어났다. 그들은 휴가기간에 자주 보몽 섬을 방문했다.

네이선과 나는 어떻게 이런 사실을 까마득히 몰랐을까?

인터넷에서 수많은 사건 관련 기사를 찾아내 읽어봤지만 마틸드의 존재에 대해 언급해놓은 부분을 본 기억이 없었다. 나는 손에 들고 있던 휴대폰으로 구글을 열고 검색을 시작했다. 2000년 7월 《렉스프레스》지 기사에 '열여섯 살인 베르뇌유의 큰딸은 비극이 벌어지던 날 집에 없었다. 바칼로레아 프랑스어 시험을 준비하기 위해 노르망디에 있는 친구 집에 가 있었기 때문이다.'라는 내용이 실려있었다.

머릿속에서 수많은 가설들이 와글거렸다. 마침내 베르뇌유 일가족 살해사건의 실마리를 풀 수 있는 단서를 찾아냈다는 느낌이 들었지만 현재까지 알아낸 사실들만으로는 여전히 전체적인 그림이 그려지지 않았다. 뒤로 한 발 물러서서 이제까지와는 전혀 다른 관점으로 사건을 바라볼 필요가 있겠다는 생각이 들었다.

그레구아르가 규칙적으로 코를 고는 소리가 들려왔다. 내가 수사관이 아닌 이상 지금까지 찾아낸 정보가 알아낼 수 있는 최대치일수도 있었다. 여전히 사건의 핵심에 다다르지 못했고, 아직 파헤쳐야 할 비밀이 무수히 많이 남아있었다. 나는 그레구아르의 방에 다시 한 번 눈길을 주었다. 수도사의 처소를 연상시킬 만큼 지극히 금욕적인 느낌이 드는 방이었다. 침대 옆 보조탁자에 놓인 노트북컴퓨터만이 그레구아르의 방에서 유일하게 현대적인 기기였다. 나는 신중하게 처신해야 한다는 내면의 속삭임을 무시하고 불구덩이에 뛰어들기로 했다. 아직 알아내야 할 비밀들이 많이 남아 있으니까. 나는 그레구아르가 깊이 잠들어 있는 침대 옆 보조탁자로 살금살금 다가가 노트북컴퓨터를 집어 들었다.

5

나는 노트북컴퓨터를 들고 아래층으로 내려왔다. 그레구아르는 컴퓨터를 능수능란하게 다루는 사람은 아니었지만 본인 입으로 늘 말하듯 컴맹은 아닌 듯했다. 그의 노트북컴퓨터는 2000년대 말에 나온 소니 VAIO였다. 비록 오래 되긴 했지만 제법 성능이 괜찮은 모델이었다. 나는 노트북컴퓨터를 여는 비밀번호가 서점에 비치된 데스크톱컴퓨터의 비밀번호와 동일할 거라 확신했다. 과연 내 확신이 맞는지 알아보기 위해 데스크톱컴퓨터의 비밀번호를 입력하자 역시 화면이 자연스럽게 열렸다.

노트북컴퓨터의 하드디스크는 거의 비어 있는 상태였다. 그레구아르의 노트북컴퓨터에서 과연 무엇을 찾아내야할지 막연했지만 아무튼 대단히 긴요한 정보들을 확보하게 될 거라는 기대감이 일었다. 몇 개 안 되는 파일들 중에는 전혀 업데이트를 하지 않은 서점 회계장부, 영수증, 보몽 섬 지형도, 아폴린 샤푸이와 카림 암라니의 과거 범죄 이력과 관련된 언론기사들이 들어 있었다. 내가 읽어보지 않은 기사는 눈을 씻고 찾아봐도 없었다. 그레구아르 역시 나와 비슷한 방식으로 조사를 벌였다는 뜻이었다.

나는 그레구아르의 메일함이나 메신저를 열어볼지 말지 한참동안 망설였다. 그레구아르는 개인 페이스북 계정은 없는 대신 서점용 계정이 있었지만 최근에는 접속하지 않았다는 걸 알 수 있었다. 노트북컴퓨터에 저장된 사진은 그리 많지 않았으나 세 권의 앨범 내용물들이 그대로 옮겨져 있었다. 아폴린 샤푸이의 사이트에서 퍼온 캡처 사진들도 있었고, 카림 암라니가 에브리에서 어슬렁거리는 모습을 망원렌즈로 촬영한 사진들을 따로 모아놓은 파일도 있었다. 이제 보니 내가 마틸드의 방에 잠입했을 때 보았던 사진들과 대부분 동일했다.

마지막 파일에는 내가 보지 못한 사진들이 들어 있었다. 짐작컨대 마틸드가 네이선에게 보여주었다는 사진들인 듯했다. 아폴린과 카림이 하와이 여행 때 찍은 사진과 테오의 생일에 찍은 사진이었다. 마틸드는 극히 일부 사진만 네이선에게 보여준 게 분명했다. 다시 말해 네이선에게 보여주지 않은 나머지 사진들은 마틸드가 가족들이 모두 살해당했던 그날 밤 테오의 생일파티 자리에 함께 있었다는 사실을 입증해주고 있었다.

갑자기 눈이 따갑고, 머리에서 윙윙거리는 소리가 났다. 관자놀이 근처 맥박이 툭툭 뛰는 느낌도 들었다.

어떻게 이처럼 중요한 사실이 경찰수사 때 드러나지 않을 수 있었을까?

나는 한동안 노트북컴퓨터 화면에서 도저히 눈을 뗄 수 없었다.

사진에 등장하는 열여섯 살 소녀 마틸드는 어딘가 모르게 심약한 느낌이 드는 데다 다른 곳에 정신이 팔려 있는 듯 시선을 카메라렌즈가 아닌 다른 곳에 두고 있었다. 예쁜 얼굴에는 왠지 우울한 미소가 드리워져 있었다.

마틸드가 가족들을 살해한 범인일 수도 있다는 생각이 머릿속을 떠나지 않았다. 앨범에 들어 있는 마지막 사진이 나를 다시 한 번 깜짝 놀라게 했다. 촬영 날짜가 2000년 5월 3일로 되어 있는 걸 감안하자면 5월 1일 노동절 전후 샌드위치 휴일에 촬영한 사진으로 보였다. 그 사진 속에서 마틸드와 테오는 외조부모인 오디베르 부부와 함께 〈라 로즈 에카르라트〉 서점 앞에서 포즈를 취하고 있었다.

나는 이제 그만 노트북컴퓨터를 닫으려다가 혹시나 하는 생각에 휴지통을 클릭해보았다. 동영상 두 개가 들어 있었다. 나는 일단 동영상을 데스크톱컴퓨터에 옮긴 다음 내 USB에도 백업해두었다.

나는 헤드폰을 쓰고 동영상을 클릭했다. 눈앞에서 펼쳐지고 있는 동영상이 온통 내 피를 얼어붙게 만들었다.

6

주방 테이블에 팔꿈치를 올려놓고 두 손으로 머리를 감싸고 앉아 있던 네이선은 사비나 브누아가 전해준 소식에 대해 곰곰이 생각해보았다. 마틸드 몽네는 스위스 사람이 아니었고, 이름도 원래는 마틸드 베르뇌유였다. 마틸드가 알렉상드르 베르뇌유의 딸이라면 며칠 전 보몽 섬에서 발생한 아폴린 샤푸이 살해사건은 중대 기로에

서게 되는 셈이었다.

네이선은 언론에 대해 혐오에 가까운 적대감을 갖고 있었기 때문에 세상이 요즘 어떻게 돌아가는지 알지 못했다. 마틸드의 직업이 기자라는 게 그의 마음을 불편하게 했고, 처음부터 엇박자가 날 수밖에 없는 이유였다. 이제 보니 마틸드가 보몽 섬을 찾은 이유는 가족들의 복수를 하기 위해서였다. 그녀가 아폴린을 죽인 범인일 수도 있다는 가설은 상당한 설득력이 있었다. 아폴린과 카림이 부모와 동생을 살해한 범인이라고 믿고 있다면 희생자 가족인 그녀로서는 얼마든지 복수를 꿈꿀 수도 있으니까.

수십 개의 이미지, 조각난 기억, 허스키한 목소리들이 온통 머릿속을 헤집고 다녔다. 무질서한 흐름 속에서 하나의 이미지가 정지화면처럼 또렷하게 부각되었다. 마틸드가 배에서 보여준 테오의 생일 파티 사진들 가운데 하나였다. 알렉상드르와 소피아, 어린 테오가 테라스에서 에펠탑을 배경으로 찍은 사진. 더 이상 의심할 여지없이 명백한 사실 앞에서 그는 경악을 금할 수 없었다.

그날 저녁에 찍은 가족사진이 존재한다는 건 그 자리에서 카메라를 들고 셔터를 누른 사람이 있다는 의미였다. 그 사진을 촬영한 사람이 마틸드였을 가능성이 매우 높았다. 그렇다면 베르뇌유 일가족이 살해당한 날 마틸드도 아파트에 있었다는 뜻이었다.

네이선은 별안간 극지방 같은 추위가 밀려드는 바람에 몸이 떨려왔다. 그는 비로소 어떻게 된 내막인지 감을 잡았고, 커다란 위험이 목전에 임박해 있다는 생각을 지울 수 없었다. 그는 자리에서 일어나 거실로 걸어갔다. 거실 한구석에 장작을 쌓아두는 선반이 있었고, 그 옆에 올리브나무를 깎아 만든 수납함이 있었다. 그가 평소 총을 보관해두는 곳이었다. 수납함 문을 연 그는 아연실색했다. 마땅히 그 자리에 있어야 할 펌프액션이 어디론가 사라지고 없었다. 누군가 쿠세드라가 조각된 무기를 가져간 것이다. 모든 어긋남의 시발점이 된 무기, 모든 불행의 근원이었던 무기가 어디론가 자취를 감추었다.

네이선은 픽션의 법칙을 떠올렸다. 작가가 소설 첫머리에 무기의 존재를 언급할 경우 반드시 총성이 울리게 되어있고, 등장인물들 가운데 최소한 한 사람은 죽는다는 법칙이었다.

네이선은 픽션의 법칙을 믿었고, 곧 자신이 죽게 되리라는 확신을 갖게 되었다.

그것도 오늘 당장 죽을 수도 있었다.

7

나는 첫 번째 동영상을 클릭했다. 휴대폰으로 녹화한 5분짜리 동영상으로 어떤 주택의 밀실에서 찍은 듯했다.

"제발 살려주세요. 난 아무것도 모릅니다. 이미 말씀드린 내용 말고는 더 이상 아는 게 없어요."

카림이 수갑을 찬 양손을 머리 위로 들어 올리고 바닥 쪽으로 기울어진 널빤지 위에 누워 있었다. 그의 얼굴은 퉁퉁 부어올라 있었고, 입주변이 온통 피투성이인 것으로 보아 심하게 구타당한 상태라는 걸 미루어 짐작할 수 있었다.

나는 카림을 심문하고 있는 덩치 큰 남자를 지금껏 한 번도 대면한 적이 없었다. 남자는 흰 머리에 존재만으로도 사람을 기죽게 만드는 큰 체격의 소유자였고, 무늬 셔츠와 바버 방수 재킷 차림에 스코틀랜드 체크 모자를 쓰고 있었다.

나는 남자를 좀 더 자세히 보기 위해 눈을 화면 가까이 가져갔다.

도대체 나이가 몇 살쯤 된 사람이지?

얼굴에 선연한 주름살이나 엉거주춤한 거동 방식으로 볼 때 나이가 적어도 일흔다섯 정도는 되어보였다. 노인은 불룩 튀어나온 배 때문에 잘 옮겨 다니지는 못했지만 한 번 움직일 때마다 마치 황소 같은 기운이 느껴졌다.

"정말 아무것도 모른다니까요."

카림이 절망적으로 소리쳤다.

노인은 그의 말 따위는 안중에도 없다는 듯 무시했다. 몇 초쯤 화면에서 사라졌던 노인이 수건을 한 장 챙겨들고 다시 나타났다. 그는 수건으로 카림의 얼굴을 덮고 나서 마치 노련한 고문기술자 같은 솜씨로 수건 위에 물을 부어대기 시작했다. 카림이 숨을 쉬지 못할 때까지 물고문이 이어졌다. 그의 몸뚱이가 뻣뻣하게 경직되더니 이리저리 뒤틀렸다.

노인이 얼굴을 덮고 있던 수건을 떼어냈을 때 나는 혹시 카림이 죽었을지도 모른다는 생각에 가슴이 덜컥 내려앉았다. 카림의 입에서 마치 용암처럼 거품과 액체들이 뒤섞여 흘러나왔다. 그는 몸이 축 늘어진 가운데 한동안 꼼짝하지 못하다가 연신 구토를 하며 중얼거렸다.

"빌어먹을! 이미 내가 알고 있는 걸 다 말했다니까요."

노인은 테이블을 기울이더니 카림의 귀에 대고 속삭였다.

"내가 알기로는 아직 다 불지 않았어."

카림은 기진맥진한 상태였고, 얼굴 가득 공포가 깃들어 있었다.

"난 더 이상 아무것도 몰라요."

"원한다면 처음부터 다시 시작해주지."

노인이 다시 수건을 집어 들었다.

"그만! 제발 그만해요!"

카림이 악을 써대며 머릿속으로 생각을 가다듬는 눈치였다.

"2000년 6월 11일 밤에 아폴린과 함께 파리 16구 보세주르 대로 39번지에 갔습니다. 4층에 사는 은퇴한 부부 집을 털 계획이었죠. 집주인이 남프랑스로 여행을 떠나 집이 비어있다는 정보를 입수했거든요."

"어떤 빌어먹을 놈이 그따위 정보를 제공하던가?"

"정확하게 기억나지는 않지만 아마 내 부하 녀석이 알려주었을 거예요. 방탄장치가 된 집이었는데 현금이나 보석을 콘크리트 벽에 설치해둔 금고에 보관해둔 게 틀림없었어요. 우린 금고문을 열지 못했고, 결국 허탕을 치고 돌아갈 수밖에 없는 상황이었죠."

카림은 단조로운 어조로 빠르게 말했다. 마치 같은 이야기를 셀 수 없이 여러 번 반복한 듯 보였다. 코가 뭉개져 목소리가 변형되어 있었고, 시퍼렇게 멍들고 부어오른 눈두덩에서 피가 연신 흘러내렸다.

"처분이 쉬운 잡동사니 물건 몇 가지를 챙겨 그 집을 나오려는 순간 여러 발의 총소리가 들려왔어요. 바로 아래층에서 나는 소리였죠."

"여러 발이라면 도대체 몇 발?"

"아마 세 발이었을 거예요. 우리는 더럭 겁이 나 다시 방으로 들어가 몸을 숨겼습니다. 한참 동안 숨어 있었는데, 혹시 총소리를 들은 주민들 가운데 누군가 경찰에 신고해 곧 형사들이 들이닥칠지도 몰라 겁이 나는 한편 아래층에서 벌어지고 있는 살육전도 두렵기 그지없어 우린 이러지도 저러지도 못하고 있었죠."

"네 놈은 아래층에서 누가 그런 짓을 저질렀는지 보지 못했단 말이지?"

"우리는 위층 집에 꼭꼭 숨어있었다니까요. 이미 말했다시피 아래층으로 내려갈 엄두가 나지 않아 몇 분 동안 그냥 방에서 몸을 움츠리고 있었어요. 궁여지책으로 지붕으로 올라가 도망칠 방법을 생각해봤지만 옥상으로 나가는 문이 잠겨있더군요. 결국 계단을 통해 아래로 내려갈 수밖에 없었습니다."

"그 다음에는?"

"3층을 지날 때 아폴린이 무서워 몸을 덜덜 떨더군요. 나는 노인 부부 집을 나오기 직전 약을 흡입한 상태였기 때문에 전혀 겁나지 않았어요. 아랫집 문 앞을 지날 때 문틈으로 머리를 들이밀고 안쪽을 들여다봤더니 도살장이나 다름없더군요. 집안 곳곳이 온통 피투성이인 데다 바닥에 쓰러져 있는 시체가 셋이나 되었어요. 아폴린이 기겁할 듯 놀라 비명을 지르더니 먼저 지하주차장으로 달려 내려갔고, 나 혼자 그 집에 남게 되었죠."

"네 말이 사실인지 아닌지는 곧 드러나게 될 거야. 우린 네 여자 친구도 잡아다가 족칠 테니까."

"지금은 내 여자 친구가 아닙니다. 우린 지난 18년 동안 단 한 번도 연락하지 않고 지내왔어요."

"네 놈은 베르뇌유의 집에 혼자 남아 무슨 짓을 했지?"

"아까도 말했다시피 베르뇌유 일가족들은 모두 살해당한 상태였어요. 거실과 방을 둘러보다가 돈이 될 만한 물건들을 챙기기 시작했죠. 4층 노인 부부 집을 털려고 했던 계획이 실패로 돌아간 상황인지라 문득 빈손으로 돌아갈 수는 없다는 생각이 들었죠. 아무튼 값비싼 시계들, 현금다발, 보석, 카메라가 눈에 띄기에 부랴부랴 챙겨 담고 나서 아폴린이 기다리는 주차장으로 뛰어 내려갔어요. 몇 주 후, 훔친 물건들을 처분하고 나서 하와이로 도주했죠. 거기서 그 빌어먹을 카메라를 잃어버리게 된 거예요."

"그래, 네 놈은 정말이지 멍청한 짓을 저지른 거야."

노인이 비아냥거리는 말투로 동감을 표했다.

길게 한숨을 내뱉은 노인이 별안간 카림의 갈비뼈 부위를 팔꿈치로 가격했다.

"네 놈에게 더 고약한 일이 뭔지 아나? 그날 넌 카메라만 잃어버린 게 아니라 그 일 때문에 목숨까지 잃게 된 거야."

분을 참지 못한 노인이 큰 주먹으로 쉴 새 없이 카림을 가격했다. 얼굴이 피투성이가 된 카림이 고통스런 비명을 질러댔지만 노인은 아랑곳하지 않고 주먹질을 계속했다. 카림의 피가 내 얼굴에도 튈 것 같은 착각이 일었다. 구타 장면이 어찌나 참혹한지 나는 화면에서 눈길을 거두었다. 마치 열병을 앓는 사람처럼 온몸이 부들부들 떨려왔다.

맨주먹으로 사람을 때려죽일 수 있는 저 노인은 누굴까? 노인이 저토록 분노한 원인은 무엇일까?

나는 몸이 으슬으슬 떨리는 한기를 느끼며 자리에서 일어나 서점 문을 닫았다. 태어나서 처음으로 죽음이 매우 가까이에 와 있다는 느낌이 들었다. 컴퓨터를 들고 도망칠까 생각하다가 호기심을 참지 못하고 다시 책상으로 돌아와 두 번째 동영상을 열었다.

이전 동영상의 참혹한 잔상이 아직 뇌리에 선연히 남아 있어 이번에는 다른 내용이길 바랐지만 유감스럽게도 내 바람은 빗나갔다. 앞서의 동영상과 마찬가지로 죽어야 끝나는 고문장면이 담겨 있었다. 고문을 당하는 인물은 아폴린이었고, 고문을 가하는 사람은 뒷모습만 보여 누군지 알 수 없었다. 짙은 빛깔 방수재킷 차림인 남자였고, 카림을 고문했던 노인에 비해 체격이 작고, 나이도 젊은 편이었다. 동영상은 조명이 갖추어져 있지 않은 폐쇄공간에서 촬영된 탓인지 화질이 좋지 않았다. 척 보기에도 불결하고 을씨년스러운 공간이었고, 너무 어두워 사물의 형태가 뚜렷이 드러나지 않았지만 그나마 회색석재로 마감한 벽면은 확실하게 보였다.

아폴린은 얼굴이 피투성이가 된 상태로 의자에 결박돼 있었다. 치아가 여러 개 부러지고, 오른쪽 눈언저리가 흉하게 찢긴 상태였다. 손에 몽둥이를 들고 있는 남자가 무차별 구타를 가한 게 틀림없었다.

잠시 구타를 중단한 남자가 아폴린에게 진술을 요구했다. 그녀의 진술은 카림에 이은 속편이었다.

"끔찍한 광경을 본 탓에 어찌나 무섭던지 베르뇌유의 아파트에는 발을 들여놓을 엄두가 나지 않았어요. 혼자 지하주차장으로 내려가 카림이 오길 기다리는 동안 몸이 부들부들 떨릴 만큼 무서웠죠."

아폴린은 피투성이 얼굴에 엉겨 붙은 머리카락을 떼어내기 위해 고개를 저었다.

"형사들이 곧 베르뇌유의 집에 들이닥칠 게 뻔했어요. 아니, 어쩌면 이미 도착했을지도 모른다는 생각이 들기도 했죠. 지하주차장은 짙은 어둠 속에 잠겨 있었어요. 나는 주차장 기둥과 작은 트럭 사이에서 몸을 움츠리고 숨어 있었는데 별안간 불이 켜지더니 아래층에서 자동차 한 대가 올라오는 게 보였어요."

아폴린이 딸꾹질을 하느라 잠시 말을 멈추자 남자가 몽둥이를 치켜들고 계속하라고 다그쳤다.

"바탕이 회색인 포르쉐였는데 빨간색과 파란색 줄이 여러 개 그어져 있는 차였어요. 차가 내가 숨어 있던 곳 앞에서 30초쯤 멈춰서 있었는데 주차장 자동출입문이 어디가 망가졌는지 반쯤 올라간 상태로 꼼짝하지 않았기 때문이에요."

"포르쉐에는 누가 타고 있었지?"

"남자 두 명이 타고 있었어요."

"확실해?"

"운전자가 자동출입문을 손보려고 차에서 내렸을 때 얼굴을 봤어요. 조수석 남자는 차에 그대로 남아 있어 미처 얼굴을 보지 못했죠."

"아는 사람이었나?"

"개인적으로 알지는 못하지만 TV에 나왔을 때 한두 번 본 적 있는 얼굴이었어요. 그가 쓴 소설을 한 권 읽어보기도 했죠."

"누구였지?"

"네이선 파울스라는 작가였어요."

말로 표현할 수 없는 진실

10. 작가들 대 나머지 세상 사람들

패배자들에게 유일한 구원이 있다면 아예 구원 따위를 바라지 않는다는 것이다.-베르길리우스

1

'네이선 파울스라는 작가였어요.'

아폴린이 숨을 거두기 직전 마지막으로 남긴 말이었다. 동영상은 그 이후로도 몇 초쯤 더 이어졌고, 그녀가 정신을 잃어가다가 몽둥이를 든 남자의 일격을 받고 숨을 거두는 장면이 고스란히 찍혀 있었다.

동영상은 말 그대로 나를 참담하기 그지없는 혼란에 빠뜨렸다. 한 가지 의문이 계속 머릿속에서 사라지지 않고 남아 있었다.

이 동영상들이 왜 그레구아르의 컴퓨터에 들어있었을까?

나는 열에 들뜬 가운데 끔찍한 공포를 불러일으키는 아폴린의 처

형 장면을 다시 한 번 돌려보았다. 이번에는 헤드폰을 벗어버리고, 오로지 화면에만 집중했다. 회색석재로 마감한 벽면은 어디서나 흔히 볼 수 있었지만 왠지 낯설지 않다는 느낌을 지울 수 없었다. 생각을 집중한 끝에 화물용 엘리베이터로 책이 든 상자들을 서점 지하실로 옮길 때 회색석재 벽면을 본 기억이 떠올랐다.

아니야, 그럴 리 없어. 내가 너무 흥분한 상태라 쓸데없는 생각을 하고 있는지도 몰라.

서점 열쇠뭉치 가운데 서점 지하실 열쇠도 있었다. 나는 이전에 이미 두어 번 서점 지하실에 내려가본 적이 있었지만 특별히 이상한 점을 발견하지는 못했다.

끔찍한 고문과 살인 장면이 들어 있는 동영상을 본 탓에 겁이 나긴 했지만 나는 용기를 내 지하실에 내려가 보기로 마음먹었다. 물론 화물용 엘리베이터를 타고 내려갈 수는 없었다. 엘리베이터가 움직일 때마다 엄청난 소음이 발생하기 때문에 그레구아르를 깨우지 않으려면 다른 방법을 찾아보는 게 좋을 듯했다. 안뜰 바닥에 있는 뚜껑을 열면 지하실로 통하는 나무계단이 있다는 사실이 떠올랐다. 조심스럽게 발소리를 죽여 가며 안뜰로 나간 나는 사다리처럼 경사가 가파른 나무계단을 타고 지하실로 내려갔다.

바닥으로 발을 내딛기 전부터 지독한 곰팡이 냄새가 코를 찔렀다. 형광등을 켜자 희미한 불빛 아래 거미줄과 먼지로 뒤덮인 선반들과 책이 가득 들어 있는 상자들이 모습을 드러냈다. 희미한 빛을 발산하던 형광등이 잠시 파르르 떨더니 탁 하는 소리와 함께 아예 나가버렸다.

빌어먹을!

내가 휴대폰을 손전등 삼아 한 걸음 내디디려는 순간 바닥에 놓여있던 낡은 에어컨에 발이 걸리는 바람에 먼지투성이인 시멘트바닥으로 속절없이 쓰러졌다.

나는 먼지구덩이 속에서 나뒹구는 휴대폰을 집어 들고 다시 어둠 속으로 나아갔다. 지하실은 길쭉한 형태였고, 내가 평소 상상했던 것보다 훨씬 컸다. 지하실 한쪽 구석에서 난방용 보일러나 환기구에서 나는 소리와 흡사한 소음이 들려왔다. 유심히 들어보니 배관 파이프들이 이리저리 얽혀 있는 곳에서 나는 소리였다.

나는 배관파이프들이 어디까지 이어지는지 궁금했다. 구석에 쌓여 있는 널빤지들을 치우자 또 다른 문이 나타났다. 문에 잠금장치가 설치되어 있었고, 몇 번의 시행착오 끝에 열쇠꾸러미에서 꼭 맞는 열쇠를 찾아냈다.

나는 잔뜩 겁을 집어먹은 가운데 안으로 들어갔고, 목공일을 좋아하는 사람들이 애용하는 작업대와 냉동고가 구비되어 있는 방이 나타났다. 작업대 위에 동영상에서 본 몽둥이가 놓여 있었다. 몽둥이 말고도 녹슨 쇠망치, 짙은 빛깔 나무망치, 석수들이 사용하는 가위 따위도 보였다.

나도 모르게 손발이 부들부들 떨려왔고, 가슴이 터질 듯 답답했다. 냉동고 문을 연 나는 조심성을 잃고 비명을 지를 수밖에 없었다. 마치 냉동고 안을 헤모글로빈으로 덧칠해놓은 듯했다.

나는 지금 미치광이들의 아지트에 와 있는 거야.

얼른 뒤돌아 가파른 계단을 타고 안뜰로 올라왔다. 나는 비로소 아폴린 샤푸이를 고문해 죽게 만든 사람이 누군지 알게 되었다. 이 미치광이 소굴을 빠져나가지 않는다면 나 역시 그레구아르에게 살해당할 수도 있었다. 서점으로 돌아왔을 때 위층 마룻바닥이 삐걱거리는 소리가 들려왔다. 그레구아르가 잠에서 깨어난 게 분명했다. 그가 서점으로 내려오는 나무계단을 밟는 소리가 울리기 시작했다.

이런 젠장!

나는 재빨리 노트북컴퓨터를 배낭 안에 집어넣고 서점을 나와 스쿠터에 몸을 실었다.

2

하늘을 얼룩말 무늬처럼 수놓은 구름들 사이로 새벽노을이 힘겹게 비집고 나오는 모습이 보였다. 해안도로에는 오가는 인적이 전혀 없었다. 바다에서 올라오는 요오드 냄새가 유칼립투스 향과 뒤섞이며 코를 찔렀다. 스쿠터는 기름을 가득 채워둔 탓에 시속 45킬로미터까지 속력을 올리기가 버거웠다. 나는 몇 번이나 고개를 돌려 뒤를 살폈다. 태어나서 지금처럼 공포감에 사로잡힌 적은 없다. 그레구아르가 갑자기 앞에서 불쑥 튀어나올 것만 같아 기분이 으스스했다. 그가 나를 몽둥이로 때려죽이려고 스트라다 프린치팔레에 나타날지도 모른다는 생각이 들었다.

이제 어쩐다지?

우선 네이선 파울스의 집으로 피신해야겠다는 생각이 들었다. 동영상을 통해 알게 된 사실이 머릿속을 어지럽혔다. 아폴린 샤푸이는 지하주차장에서 포르쉐를 운전한 사람이 네이선이었다고 했다.

네이선은 그날 왜 베르뇌유의 아파트에 갔을까?

나는 네이선이 베르뇌유 일가족 살해사건에 대해 모든 내막을 다 이야기해주지 않았다는 사실을 느낌으로 알고 있었다. 네이선은 내 추론이 틀렸다고 굳이 부정하지도 않았다.

지금 네이선의 집에 간다는 건 호랑이굴에 제 발로 기어들어가는 꼴이 될 수도 있어.

나는 새삼 네이선이 늘 손닿는 곳에 놓아두는 펌프액션이 떠올랐다. 그 총이 베르뇌유 일가족을 살해하는데 사용된 무기일 가능성을 배제할 수 없는 상황이었다. 이제 모든 지표를 잃게 되었다는 생각과 함께 허탈감이 밀려왔지만 가까스로 정신을 가다듬었다. 엄마는 늘 세상에 믿을 사람이라고는 없고, 타인이 하는 말을 곧이곧대로 따라서는 안 된다고 했다. 나는 항상 엄마의 말을 귓등으로 흘려들었고, 오히려 정반대로 행동하기 일쑤였다. 그 어느 때나 줄곧 순진한 태도를 유지한 까닭에 나는 살아오는 동안 여러 번 골탕을 먹었고, 겪지 않아도 될 고통을 맛보았다. 그럴 때마다 애꿎은 손가락만 깨물 수밖에 없었지만 내가 순진한 모습을 잃는다는 건 내 정체성을 포기하는 것이나 다름없다는 확신을 갖고 있었다. 그런 까닭에 나는 내가 그토록 매료되었던 《로렐라이 스트레인지》와 《벼락 맞은 사람들》을 쓴 작가가 사람을 죽인 개자식일 리 없다는 직관을 믿어보기로 했다.

〈라 크루아 뒤 쉬드〉에 도착했을 때 네이선은 마치 오래 전부터 내가 오길 학수고대한 사람처럼 나를 맞았다. 그는 짙은 색 터틀넥 스웨터에 구릿빛 스웨이드 재킷 차림이었다. 여전히 침착한 태도를 유지하고 있었지만 내 얼굴을 보고 뭔가 대단히 심각한 일이 발생했다는 사실을 즉각 알아차린 눈치였다.

"이 노트북컴퓨터에 놀라운 동영상이 들어 있어요."

나는 네이선이 미처 다른 말을 꺼낼 틈을 주지 않고 다짜고짜 노트북컴퓨터를 부팅하며 소리쳤다. 그가 보는 앞에서 그레구아르의 노트북컴퓨터에 들어있는 두 개의 동영상을 차례로 클릭했다. 네이선은 심지어 아폴린이 그의 이름을 발설하는 순간까지도 아무런 감정의 동요 없이 동영상을 지켜보고 있었다.

"자네는 아폴린과 카림을 고문한 두 남자가 누군지 아나?"

"카림을 고문하고 죽인 남자는 전혀 모르겠고, 두 번째 사람은 그레구아르 오디베르가 분명합니다. 서점 지하실에서 아폴린의 사체를 넣어두었던 냉동고를 발견했어요."

네이선은 여전히 무덤덤한 표정을 지었지만 나는 그가 속으로는 몹시 동요하고 있다는 느낌을 받았다.

"혹시 마틸드가 그레구아르 오디베르의 손녀이자 알렉상드르 베르뇌유의 딸이라는 사실을 알고 있었습니까?"

"나도 한 시간 전에야 알게 되었어."

"아폴린은 왜 당신을 베르뇌유 일가족을 살해한 범인으로 지목했을까요?"

"그 여자는 나를 범인으로 지목한 게 아니야. 그저 베르뇌유의 집 지하 주차장에서 차에 타고 있던 내 모습을 봤다고 진술했을 뿐이지."

"조수석에 타고 있던 남자는 누구였죠? 제발 당신은 이 잔혹한 살인극과 무관하다고 말해주세요. 난 당신 말을 믿어줄 테니까요."

"분명히 말하지만 난 베르뇌유 일가족을 살해하지 않았어. 그 사실은 목숨을 걸고 맹세할 수 있어."

"그날 밤 베르뇌유의 집에는 무슨 일 때문에 갔죠?"

"베르뇌유의 집에 갔다는 걸 부인하지는 않지만 난 그들을 죽이지는 않았어."

"두루뭉수리하게 넘어가려 하지 말고 제대로 아귀가 맞게 설명해주세요."

"언젠가 때가 되면 자초지종을 자세히 말해주겠네. 지금은 때가 아니야."

갑자기 신경질적으로 돌변한 네이선이 주머니에서 리모컨을 꺼내 들더니 쉴 새 없이 만지작거렸다.

"왜 지금은 때가 아닌데요?"

"라파엘, 내가 그 이야기를 소상하게 들려주면 자네는 당장 커다란 위험에 처하게 될 거야. 자네는 현재 벌어지고 있는 모든 일들이 소설이 아니라 현실이라는 점을 명심할 필요가 있어. 아폴린과 카림이 죽었고, 그들을 죽인 살인범들이 이 섬에서 자유롭게 활보하고 있어. 나도 자세히 알고 있진 않지만 약 20년 전에 발생했던 베르뇌유 일가족 살해사건이 다시 무대 전면에 등장한 셈이지. 비극적인 사건이었고, 많은 세월이 흘렀어도 여전히 분노의 불길이 잦아들지 않았어."

"내가 어떻게 처신하길 바라는데요?"

"자네는 당장 이 섬을 떠나는 게 좋아." 네이선이 손목시계를 힐끗 쳐다보고 나서 단호하게 말했다. "오전 8시부터 페리 운항이 재개된다니까 내가 항구까지 데려다줄게."

"설마 농담하시는 건 아니죠?"

네이선이 손가락으로 그레구아르의 노트북컴퓨터를 가리켰다.

"자넨 저 노트북컴퓨터에 들어 있는 동영상을 봤어. 그 사람들에게 무슨 짓을 당할지 알 수 없는 상황이야. 나도 동영상을 봤으니마찬가지라고 할 수 있지. 우린 이제 커다란 위험에 직면하게 되었어."

"그렇지만 이 모든 의혹을 안고 이대로 떠날 수는 없어요."

"그러지 말고 내 말대로 하게. 일단 무섭게 쏟아지는 소나기는 피하는 게 좋아."

네이선이 내 팔을 잡으며 명령조로 말했다.

나는 브롱코의 호위를 받으며 네이선과 함께 차를 세워둔 곳으로 이동했다. 몇 주 동안 방치해둔 탓인지 미니 모크의 시동이 잘 걸리지 않았다. 네이선이 잠시 낭패스러운 표정을 지었다가 마지막으로 다시 한 번 시동을 걸었고, 마침내 다이내믹한 엔진소리가 울려 퍼지기 시작했다. 브롱코가 차의 뒷자리에 뛰어올랐고, 불편하기 이를 데 없는 접이식 덮개 차량은 덜컹거리며 숲속으로 이어진 흙길을 달리다가 마침내 간선도로에 올라섰다.

동 틀 무렵의 수줍은 햇빛이 우울한 잿빛하늘에 자리를 내주었다. 하늘은 질 나쁜 목탄을 사용해 되는 대로 덧칠해놓은 듯 온통 먹구름이 뒤덮여 있었다. 설상가상으로 강한 바람이 일며 가엾은 자동차의 앞 유리를 미친 듯이 때렸다. 잔뜩 습기를 머금은 동풍도 아니었고, 먹구름을 단숨에 쓸어가 파란하늘을 돌려주는 북동풍도 아니었다. 천둥번개를 동반해 냉랭하고 가혹한 바람을 실어 보내는 미스트랄이었다.

항구에 도착한 나는 마치 유령도시에 들어선 느낌이었다. 시내의 포석 위로 두터운 안개가 내려앉았다. 진주 빛깔 물기 어린 띠가 도시 건축물들 사이를 구불구불 누비고 다니면서 항구에 정박한 배들의 선체를 휘감았다.

네이선은 미니 모크를 항무 관리사무실 앞에 세우고 나서 손수 내 배표를 끊어주었다. 그가 배가 있는 곳까지 나를 배웅했다.

"나와 함께 떠나는 게 낫지 않겠어요?" 나는 배의 트랩에 올라 그에게 물었다. "당신도 몹시 위험한 상황이잖아요?"

브롱코와 함께 부두에 서 있던 네이선이 고개를 저었다.

"라파엘, 나는 괜찮으니까 부디 자네나 몸조심하게."

"그러지 말고 우리 함께 떠나요."

나는 울먹이다시피 간절하게 말했다.

"내가 이 섬을 버리고 도망치는 건 불가능해. 불을 낸 사람이 불을 꺼야 하는 법이지. 나는 여기에 남아 마무리 지어야 할 일들이 있어."

"그게 뭔데요?"

"내가 20년 전 작동시켜놓은 장치가 더는 광분해서 날뛰지 못하도록 막아야 해."

네이선이 손을 흔들어 작별을 고하는 순간 앞으로 다시는 그의 얼굴을 볼 수 없게 될지도 모른다는 생각이 들었다. 브롱코와 함께 돌아서서 걷는 그의 뒷모습을 바라보고 있는 동안 오소소한 소름이 돋으며 슬픔이 밀려왔다. 내 안의 뭔가가 앞으로 다시는 그를 볼 수 없게 되리라는 주장을 굽히지 않았다.

그때 갑자기 네이선이 발걸음을 멈추고 뒤돌아보았다. 호의를 가득 담은 내 눈을 바라보던 그가 다시 내게로 걸어와 소설 원고를 내밀었다. 그가 주석을 붙인 원고뭉치를 둘둘 말아 조끼주머니에 넣어왔다는 걸 알 수 있었다.

"《산마루의 수줍음》은 좋은 소설이야. 내가 자세하게 붙여놓은 주석이 아니더라도 이 소설은 세상 사람들에게 선을 보여야 마땅해."

"내 소설을 읽은 편집자들은 그렇게 생각하지 않던데요."

네이선은 고개를 절레절레 젓더니 경멸조의 한숨을 내뱉었다.

"편집자들이란 어떤 사람들인지 아나? 자네가 2년쯤 죽어라 고생

해서 쓴 원고를 보여주면 시큰둥한 표정을 지으며 출간이 어렵다는 말을 하기 마련이지. 그들은 몇 마디 충고를 해주면 자네가 고마워 어쩔 줄 몰라 하며 소설을 쓸 때 반드시 참고할 거라 생각할 거야. 편집자들이란 자네가 컴퓨터모니터 앞에서 눈에 불이 나도록 매달려 있는 동안 미드타운이나 생제르맹데프레의 식당에서 오후 3시까지 늘어지게 점심식사를 하며 시시한 잡담이나 즐기는 자들이기도 해. 작가들이 계약서에 서명하길 주저하는 눈치를 보이면 날이면 날마다 전화해 압력을 가하기 일쑤지. 편집자들은 누구나 맥스웰 퍼킨스(Maxwell Perkins 1884~1947 미국의 편집인으로 36년 동안 스크립너 출판사에서 일하며 헤밍웨이, 피츠제럴드, 토마스 울프 등의 작가를 발굴했다 : 옮긴이)나 고든 리시(Gordon Lish 1934~ 미국의 작가, 문학 편집자. 레이먼드 카버, 에이미 헴펠 등을 일찌감치 알아본 혜안으로 유명하다 : 옮긴이)처럼 되길 꿈꾸지만 언제까지나 고리타분한 고정관념 속에 갇혀 사는 사람들이야. 그들 나름 불변의 틀을 만들어두고 텍스트를 읽는 소설장사꾼들일 뿐이지. 그들이 보기에 자네 같은 작가 지망생들은 늘 일을 신속하게 처리하지 못하는 게으름뱅이이고, 툭하면 아이처럼 억지를 늘어놓는 얼치기로 치부하지. 그들은 독자들이 어떤 이야기를 읽고 싶어 하는지, 어떤 제목을 좋아하는지, 어떤 표지가 더 설득력 있는지 이 세상 누구보다 더 잘 안다고 믿고 있기도 해. 일찍이 편집자들의 예상과 달리 성공을 거둔 작가는 무수히 많아. 만약 자네가 작가로 성공을 거두게 되면 그들은 마치 자기들이 일을 잘해서 그렇게 된 양 사방팔방에 나팔을 불고 다니지. 어떤 편집자는 조르주 심농에게 매그레 경감은 '구역질 날 만큼 상투적인 인물'이라고 혹평했고, 스티븐 킹의《캐리》, 조엔 K. 롤링의《해리포터 시리즈》, 내 소설《로렐라이 스트레인지》의 경우 하나같이 편집자들로부터 출판을 거부당했지만 결국 성공을 거두었어."

네이선은 모처럼 길게 사설을 늘어놓았다.

"《로렐라이 스트레인지》도 처음에는 출판을 거절당했단 말입니까?"

"자랑은 아니지만 에이전트나 편집자들로부터 무려 열네 번이나 거절당했어. 내 소설을 낸 출판사도 재스퍼 반 와이크의 끈질긴 설득 덕분에 결국 출판하기로 결정했지만 처음에는 완강하게 거절했던 곳이었어. 그렇기 때문에 편집자의 거절을 절대적인 판단기준으로 여길 필요는 없다는 뜻이야."

"혹시 이 사건이 잘 마무리되면《산마루의 수줍음》이 출판될 수 있도록 도와주실 수 있어요?"

나는 처음으로 네이선이 허심탄회하게 미소 짓는 모습을 보았다. 그의 모습은 내가 간직하고 있던 직관과 첫 인상이 그다지 틀리지 않았다는 사실을 다시 한 번 확인시켜주었다.

"라파엘, 자네는 내 도움 없이도 작가로 성공할 수 있어. 자넨 작가가 될 자질이 충분하니까."

나를 향해 엄지를 치켜 올린 네이선은 걸음을 돌려 차를 세워둔 곳을 향해 걸어갔다.

3

안개가 점점 더 짙어졌다. 테메레르 호에는 이미 정원의 4분의 3쯤 되는 승객들이 자리를 잡은 상태였고, 나는 어렵지 않게 빈자리 하나를 찾아 앉았다. 페리 호 선창을 통해 나는 자욱한 안개 속에서 배에 오르기 위해 부지런히 발을 놀리는 늑장 승객들의 모습을 지켜보았다.

나는 여전히 네이선으로부터 기분 좋은 말을 들은 충격에서 헤어나지 못하고 있었다. 그런 한편 내가 섬에 와서 경험한 여러 사건들 때문에 입맛이 떨떠름하기도 했다. 치열한 전투가 전개되고 있는 와중에 나만 살겠다고 몰래 탈영을 시도하는 병사라도 된 듯 찜찜한 느낌이 이어졌다. 나는 의욕이 충만한 상태로 해가 쨍쨍 내리비치는 보몽 섬에 첫 발을 내디뎠는데, 당황해서 어쩔 줄 모르는 도망자가 되어 파국을 향해 치닫는 섬을 떠나려 하고 있었다.

나는 이미 상당히 많은 진전을 이룬 두 번째 소설 《작가들의 비밀스러운 삶》에 대해 생각했다. 요즘에는 온통 그 소설 속에 풍덩 빠져 살아가고 있었다. 내 자신이 소설에 나오는 등장인물이자 화자였기에 한창 치열한 전투가 벌어지고 있는 전장을 떠나서는 안 된다는 절박감이 일었다. 이제 본격적으로 이야기의 밀도가 깊어지는 시점인데 무책임하게 현장을 떠날 수는 없다는 생각이 들었다. 앞으로 두 번 다시 찾아오지 않을 기회일 수도 있었다. 한편 네이선의 엄중한 경고를 무시하기도 어려웠다.

'내가 그 이야기를 소상하게 들려주면 자네는 당장 커다란 위험에 처하게 될 거야. 자네는 현재 벌어지고 있는 모든 일들이 소설이 아니라 현실이라는 점을 명심할 필요가 있어.'

물론 네이선 자신은 틀림없이 자기가 한 말을 믿지 않을 수도 있었다. 언젠가 네이선은 나에게 내 삶 자체에 소설적인 요소를 가미하라고 조언한 적이 있었다. 그는 글쓰기에 내 삶을 더해야한다고 강조했다. 나는 픽션이 현실을 감염시키는 순간에 필사적으로 매달렸다. 내가 책 읽기를 좋아하는 것도 부분적으로 그런 이유 때문이었다. 책을 읽으면서 삶을 회피해 상상의 세계로 도망친다기보다는 독서를 통해 변화된 세계로 돌아온 적이 많았다. 소설을 읽으면서 간접적으로나마 여행을 하고, 다양한 사람을 만나다보면 한층 경험이 풍부해진 느낌이 들었고, 얼마간 삶에도 반영할 수 있었다.

헨리 밀러는 이렇게 말했다.

'삶으로 돌아오기 위해서가 아니라면, 우리가 한층 더 열정적으로 삶을 받아들이도록 돕기 위해서가 아니라면 책은 과연 무슨 소용이 있단 말인가?'

그래, 책이 실존에 아무런 도움도 되지 않는다면 과연 독서가 무슨 소용이 있겠어.

보몽 섬에는 네이선이 있었다. 내 영웅이자 멘토, 바로 5분 전에 나를 작가로 인정해준 대선배가 있었다. 나는 네이선 혼자 치명적인 위험과 맞서도록 내버려둘 수 없었다.

빌어먹을!

나는 약골이 되기 싫었다. 아이로 돌아가기 싫었다. 나를 동료 작가로 받아주고, 도움을 베풀어준 선배 작가를 외면할 수 없었다. 당장 죽더라도 무서운 세상에 대항해 용감하게 맞서 싸운 작가가 되고 싶었다.

선교로 가기 위해 의자에서 일어서는 순간 항구 앞길을 지나가는 그레구아르의 작은 화물차를 발견했다. 몇 년 전, 그레구아르는 꽃집 주인에게서 차를 사서 녹색으로 칠했다.

그레구아르는 우체국 앞에 차를 세우더니 봉투를 꺼내 우편함에 넣었다. 잰걸음으로 화물차로 돌아온 그는 핸들을 잡기 전 제법 오랫동안 페리 호에서 눈을 떼지 않았다. 그가 나를 보지 못했기를 바라며 철제 기둥 뒤로 몸을 숨겼다. 내가 기둥 밖으로 나왔을 때 이미 화물차는 길모퉁이를 달려가고 있었다. 내 눈에는 짙은 안개 속에서 차의 방향지시등이 계속 깜빡이는 듯 보였다.

나는 몹시 두려운 한편 사건의 전모를 파악하고 싶다는 욕구가 일어 한동안 이러지도 저러지도 못하고 망설였다. 무엇보다 네이선의 안위가 걱정되었다. 그레구아르가 무슨 짓이든 저지를 수 있을 만큼 위험한 살인자라는 사실을 알게 된 이상 네이선을 이대로 방치하는 건 직무유기라는 생각이 들었다. 페리 호의 뿔 고동 소리가 출발이 임박했음을 알려주었다. 이제 더 이상 망설일 틈이 없었다.

한시바삐 단안을 내려야 할 시점이었다. 배가 닻을 올리는 순간 나는 나무를 깔아 정비해둔 산책로 쪽으로 뛰어내렸다. 도저히 혼자 살겠다고 도망칠 수는 없었다. 페리 호에 몸을 맡기고 육지를 향해 출발한다는 건 곧 내 자신의 추락이나 다름없었다. 내가 믿고 있는 신념과 가치를 내려놓는 짓을 할 수는 없었다.

나는 곳을 따라 항만 사무소가 있는 곳까지 걸어갔다가 찻길을 건너 우체국 쪽으로 향했다. 주위에는 온통 안개가 자욱했다. 인도를 따라 걷다가 그레구아르가 화물차 방향을 튼 모르트비에유 가 모퉁이에 이르렀다.

자욱한 안개와 습기에 흠뻑 젖어든 길은 오가는 행인이 아무도 없어 더욱 을씨년스러워 보였다. 안개 속에서 여전히 방향지시등을 깜빡이는 화물차 쪽으로 다가갈수록 보이지 않는 위협이 나를 옥죄어왔다. 엄청난 위험이 곧 나를 집어삼킬지도 모른다는 생각이 들었다. 화물차 앞에 다다라서야 나는 운전석에 아무도 타고 있지 않다는 사실을 알게 되었다.

"라파엘, 나를 찾고 있나?"

나는 화들짝 놀라 고개를 뒤로 돌렸다. 검정색 우비 차림의 그레구아르가 시야에 들어왔다. 입을 크게 벌리고 고함을 지르려는 순간 그가 내 머리를 향해 몽둥이를 휘둘렀다. 비명은 미처 입 밖으로 터져 나오지 못하고 목구멍에 걸려있었다. 순간적으로 온통 눈앞이 캄캄해졌다.

4

비가 억수처럼 쏟아졌다.

네이선은 서둘러 집을 나서는 바람에 온통 문을 다 열어두었다는 걸 깨달았다. 그는 〈라 크루아 뒤 쉬드〉에 돌아온 이후에도 문을 닫을 생각을 하지 못했다. 그에게 밀어닥친 위험은 담장을 높이 쌓아 올리거나 울타리를 친다고 해서 해결될 문제가 아니었다.

네이선은 테라스로 나가 계속 요란한 소리를 내며 벽에 부딪치고 있는 덧문을 고정시켰다. 비와 돌풍의 한가운데에 놓인 보몽 섬은 이제까지와는 전혀 다른 자태를 드러냈다. 더 이상 지중해에 떠있는 작은 섬이 아니라 태풍이 휘몰아치는 스코틀랜드의 섬을 연상시켰다.

네이선은 미동도 하지 않고 미적지근한 기운을 머금고 있는 빗소리에 귀를 기울였다. 머릿속에서 견디기 힘든 이미지들이 복잡하게 뒤얽히며 그를 괴롭혔다. 베르뇌유 일가족 살해사건에 대한 이미지, 끔찍한 고문을 당한 끝에 죽임을 당한 카림과 아폴린의 이미지들이 잠시도 뇌리를 떠나지 않았다. 전날 다시 읽어본 편지들에서 보았던 단어들도 머릿속을 어지럽혔다. 20년 전, 그가 사랑했던 여인을 위해 쓴 편지들이었다. 뺨을 타고 눈물이 흘러내렸고, 지나간 일들이 주마등처럼 떠오르며 기억의 표면으로 부상했다. 사랑을 포기할 수밖에 없었던 상황, 분노, 수많은 사체들, 영문도 모르는 사건에 휘말려 본의 아니게 목숨을 잃은 주검들에서 흘러나오던 핏자국들이 겹쳐지며 머릿속에서 한껏 요동쳤다.

네이선은 집안으로 들어가 옷을 갈아입었다. 그는 보송보송한 옷을 꺼내 입는 동안 극도의 피로감을 느꼈다. 마치 그의 온몸에 수분을 공급해주던 수액이 한 순간에 모두 몸 밖으로 빠져나간 느낌이 들었다. 그는 한시바삐 이 모든 불행이 정리되길 염원했다. 지난 20

년 동안 그는 마치 무사처럼 살아왔다. 용기와 명예심을 바탕으로 현실을 마주하려고 노력해왔다. 엄격한 규율로 점철된 길을 묵묵히 걸어가며 죽음을 맞이할 마음의 준비를 게을리하지 않았다. 죽음이 목전에 임박해 와도 결코 허둥대거나 두려워하지 않을 결심이었다.

네이선은 이제 모든 준비가 되었다. 가능하다면 이 이야기의 마지막 장이 분노와 추문 속에서 시끄럽게 마무리되지 않길 바랐지만 이제 부질없는 소망이 되어버렸다. 그는 승자가 없는 전투의 최전선에 서 있었다. 승자 대신 주검만이 즐비한 전장이었다.

지난 20년 동안 이 모든 일들이 순조롭게 마무리되지 않으리라는 예감을 품고 살았다. 조만간 그 자신이 누굴 죽이거나 죽임을 당할 수밖에 없다는 사실을 예견했고, 그 이유는 그 자신이 남몰래 간직하고 있는 비밀의 본질이 그러하기 때문이었다.

네이선은 끔찍한 악몽 속에서도 그 죽음이 초록색 눈동자, 황금빛 머리카락, 아름다운 얼굴의 소유자인 마틸드 몽네라는 형태로 찾아오리라고는 미처 상상조차 하지 못했다.

11. 그렇게 밤이 찾아왔다

좋은 소설이란 어떤 소설입니까?
우선 독자들의 사랑과 호의를 이끌어낼 만한 등장인물들을 창조하세요.
그런 다음 그 인물들을 죽이는 겁니다. 그럼 독자들은 언제까지나 당신의 소설을 기억할 겁니다. ―존 어빙

1

정신을 차리고 보니 그레구아르의 화물차 뒷좌석에 묶여 있는 상태였다. 보이지 않는 악마가 예리한 송곳으로 내 머릿속을 찔러대는 느낌이 들었다. 코뼈가 으스러졌고, 왼쪽 눈은 떠지지 않았고, 눈두덩에서는 피가 철철 흘러내렸고, 온몸 구석구석에 구타의 흔적이 남아 있었다.

덜컥 공포에 사로잡힌 나는 몸을 빼내려고 했지만 그레구아르가 신축성이 뛰어난 로프로 어찌나 손목과 발목을 단단하게 묶어놓았는지 옴짝달싹할 수 없었다.

"어서 결박을 풀어줘요."

"조용히 입 닥치고 있어."

트럭의 와이퍼가 쉬지 않고 앞 유리창에 떨어지는 굵은 빗방울들과 힘겨운 사투를 벌이고 있었다. 내 눈에는 거의 아무것도 보이지 않았지만 나는 우리가 동쪽, 그러니까 사프라니에 곶 방향으로 달리고 있다는 걸 어림짐작으로 알 수 있었다.

"왜 그런 짓을 저질렀죠?"

"입 닥치라고 했잖아."

내 몸은 온통 피와 빗물, 땀으로 흥건히 젖어들어 있었다. 저절로 무릎이 후들거리고 심장이 오들오들 떨려왔다. 무서워 죽을 지경이었지만 사건의 전말을 알아내고 싶은 마음이 간절했다.

"카메라에 들어 있던 사진을 최초로 입수한 사람이 바로 당신이었죠? 마틸드 몽네가 아니고요."

그레구아르가 빈정거렸다.

"그 사진들은 서점의 페이스북 계정을 통해 전달되었어. 상상이 되나? 앨라배마에 사는 웬 미국 촌뜨기가 첫 번째 사진을 보고 나서 나를 찾아냈다고 하더군. 마틸드의 열여섯 살 생일에 내가 카메라를 선물해주었고, 서점 앞에서 기념 삼아 함께 찍은 사진이 들어 있었기 때문이야."

나는 잠시 눈을 감고 일이 어떻게 전개되었는지 상상해보았다. 그러니까 그레구아르는 비록 시간이 많이 흘렀지만 딸과 사위, 손자를 죽인 자들에 대한 복수극을 최초로 기획한 설계자인 듯했다. 나는 그가 왜 무시무시한 복수극에 손녀인 마틸드를 끌어들이게 되었는지 여전히 이유를 알 수 없었다. 나는 그 점이 궁금했고, 그를 자극해서라도 대답을 듣고 싶었다.

"당신 혼자서도 충분했을 텐데 왜 위험천만한 일에 마틸드를 끌어들였죠?"

그레구아르는 내 지적을 듣자마자 내게로 고개를 돌리더니 입술 사이로 침을 튀겨 가며 욕설을 퍼부었다.

"어리석은 놈! 넌 내가 마틸드를 보호해줄 생각이 없는 사람이라 여기고 그 따위 질문을 했겠지만 난 그 아이에게 그 사진들을 보여준 적이 없어. 다만 나는 그 사진들을 그 아이의 친할아버지인 파트리스 베르뇌유에게 보냈을 뿐이지."

난 여전히 머릿속이 복잡한 상태였지만 인터넷을 뒤지다가 알렉상드르의 아버지 이름을 보았던 기억이 났다. 파트리스 베르뇌유는 형사 출신으로 파리 사법경찰 부국장을 지냈고, 사건 당시에는 내무부 고위직 관료로 재직했던 인물이었다. 그는 조스팽 정부 당시 한직으로 좌천되었다가 사르코지가 정권을 잡으면서 다시 내무부 장관에 발탁되어 경력의 정점을 찍고 은퇴했다.

"파트리스와 나는 똑같은 고통을 나눠가졌기에 남다른 연대감을 갖게 되었어." 그레구아르는 훨씬 차분해진 목소리로 말을 이었다. "알렉상드르와 소피아, 테오가 살해되면서 사실상 우리의 삶은 그 자리에 멈춰버렸어. 아니, 더 정확하게는 우리의 삶을 빼놓고 세상은 계속 굴러가고 있었지. 파트리스의 아내는 충격과 슬픔에서 헤어나지 못하고 신음하다가 2002년에 스스로 목숨을 끊었어. 내 아내 아니타는 수명이 다할 때까지 살았지만 병상에서 숨을 거둘 무렵 자식과 며느리, 손자를 죽인 살인자들에게 아무런 체벌도 가하지 못한 회한을 주기도문처럼 반복해서 털어놓았지."

그레구아르는 핸들을 잡은 두 손에 힘을 가하며 마치 혼잣말을 하듯 지난 일을 술회했다. 그의 목소리에서 당장이라도 활화산처럼 터져버릴 것 같은 분노가 배어났다.

"나는 그 사진들을 파트리스에게 보여주었고, 우리는 누가 먼저랄 것도 없이 신이 살인자들에게 복수하라고 뒤늦게나마 선물을 준 것으로 받아들였어. 파트리스는 카림과 아폴린의 사진들을 후배 사법경찰들에게 넘겨주며 한시바삐 찾아내라고 부탁했고, 얼마 지나지 않아 그들이 사는 곳을 알아냈어."

나는 다시 한 번 손을 빼내려고 했지만 오히려 로프가 더욱 깊이 파고드는 느낌이 들어 단념했다.

"우리는 마틸드를 신이 선물한 계획에 끌어들이지 않기로 의견일치를 보았어." 서점 주인은 계속 말을 이었다. "우리 두 사람은 각자 해야 할 일을 나누었어. 파트리스는 카림을 맡고, 나는 갈리나리 집안의 영지 관리인으로 위장해 아폴린을 보몽 섬으로 유인했지."

그레구아르는 자신이 저지른 범행 이야기를 상세하게 들려주며 쾌감을 느끼는 눈치였다.

"페리 호가 드나드는 항구로 아폴린을 마중 나갔어. 오늘처럼 비가 억수처럼 내리던 날이었지. 차 안에서 아폴린에게 테이저 건을 한 방 쏜 다음 지하실로 끌고 갔어."

2

이제야 그간 내가 그레구아르를 얼마나 얕잡아 보았는지 알 수
있었다. 지방 소도시에서 초등학교 교사를 지낸 노인의 겉모습 이
면에 비정하기 그지없는 살인본능이 숨어 있었던 셈이었다. 그는
사전에 파트리스와 함께 심문 과정을 촬영하기로 입을 맞추었다.
그래야 서로 바꿔보며 결과를 알 수 있을 테니까.

"일단 그 여자를 지하실로 데려가 의자에 묶어놓은 다음 얼굴이
창백해질 때까지 피를 뽑아냈어. 그 정도는 그년이 우리에게 가한
고통에 비하자면 보잘 것 없었지."

빌어먹을!

나는 왜 네이선의 말을 듣지 않고 다시 섬으로 발길을 돌렸을까?

"아폴린은 고문 과정에서 네이선 파울스라는 이름을 발설했지."

"당신은 네이선 파울스가 베르뇌유 일가족을 살해했다고 생각했
겠군요?"

"아니, 난 그 멍청한 년이 네이선 파울스라는 이름을 꺼낸 건 우
연이라고 여겼어. 아폴린은 보몽 섬에 일 때문에 왔다가 느닷없이
지하실로 끌려오게 되었고, 고문을 받던 중 섬과 관련이 있는 인물
이 누굴까 생각하다가 네이선 파울스라는 이름을 떠올렸을 수도 있
으니까. 난 카림과 아폴린이 범인이라고 철석같이 믿었어. 그 연놈
들이야말로 감방에서 평생 썩어야 한다고 생각했지. 결국 그들은

뿌린 대로 거둔 거야. 나에게 그들을 죽일 기회가 다시 한 번 주어진다고 하면 기꺼이 그렇게 할 거야."

"아폴린과 카림이 죽었으니 사건은 일단락된 거 아닌가요?"

"나는 다 끝났다고 생각했는데 고집불통인 파트리스 영감탱이의 생각은 달랐어. 그는 네이선 파울스를 직접 심문하고 싶어 했는데 미처 시도해보지도 못하고 세상을 하직했지."

"파트리스 베르뇌유가 사망했단 말입니까?"

"보름 전 위암으로 죽었어. 그 멍청한 영감탱이가 죽기 전에 마틸드에게 카메라에 들어있던 사진들과 동영상 그리고 우리 두 사람이 조사해 찾아낸 정보가 저장되어 있는 USB를 보낸 거야."

이제야 퍼즐이 제대로 맞춰지는 느낌이 들면서 현기증 나는 시나리오가 표면화되고 있었다. 생일날 저녁에 그 사진들을 본 마틸드는 그대로 무너졌다.

"지난 18년 동안 그 아이는 부모와 동생이 살해당하던 날, 그 아파트에서 벌어진 일들을 애써 기억단자에서 철저하게 밀어내며 살아왔지. 그러다가 갑자기 그 끔찍한 기억들과 정면으로 맞닥뜨리게 된 거야."

"믿기 힘든 이야기군요."

"네 놈이 믿든 말든 난 개의치 않아. 아무튼 난 진실을 말하고 있으니까. 열흘 전, 마틸드가 우리 집에 왔는데 제정신이 아니었어. 마치 귀신 들린 아이 같았지. 오로지 가족의 복수를 하겠다는 일념뿐이었어. 파트리스가 그 아이에게 아폴린의 사체가 우리 집 냉동고에 들어있다는 사실을 알려주었다니 그럴 만도 했지."

"그렇다면 혹시 마틸드가 유칼립투스나무에 아폴린의 사체를 못 박았습니까?"

나는 룸미러를 통해 그레구아르가 고개를 끄덕이는 모습을 지켜보았다.

"마틸드는 무슨 의도로 그런 짓을 저질렀죠?"

"그래야만 경찰이 보몽 섬 출입을 통제하는 봉쇄령을 내리게 될테니까. 네이선 파울스가 보몽 섬을 빠져나가지 못하도록 막고, 그를 만나 사건과 관련이 있는지 추궁할 생각이었지."

"방금 전, 당신은 네이선 파울스를 범인으로 생각하지 않는다고 했잖아요?"

"내가 아니라 마틸드가 그렇게 생각했다는 뜻이야. 나는 마틸드를 보호해줄 생각이야."

"마틸드를 어떻게 보호해준다는 거죠?"

그레구아르는 내 질문에 대답하지 않았다. 차창을 통해 나는 우리를 태운 트럭이 방금 은손잡이 비치를 통과했다는 걸 알아챘다. 심장이 미친 듯 두방망이질 쳤다.

그레구아르는 나를 어디로 끌고 가는 걸까?

"조금 전 당신은 편지 한 통을 부치더군요. 누구에게 보내는 편지였죠?"

"툴롱경찰청에 보낸 자백편지였어. 난 그 편지에 아폴린과 네이선을 살해한 범인이 나라고 적시했어."

그제야 나는 왜 그레구아르가 〈라 크루아 뒤 쉬드〉를 향해 달려가는지 이유를 알게 되었다. 이제 사프라니에 곳까지 미처 1킬로미터도 남아 있지 않았다. 그는 네이선 파울스를 제거할 목적으로 〈라크루아 뒤 쉬드〉로 가는 게 분명했다.

"너도 이미 짐작했겠지만 난 마틸드가 네이선 파울스를 해치기 전에 먼저 죽일 거야."

"그럼 나는 어떻게 할 생각이죠?"

"넌 있어서는 안 될 곳에 있었어. 지지리도 운이 나쁜 놈이지. 사람들은 흔히 너 같은 놈을 가리켜 무고한 피해자라고들 하지."

나는 그레구아르가 미치광이 짓을 저지르도록 내버려둘 수는 없다는 생각에 묶인 두 발로 운전석 등판을 힘껏 걷어찼다. 그가 미처 예상하지 못한 기습공격이었다. 그는 외마디 비명을 지르더니 내가 있는 쪽으로 몸을 돌렸다. 나는 그 순간 머리로 있는 힘껏 그의 얼굴을 들이받았다.

화물차가 차선을 벗어났다. 차체의 철제지붕 위로 떨어지는 빗소리가 요란하게 들려왔다. 차 지붕에서 콸콸 흘러내리는 빗물을 보고 있자니 표류하는 배에 올라 있는 느낌이 들었다.

"널 죽여 버리고 말겠어!"

그레구아르가 조수석에 놓여 있던 몽둥이를 집어 들며 악을 써댔다.

나는 그가 차를 다시 통제할 수 있게 되었다고 생각했는데 잠시 후 트럭은 가드레일을 들이받으며 허공으로 날아올랐다.

3

나는 지금껏 내가 실제로 죽을 수도 있다는 가능성에 대해 한 번도 생각해본 적이 없었다. 차가 추락하는 동안 나는 무슨 기적이라도 일어나 죽음을 면할 수 있게 되기를 간절히 빌었다. 인생이란 결국 한 편의 소설이나 다름없으니까. 그 어떤 작가도 아직 결말이 80페이지나 남은 시점에서 화자를 죽이는 법은 없으니까.

어찌나 긴박한지 죽음의 맛도 두려움의 냄새도 느껴지지 않았다. 내가 그동안 살아온 인생의 중요한 장면들이 파노라마처럼 이어지지도 않았고, 클로드 소테 감독의 〈즐거운 인생〉에 나오는 미셸 피콜리의 자동차사고 장면처럼 느릿느릿 진행되지도 않았다.

그 와중에 내 머릿속을 가로지르는 아주 이상한 생각이 하나 있었다. 얼마 전, 아버지가 나에게 털어놓은 말이었다. 아버지답지 않게 갑작스럽게 털어놓은 생경한 감정 표현이었다. 아버지는 내가 어린 아이였을 때 당신의 삶이 얼마나 '찬란하게 빛났는지' – 아버지의 표현을 그대로 옮긴 말이다– 들려주었다.

"네가 어렸을 때 우리는 많은 경험을 함께 했지."

그 말은 틀림없는 사실이었다. 나는 아버지와 함께 숲속을 산책하고, 박물관에 가고, 연극공연을 관람하고, 각종 미니어처를 만들고, 목공 일을 배웠던 기억이 있었다. 그뿐 아니라 아버지는 매일 아침 나를 차에 태워 학교에 등교시켜주었고, 가는 길에 여러 가지 이야기를 들려주었다. 그 덕분에 등굣길에 프랑스역사에 대해 배웠고, 위대한 예술작품과 관련된 일화에 대해 알게 되었고, 프랑스어 문법 중에서 가장 어려운 부분을 쉽게 설명해주기도 했다. 아버지는 그날그날 생각나는 대로 많은 이야기들을 들려주었고, 지금도 가끔 그 당시 아버지의 잔잔한 목소리를 떠올릴 때마다 절로 미소가 지어졌다.

"재귀적 대명동사의 과거분사는 그것이 앞에 놓일 때 직접목적보어와 일치 시키는 거야. 예를 들면 *Ils se sont lavé les mains*(그들은 손을 씻었다 : 옮긴이)'라는 문장이 있을 경우 직접목적보어 *les mains*가 앞에 오게 되면 *Les mains qu'ils se sont lavées*에서처럼 과거분사의 성과 수를 직접목적보어에 일치시켜야 하는 거야."

"화가 이브 클랭은 코트다쥐르의 하늘을 바라보며 가장 순수한 파랑색을 창조해야겠다고 마음먹었어. '인터내셔널 클라인 블루'라는 색상은 그런 발상의 결과 탄생하게 되었지."

"나누기 기호 ÷를 가리켜 오벨뤼스(*Obélus*)라고 부른단다."

"1792년 봄, 루이 16세는 단두대에 오르기 몇 달 전 칼날을 왼쪽에서 오른쪽으로 경사진 날로 바꿀 경우 효율성이 높아질 거라며 교체를 제안했어."

"《잃어버린 시간을 찾아서》에 나오는 가장 긴 문장은 무려 *856개*

의 단어로 이루어졌어. 가장 유명한 문장은 8개 단어로 이루어진 *'Longtemps, je me suis couché de bonne heure*(오랫동안 나는 일찍 잠자리에 들었다 : 옮긴이)'였고, 가장 짧은 문장은 2개의 단어로 이루어진 *'Il regarda*(그는 바라보았다. : 옮긴이)'야. 가장 아름다운 문장은 12개의 단어로 이루어진 *'On n'aime que ce qu'on ne possède pas tout entier*(사람들은 자기가 온전하게 가질 수 없는 것만 사랑한다 : 옮긴이)'이지. 프랑스에서 *'Pieuvre*(문어를 뜻함 : 옮긴이)'라는 단어가 통용되게 한 사람은 빅토르 위고인데 그 단어를 《바다의 노동자들》이라는 소설에서 처음 사용했어."

"연속되는 두 개의 정수의 합은 그 수들의 제곱의 차이와 같지. 가령 $6+7=13=7^2-6^2$ ……."

비록 분위기가 엄숙하긴 했지만 즐거운 순간들이었다. 나는 매일 아침 학교 가는 길에 아버지로부터 들었던 모든 이야기들이 내 기억 속에 아로새겨져 있다고 믿었다. 아마도 내가 열한 살쯤이었을 때 아버지는 서글픈 표정을 지으며 이제 당신이 알고 있는 모든 지식을 나에게 전수해주었으니 나머지는 책을 통해 배워야 한다고 말해주었다. 그 순간에는 그 말을 믿지 않았지만 얼마 지나지 않아 우리 부자관계는 이전보다 많이 소원해지게 되었다.

언제나 아버지의 마음속에는 '라파엘이 자동차에 치일 수도 있어.', '몹쓸 병에 걸릴 수도 있어.', '공원에서 놀다가 이상한 놈에게 유괴당할 수도 있어.' 같은 강박관념이 자리하고 있었다. 하지만 정작 아버지와 나를 떼어놓은 주범은 책이었다. 아버지는 누누이 책에는 아무리 강조해도 부족할 만큼 소중한 가치가 들어있다고 했지만 책을 가까이 하다 보니 이전처럼 밀접한 부자관계를 이어가기 쉽지 않았다.

나는 그 당시 아버지가 책에 대해 강조했던 말을 곧장 이해한 건 아니었다. 책이 언제나 해방의 동인이 되어준 것도 아니었다. 때로 책은 결별의 동인이 되었다. 책은 벽을 무너뜨리기도 하지만 없던 벽을 세우기도 했다. 책은 태양처럼 빛나는 존재지만 때로 상처를 주고, 날개를 꺾고, 죽음을 야기하기도 하는 존재였다. 따라서 책은 기만적인 태양이라고 할 수 있었다. 2014년 미스일드프랑스 대회에서 3위에 입상한 조안나 파블로브스키의 예쁜 얼굴처럼 책에는 양면적인 가치가 있다는 걸 알게 되었다.

화물차가 굴러 떨어져 박살나기 전 또 다른 추억이 내 머릿속에 떠올랐다. 아버지는 어느 날 등굣길에 지각이 염려되는 시각이 되자 3백 미터쯤 남은 거리를 최대한 빠른 속도로 달린 적이 있었다.

그 몇 달 전, 아버지가 담배에 불을 붙이며 운을 뗐다.

"라파엘, 너를 생각할 때면 항상 똑같은 이미지가 머리에 떠올라. 계절은 봄, 넌 아마도 다섯 살이나 여섯 살쯤 되었을 거야. 이상하게도 해가 쨍쨍 내리쬐는 중인데 간간이 비가 오는 날이었어. 우리는 학교에 지각하면 안 된다고 생각하며 빠르게 달리기 시작했어. 우린 서로 손을 맞잡고 햇빛이 빗방울처럼 쏟아지는 길을 달린 거야."

아버지 당신의 두 눈에 가득 어려 있던 따스한 빛,
아버지 당신의 얼굴에 떠올랐던 환한 미소,
내 삶에 깃들어 있는 가장 완벽한 순간.

12. 변하는 얼굴

진실을 말하기란 어렵다. 왜냐하면 진실은 단 하나뿐이므로.
그런데 그 진실은 살아 움직이고, 따라서 진실의 얼굴은 변하기 마련이므로. **-프란츠 카프카**

1

마틸드는 펌프액션으로 무장하고 네이선의 집에 들이닥쳤다. 그녀의 머리카락은 비에 흠뻑 젖어 있었고, 화장기가 전혀 없는 맨 얼굴에서는 잠을 이루지 못한 불면의 흔적이 고스란히 묻어났다. 그녀는 즐겨 입던 꽃무늬 원피스 대신 밑단이 나달나달한 진 바지에 모자 달린 패딩 점퍼 차림이었다.

"네이선, 이제 게임은 끝났어요."

마틸드가 앞뒤 볼 것 없이 거실로 뛰어들며 소리쳤다.

네이선이 앉아 있는 테이블에는 그레구아르의 노트북컴퓨터가 놓여 있었다.

"아마 그럴 수도 있겠지." 네이선이 침착하게 응수했다. "다만 당신 혼자 게임의 규칙을 정하는 건 너무 불공평하다고 생각지 않아?"

"당신이 생각하기에 내가 아폴린 샤푸이를 유칼립투스나무에 못박은 아이디어는 어땠어요?"

"당신은 무슨 의도로 그런 짓을 저질렀지?"

"경찰이 섬을 봉쇄해야 당신이 도주하지 못할 테니까요. 당신 눈에는 신성모독으로 보일 수도 있겠지만 경찰이 섬 봉쇄령을 내리게 하려면 그 정도의 깜짝 연출이 필요한 상황이었죠."

"전혀 그럴 필요가 없었는데 당신이 오버한 거야. 내가 무엇 때문에 도망칠 거라 생각했지?"

"내가 당신을 죽이려한다는 걸 알고 있었을 테니까요. 당신이 죽고 나서 결코 알려져서는 안 될 비밀들이 세상에 널리 퍼져나가는 것도 두려웠을 테고요."

"당신이야말로 제법 영리하게 비밀을 관리해왔다는 점을 인정해."

네이선은 자신이 한 말에 대한 근거를 제시하기라도 하듯 마틸드 쪽으로 노트북컴퓨터를 돌려놓았다. 컴퓨터화면은 테오의 생일날 저녁에 찍은 사진들에 고정되어 있었다.

"사람들은 베르뇌유 집안의 딸이 노르망디에서 바칼로레아 시험 준비를 하고 있었다고 알고 있지만 잘못 알려진 사실이지. 그날 당신은 비극이 벌어진 현장에서 가족들과 함께 있었어. 당신 혼자 비밀을 간직하고 살기에는 버겁지 않아?"

마틸드는 풀 죽은 얼굴로 테이블 반대쪽 끝에 털썩 주저앉더니 손에 들고 있던 펌프액션을 내려놓았다.

"혼자 짊어지기에는 지나치게 부담되는 비밀이 맞지만 당신이 상상하는 이유 때문은 아니었어요."

"도무지 무슨 말인지 모르겠으니 좀 알아듣게 설명해봐."

"6월 초, 바칼로레아 시험 준비 기간에 친구 이리스와 함께 그 아이 부모 소유의 별장이 있는 옹플뢰르에 갔어요. 어른들이 주말에 이따금씩 우리를 보러 왔죠. 주중에는 우리 둘 뿐이었어요. 우린 정말이지 진지한 자세로 열심히 공부했어요. 그러던 어느 날 아침 나는 이리스에게 잠시 쉬자고 제안했죠. 그날이 바로 6월 11일이었어요."

"동생 생일을 축하해주려 집에 다녀오고 싶었던 건가?"

"벌써 여러 달 전부터 테오가 이전과 달라졌다는 느낌이 들었어요. 그토록 명랑하고 활기 넘치던 아이가 자주 슬픈 표정을 짓거나 불안해하는 모습을 봤거든요. 테오에게 뭔가 우울한 일이 생겼나 걱정되기도 했어요. 테오의 생일에 집으로 가서 내가 그 아이를 얼마나 아끼고 사랑하는지 보여주고, 혹시 무슨 문제가 발생하면 즉시 달려와 도울 거라는 믿음을 주고 싶었죠."

마틸드는 침착한 목소리로 이야기했다. 상당히 조리 있게 들렸지만 그 고백 역시 미리 계산된 연출이라는 느낌이 들었다. 네이선은 모든 진실, 이를테면 마틸드 자신의 기억을 포함해 후미진 구석에 웅크리고 있는 아주 작은 비밀들까지 모두 만천하에 드러나도록 하고 싶었다.

"이리스는 내가 파리에 가있는 동안 노르망디에 사는 사촌들과 함께 지내겠다고 하더군요. 난 부모님에게 내가 간다는 말을 테오에게 하지 말아달라고 부탁했어요. 그 아이를 깜짝 놀라게 해주고 싶었거든요. 나는 버스를 타고 이리스를 르아브르까지 바래다 준 다음 기차를 타고 생 라자르 역에 내렸어요. 해가 쨍쨍 내리쬐는 날이었죠. 테오에게 줄 선물을 사기 위해 샹젤리제 거리를 거슬러 올라가며 상점들을 둘러보았어요. 테오가 기뻐할 선물이 뭘까 곰곰이 생각하다가 프랑스 축구 국가대표팀 유니폼이 떠올랐어요. 선물을 사고 나서 파리 16구에 있는 집으로 가기 위해 지하철 9호선을 타고 라뮈에트 역에서 내렸어요. 저녁 6시 무렵에 도착했는데 집이 텅 비어 있었죠. 엄마는 테오와 함께 솔로뉴에서 돌아오는 길이었고, 아빠는 언제나 그랬듯 집무실에 있었죠. 엄마에게 전화해 주문 요리 가게와 빵집에 들러 주문해놓은 음식과 케이크를 찾아오겠다고 했어요."

네이선은 시종 무표정하게 앉아 그날 베르뇌유 집안에서 벌어진 비극적인 이야기를 마틸드 버전으로 들었다. 그는 지난 20년 동안 오로지 자신만이 베르뇌유 일가족 살해사건의 모든 비밀을 알고 있는 유일한 인물이라고 믿어왔다. 오늘 그는 그 믿음이 완벽하게 잘못된 것이었다는 걸 인정하지 않을 수 없었다.

"행복한 생일 파티였어요." 마틸드가 침착하게 말을 이어갔다. "테오가 더없이 기뻐하는 모습을 보고 기분이 좋았어요. 내가 집을 방문한 목적은 테오를 행복하게 해주기 위해서였으니까요. 네이선, 혹시 형제나 남매가 있어요?"

네이선은 고개를 저었다.

"만약 테오가 살아있다면 우리 남매 사이가 어떤 식으로 변모했을지 알 수 없지만 그 당시만 해도 그 아이는 나를 무척이나 좋아하고 따랐어요. 나 역시 그 아이를 좋아했죠. 테오가 정신적으로나 신체적으로 많이 나약하다고 느꼈기 때문에 나는 그 아이를 보호해줄 책임이 있다고 생각했어요. 그날 프랑스 축구 국가대표팀 경기가 끝나고 나서 우리 가족은 승리를 축하했고, 테오는 소파에서 잠이 들었죠. 밤 11시쯤 나는 반쯤 잠이 깬 테오를 침대로 데려다주었고, 예전에도 가끔 그랬듯 침대 가장자리에 앉아 그 아이가 잠이 들길 기다렸다가 내 방으로 돌아왔어요. 나도 아침부터 시작해 제법 긴 여행을 한 탓에 몹시 피곤하더군요. 책 한 권을 들고 침대에 누웠어요. 부모님이 주방에서 이야기를 나누는 소리가 배경음악처럼 들려왔죠. 아버지가 할아버지에게 전화해 프랑스 축구 국가대표팀의 경기 결과를 전해주더군요. 난 《감정교육》이라는 책을 읽다가 까무룩 잠이 들었어요."

마틸드는 한동안 말이 없었고, 유리창을 때리는 빗소리와 벽난로 속에서 장작이 타들어가는 소리만이 들려왔다. 마틸드가 그 이야기를 계속 이어가는 건 정말이지 힘든 일일 수도 있었다. 다만 이제는 뭔가 감추거나 망설일 때는 지났다는 생각이 들었다.

마틸드는 뒷이야기를 거의 단숨에 끝냈다. 차라리 대화가 아니라 깊은 심연, 누구도 감히 살아서 빠져나올 거라 장담하기 힘든 나락으로의 고독한 잠수였다.

2

"플로베르를 자장가 삼아 잠들었던 나는 결국 영화 〈시계태엽 오렌지〉 장면을 보며 눈을 뜬 셈이었죠. 총성이 온통 집안을 뒤흔들었고, 내 알람 라디오는 23시 47분을 가리키고 있었어요. 설핏 잠이 들었다가 갑작스레 깨어난 셈이었죠. 위험을 직감하고 맨발로 방을 나갔어요. 복도에 아버지가 피투성이가 된 상태로 쓰러져 있었고, 주변이 온통 피바다였어요. 차마 눈뜨고 보기 힘든 광경이었죠. 아버지는 근접거리에서 얼굴에 총을 맞았기 때문에 누군지 알아볼 수 없을 지경이었어요. 벽면이 온통 두개골이 파열되면서 튄 파편들과 시뻘건 피로 얼룩진 상태였죠. 미처 비명을 지를 겨를도 없이 두 번째 총성이 귓전을 때렸고, 엄마가 주방 입구에서 쓰러졌어요. 형언할 수 없을 만큼 끔찍한 살인이 벌어지고 있었지만 나는 오히려 무섭지 않았어요. 사람은 공포가 극에 달한 상태가 되면 광기의 영역으로 가게 되나 봐요. 내 머리는 이미 궤도를 이탈해버린 상태였고, 그 어떤 합리적 대응도 하지 못했어요. 내가 보인 반사작용은 그저 내 방으로 다시 돌아가는 것이었죠. 난 순식간에 방으로 돌아갔어요. 방문을 닫고 침대 밑으로 몸을 숨기려는 순간 테오를 깜박 잊고 있었다는 사실을 깨달았죠. 다시 급히 방을 나서려는데 또 다시 침묵을 깨는 총성이 들려왔어요. 등 뒤에서 날아온 총알을 맞은 테오의 몸이 내 품에 안기다시피 쓰러졌어요. 아무튼 그런 상황에서도 나는 생존본능이 작동해 침대 밑으로 더욱 깊숙이 몸을 숨겼죠. 내 방에는 불이 꺼져있었지만 문이 조금 열려 있는 상태였어요. 문 틈

사이로 테오의 쓰러진 몸이 보였어요. 그 아이가 입고 있던 축구 국가대표팀 유니폼이 그저 커다란 핏자국에 지나지 않더군요.

　나는 두 눈을 질끈 감고 입술을 깨물었어요. 귀를 꽉 틀어막고, 더는 아무것도 보지 않고, 비명도 지르지 않고, 소리도 듣지 않았죠. 한동안 그렇게 일시적인 호흡정지 상태로 있었어요. 30초? 2분? 5분? 어쨌거나 눈을 다시 떠보니 웬 남자가 내 방에 들어와 있더군요. 내가 숨어있던 침대 밑에서는 그 남자가 신고 있던 구두만 보였어요. 고무 밴드를 댄 밤색 가죽부츠였죠. 남자는 몇 초 동안 그 자리에서 꼼짝도 하지 않고 서 있었어요. 내가 어디 있는지 찾으려는 것 같지는 않았어요. 그 남자는 내가 집에 있다는 사실을 모르는 게 분명했어요. 잠시 후 남자는 몸을 돌려 밖으로 사라졌죠. 그 후로도 족히 몇 분은 더 침대 밑에 숨어 있었어요. 몸이 덜덜 떨릴 만큼 겁이 나는 한편 가족들을 모두 잃은 슬픔이 밀려와 나를 그 자리에 꽁꽁 얼어붙게 했죠. 경찰차의 사이렌 소리를 듣고 나서야 무기력 상태에서 벗어날 수 있게 되었어요. 내 필통에는 지붕으로 통하는 문 열쇠가 들어있었죠. 나는 열쇠로 문을 따고 지붕으로 나와 도망쳤어요. 지금은 내가 왜 그런 행동을 했는지 이유를 설명하기 쉽지 않아요. 경찰이 도착했으니 오히려 안심할 수 있었을 텐데 아무런 말도 없이 사라졌으니까요. 그 후로는 어떻게 되었는지 기억이 희미해요. 아마도 기계적으로 행동했던 것 같아요. 생 라자르 역까지 걸어가 노르망디로 가는 첫 번째 기차를 탔어요. 내가 옹플뢰르에 도착했을 때 이리스는 아직 돌아오지 않은 상태였죠. 이리스가 돌아왔을 때 나는 천연덕스럽게 거짓말을 했어요. 고열이 나고 머리가 너무 아파 파리에 가지 않고 별장에 남아있었다고요. 이리스는 내 말을 철석같이 믿어주었어요. 무덤에서 갓 나온 사람처럼 열에 들뜬 모습을 하고 있었으니 내 말을 믿을 수밖에 없었을 거예요. 이리스가 의사를 불러야한다고 고집을 부렸어요. 오전이 거의 끝나갈 무렵 르아브르의 형사들이 내 조부인 파트리스 베르뇌유와 함께 옹플뢰르 집에 들이닥치는 순간 마치 약속이라도 한 듯 의사도 함께 도착했죠. 나는 조부를 통해 가족이 모두 살해되었다는 소식을 전해 들었어요. 그 순간 나는 정신을 잃고 실신했죠.

이틀 후에야 깨어났고, 그날 저녁에 벌어진 비극에 대해서는 전혀 기억나는 게 없었어요. 그저 부모님과 테오가 내가 없는 사이 누군가에게 살해당했다고 생각했어요. 믿기 힘들겠지만 정말이지 아무것도 기억나지 않았어요. 기억상실이 무려 18년 동안 지속되었죠. 아마도 내가 생존하기 위해 본능적으로 선택한 방어기제였나 봐요. 가족들 모두가 살해되기 전부터 심리불안 증세에 시달려왔지만 그 충격적인 사건이 셧다운(Shutdown) 상태를 야기했는지도 모르죠. 내 기억은 나의 감정과 유리되는 증세를 보였어요. 그 후 여러 해 동안 정신의 활동이 정상적이지 않다는 느낌을 받았어요. 그야말로 말 못할 고통에 시달렸죠. 고통의 원인이 가족상실에 따른 상실감과 충격 때문이라고 믿었는데 잘못된 생각이라는 걸 깨달았어요. 그날 밤 일어난 비극에 대해 기억하지 않으려는 방어기제가 작동되었지만 고통은 가시지 않았죠. 그 기억들이 보이지 않는 무게로 나를 짓누르며 정신을 썩어문드러지게 만든 거예요.

2주 전 할아버지가 돌아가시면서 나를 둘러싸고 있던 비밀의 장막이 찢겨나갔어요. 할아버지는 돌아가시기 전 커다란 봉투 하나를 보내주었는데 그날 밤 벌어진 대참사의 진범이 당신이라는 편지가 들어있었죠. 할아버지는 자기 손으로 직접 당신을 처단하지 못한 것에 대해 끓어오르는 분노를 감추지 못했어요. 봉투에는 아폴린과 카림을 심문한 동영상과 하와이에서 분실한 카메라에 들어있던 사진들을 담아놓은 USB도 있었죠. 그날 저녁 내가 그 자리에 있었다는 사실을 입증해주는 사진들을 대하자 기억의 빗장이 풀리며 지나간 일들이 용암처럼 세차게 솟구쳐 올라오더군요. 동시다발적으로 터지는 언론사 카메라의 플래시처럼 잃어버렸던 기억이 한꺼번에 돌아오면서 극심한 죄책감과 분노, 수치심이 뒤따랐죠. 나는 격한 감정의 소용돌이에 빠져 허우적거렸고, 그 충격이 언제까지나 계속 이어지리라는 기분이 들었어요. 철근 콘크리트로 쌓아올린 제방이 별안간 터지며 골짜기 전체가 물에 잠기는 것과 같은 이치였죠.

그야말로 방어기제가 한꺼번에 와해되어버린 거예요. 나는 죽을 힘을 다해 고함을 지르고 어디론가 사라져버리고 싶었어요. 모든 기억들이 새록새록 떠올랐으니까요. 내가 마치 과거의 그 시간으로 되돌아간 느낌이 들었어요. 그 비극적 사건으로부터 해방되었다는 느낌과는 전혀 달랐어요. 내면 깊숙한 곳에서 점점 번져가는 공포, 극심한 정신적 동요를 불러일으키는 폭발이 뒤따랐고, 나는 다시 한 번 무시무시한 나락으로 떨어지게 되었죠. 뇌리에 떠오르는 그날의 이미지와 소리, 냄새가 어찌나 또렷하고 강렬한지 잠시나마 불안과 공포로부터 벗어날 길이 없더군요. 귀를 멍하게 만드는 총성, 사방으로 흩뿌려지는 피, 끔찍한 비명소리, 두개골이 깨지면서 벽으로 날아간 골수, 눈앞에서 쓰러지는 테오를 지켜볼 수밖에 없었던 고통이 끝나지 않는 영상처럼 되풀이되었죠. 도대체 내가 무슨 죄를 지었기에 그 참혹한 지옥을 두 번이나 경험하게 되었을까요?"

3

리비아의 오줌 줄기가 앙주 아고스티니를 향했다. 시립경찰은 아무 일도 없다는 듯 침착하게 리비아의 기저귀를 갈아주었다. 그가 아기를 다시 눕히려고 할 때 휴대폰이 부르르 떨었다. 섬의 유일한 약사 자크 바르톨레티였다. 약사는 자신이 목격한 사건의 수사결과가 어떻게 되었는지 궁금해 전화를 걸었다고 했다. 경찰이 새벽에 전격적으로 보몽 섬에 내려졌던 봉쇄령을 해제했다. 자크는 방어와 고등어, 자리돔 따위를 잡기 위해 아침 일찍 바다로 나섰지만 폭풍우가 심하게 몰아치는 바람에 포기하고 되돌아와야 했다.

자크는 사프라니에 곶을 우회하던 중 자동차 한 대가 도로를 벗어나 절벽 아래로 추락하는 모습을 보고 기겁하듯 놀라 즉시 해안경비대에 신고했다. 그가 앙주 아고스티니에게 전화한 건 그 사건에 대한 자초지종을 듣고 싶어서였다.

앙주는 그 사건의 전말에 대해 전혀 모르고 있었다고 사실대로 대답했다. 그는 약사와 통화를 마치고 나서 — 리비아가 오줌 냄새로 엉망이 된 티셔츠 위로 우유를 약간 토했음에도 - 육지 구조대에서 사고접수를 했는지 확인하기 위해 전화를 돌렸다. 소방대에서는 전화를 받지 않았고, 섬 책임자 나지브 베나시 소방경 역시 받지 않았다. 마음이 불안해진 앙주는 직접 현장에 나가보기로 작정했지만 상황이 녹록하지 않았다. 이번 주는 그가 아이들을 책임지고 돌보기로 약속했는데 아들 뤼카가 구협염에 걸려 침대에 누워 있는데다 날씨가 어찌나 고약한지 도로 곳곳이 유실돼 삼륜 오토바이를 운행하기에는 위험천만한 상황이었다.

엎친 데 덮친 격이야.

앙주는 잠자는 뤼카를 조용히 깨워 따뜻한 옷을 입혔다. 그는 아들과 딸을 각각 한 팔로 안고 차고로 연결된 문을 통해 집을 빠져나왔다. 비록 아이들이었지만 둘을 한꺼번에 안고 움직이려니 거동이 쉽지 않았다. 그는 차고로 연결된 문을 통해 집을 빠져나왔다.

뤼카를 삼륜 오토바이 뒷좌석에 앉히고 리비아의 카시트를 조수석에 장착했다. 사프라니에 곳은 부모님으로부터 물려받은 그의 집에서 불과 3킬로미터 남짓 떨어진 곳이었다. 폴린은 집이 너무 작은데다 좋지 않은 냄새가 나고, 집터가 너무 가파르고 어둡다며 자주 불만을 토로했다.

"애들아, 조심스럽게 천천히 가보자."

앙주는 룸미러를 통해 엄지를 치켜드는 뤼카를 지켜보았다. 삼륜 오토바이는 스트라다 프린치팔레를 힘겹게 거슬러 올라갔다. 비가 많이 내리는 바람에 표면이 미끄러운 탓에 삼륜 오토바이로 깎아지른 경사로를 오르는 건 쉬운 일이 아니었다.

앙주는 아이들에게까지 위험을 감수하도록 만들고 있다는 생각에 속이 쓰렸다. 그는 가까스로 좁은 길을 벗어나 대로로 나왔고, 비로소 안도의 한숨을 내쉬었다. 아직 위험이 모두 사라진 건 아니었다. 이제껏 볼 수 없었던 강한 폭풍우가 섬에 몰아치고 있었다.

앙주는 폭풍우가 심한 날이면 언제나 마음이 불안했다. 평소 안정적이고 평화로운 자태를 보이는 보몽 섬은 오늘따라 불안정하고 위협적인 모습으로 변모해 있었다. 어떤 사람이 내면에 숨겨져 있던 어두운 일면을 갑자기 드러낼 때가 있듯이.

삼륜 오토바이는 빗줄기가 앞 유리를 요란하게 때리는 가운데 휘청거리며 내달리고 있었다. 리비아는 기를 쓰고 울어댔고, 뤼카는 추위 탓에 몸을 덜덜 떨었다. 세 사람을 태운 삼륜 오토바이가 은손잡이 비치를 지나 급커브 길을 우회하려는 순간 폭풍에 쓰러진 커다란 나무에 가로막혔다.

앙주는 오토바이를 도로변에 세우고, 아들 뤼카에게 손짓을 보냈다.

"뤼카, 아빠가 나무를 치우는 동안 리비아를 잘 돌봐야 한다."

앙주는 억수처럼 퍼부어대는 빗속에서 길을 가로막고 있는 나무와 부러진 가지들을 부지런히 치웠다. 다시 삼륜 오토바이에 오르려던 그는 50미터쯤 떨어진 곳에 세워져 있는 소방대 차량을 발견했다. 식물학자들의 오솔길로 접어드는 샛길에서 조금 떨어진 곳이었다.

앙주는 오토바이를 소방대 트럭에 기대 세우고, 뤼카에게 꼼짝 말고 그 자리에 있으라고 말한 뒤 소방대원들에게로 달려갔다. 비에 흠씬 젖어 후줄근해 보이는 폴로셔츠 깃에서 흘러내린 물이 그의 등줄기를 차갑게 적셨다. 벼랑 아래쪽에 떨어진 자동차의 차체가 눈에 들어왔지만 더 이상 자세한 사항은 확인할 수 없었다.

보몽 섬 소방구조대를 지휘하는 거구의 나지브 베나시 소방경이 안개 속에서 서서히 모습을 드러냈다.

"앙주, 오랜만이야."

두 남자는 악수를 나누었다.

"서점 주인 차야."

나지브는 미처 앙주가 묻기도 전에 먼저 말했다.

"그레구아르 오디베르?"

소방경은 고개를 끄덕이더니 한 마디 덧붙였다.

"차에 서점 주인 혼자 타고 있었던 게 아니야. 젊은 직원도 함께 타고 있었어."

"라파엘?"

"그래, 라파엘 바타유."

나지브가 수첩에 적어둔 메모를 확인하며 대답했다.

잠시 말이 없던 나지브는 함께 온 동료들을 가리키며 다시 입을 열었다.

"피해자들을 끌어올리는 중이야. 둘 다 사망했어."

아, 가엾은 라파엘!

앙주는 봉쇄령이 풀리자마자 벌어진 이 사건을 최대한 냉정한 시선으로 바라볼 필요가 있다고 생각했다. 나지브와 시선이 마주친 앙주는 상대의 얼굴에서 뭔가 석연치 않은 느낌을 받았다.

"나지브, 무슨 일이 있었는지 다 말해줘야지."

잠시 침묵을 지키던 나지브가 쭈뼛대며 진실을 털어놓았다.

"매우 이상한 점이 있어. 라파엘의 손발이 로프에 묶여 있었어."

"서점 주인이 라파엘을 로프로 묶었다는 거야?"

"라파엘이 로프에 묶인 상태였다면 누가 묶었는지 곧 밝혀지겠지. 십중팔구 서점 주인이 그랬을 거야."

4

하루 종일 폭풍우가 기승을 부렸다. 방금 전 마틸드의 이야기는 모두 끝났다. 그녀는 침묵하는 가운데 펌프액션 총구를 네이선을 향해 조준했다. 네이선은 자리에서 일어났다. 양손을 뒷짐 진 그는 통 유리창 앞에 서서 폭우 속에서 온몸을 고통스럽게 비트는 소나무들을 물끄러미 바라보았다. 잠시 밖을 내다보던 그가 마틸드를 향해 차분히 몸을 돌리더니 물었다.

"당신 말을 제대로 이해했다면 내가 당신 가족들을 살해했다고 믿고 있다는 뜻인가?"

"아폴린은 지하주차장에 숨어 있을 때 당신이 포르쉐를 타고 지나가는 모습을 봤다고 했어요. 침대 밑에 숨어 있던 나도 당신이 착용하고 있던 구두를 똑똑히 보았죠. 난 당신이 살인범이라고 생각해요."

네이선은 그녀의 말을 조금도 반박하지 않고 잠자코 듣기만 했다. 그가 잠시 생각에 잠기는가 싶더니 이내 혼잣말처럼 중얼거렸다.

"내가 범인이라고 단정한다면 살해동기가 뭐라고 생각하나?"

"당신이 엄마를 몰래 만나는 애인이었을 수도 있겠죠."

네이선은 그 말에 놀라움을 감추지 못했다.

"말도 안 돼. 나는 단 한 번도 당신 엄마를 만난 적이 없어."

"당신은 우리 엄마에게 여러 번 편지를 썼어요. 게다가 얼마 전 당신은 그 편지들을 다시 손에 넣었죠."

마틸드는 테이블 위에 놓여 있는 편지들을 가리켰다.

네이선이 반격에 나섰다.

"당신은 어떻게 저 편지들을 손에 넣을 수 있었지?"

마틸드는 다시 과거의 시간 속으로 돌아갔다. 불과 몇 시간 만에 여러 사람의 운명을 뒤집어놓은 사건이 벌어진 날이었다.

"2000년 6월 11일, 생일 축하를 겸한 저녁식사가 시작되기 전 나는 분위기에 잘 어울리는 옷으로 갈아입었어요. 내 옷장에 예쁜 원피스가 걸려 있었는데, 옷과 잘 어울리는 구두가 없는 거예요. 어떡할까 고민하다가 가끔 그랬듯 엄마 옷 방을 뒤졌어요. 엄마는 정장용 구두를 백 켤레도 넘게 가지고 있었거든요. 어느 구두상자를 열었는데 그 편지들이 들어 있더군요. 호기심에 내용을 훑어보고 나서 상반되는 감정들이 마구 뒤섞이기 시작했어요. 우선 엄마에게 몰래 숨겨둔 연인이 있다는 사실이 충격적으로 다가왔어요. 게다가 내 의지와 무관하게 어느 남자가 엄마에게 이토록 열정적인 연애편지를 썼다는 사실을 알게 되자 나도 모르게 질투심이 밀려들었어요."

"그 편지들을 20년 동안이나 보관한 이유가 질투심 때문이야?"

"나는 연애편지를 편한 마음으로 읽어보려고 방으로 가져와 가방 속에 집어넣었어요. 집에 혼자 있을 때 읽어보고 제자리에 가져다 놓을 생각이었는데 그럴 기회가 없었죠. 그 비극적인 사건이 벌어지고 난 이후 그 편지들이 존재했었다는 기억을 상실했으니까요. 그 끔찍한 사건이 벌어지고 난 이후 조부모님 댁에서 살게 되었어요. 아마도 할아버지가 그 편지들을 어딘가에 보관해두었나 봐요. 나에게 그날 저녁에 벌어진 일을 떠오르게 할 다른 많은 물건들과 마찬가지로요. 물론 할아버지는 그 편지의 내용을 알고 있었겠죠. 아폴린의 증언을 들은 할아버지는 곧장 그 편지들을 당신과 연결 지었으니까요. 할아버지는 그동안 모은 자료들과 편지들을 나에게 보내주었어요. 편지를 보니 의심할 여지없이 당신 필체와 똑같은 데다 이름까지 적혀 있더군요."

"내가 쓴 편지니까. 다만 무슨 근거로 내가 당신 엄마에게 편지를 보냈을 거라고 단정하지?"

"S라는 이니셜만 봐도 알 수 있잖아요. 엄마 이름이 소피아(Sofia)인데다 엄마 방 구두상자에서 편지들을 발견했어요. 이 정도면 결정적인 단서 아닌가요?"

네이선은 대답 대신 이야기를 다른 방향으로 돌렸다.

"당신은 도대체 왜 이 섬에 온 거야? 나를 죽이려고?"

"당장 죽일 생각은 없어요. 그 대신 당신에게 선물을 하나 전해주고 싶어요."

마틸드는 잠시 주머니를 뒤지더니 테이블에 내려놓았다. 처음에는 검정색 스카치테이프라고 생각했는데 타자기에 쓰는 잉크 리본이라는 걸 알아차렸다.

마틸드는 선반 앞으로 다가서더니 올리베티 타자기를 꺼내 테이블에 내려놓았다.

"네이선, 난 자백을 원해요."

"자백이라니?"

"당신을 죽이기 전에 글로 쓴 자백을 받아내고 싶어요."

"어떤 자백을 하라는 거야?"

"난 세상 사람들이 당신이 저지른 짓을 알게 되길 바라요. 위대한 작가 네이선 파울스가 사실은 파렴치한 살인자에 불과했다는 걸 알 수 있게 되길 원해요. 당신은 사후에 사람들로부터 존경받는 작가로 남아서는 안 되는 인물이니까요. 내 말을 명심하는 게 좋아요."

네이선은 올리베티 타자기를 잠시 바라보다가 이윽고 시선을 그녀 쪽으로 돌리고 자기 방어에 나섰다.

"설령 내가 살인자라고 하더라도 당신은 내가 쓴 작품들에 대해서는 아무런 위해를 가할 수 없어."

"물론 그럴 수도 있겠죠. 요즘은 자연인으로서의 작가와 예술작품을 분리해 평가하는 경우가 많으니까요. 어떤 예술가는 생전에 파렴치한 짓을 수없이 저질렀어도 여전히 불멸의 작품과 함께 천재

성을 인정받고 있기도 하죠. 미안하지만 나는 그런 관례가 통하도록 좌시하지 않을 거예요."

"당신이 원한다고 해서 모든 일이 뜻대로 되는 건 아니야. 수많은 예술가와 비평가들, 관련 분야 종사자들이 모여 치열한 논의를 거친 끝에 결론을 내릴 수 있는 문제이니까. 당신이 나를 죽일 수는 있어도 내 작품을 죽이지는 못해."

"난 당신 작품들이 과대평가되어왔다고 생각해왔어요."

"내 작품에 대한 평가는 또 다른 문제야. 당신도 마음속으로는 이미 내 말이 옳다는 걸 잘 알고 있을 거야."

"내 마음 같아서는 당장 당신의 몸 안에 총알을 박아넣고 싶어요."

마틸드가 갑자기 펌프액션 개머리판으로 네이선의 옆구리를 가격했다. 부지불식간에 기습공격을 받은 네이선은 의자에 맥없이 주저앉았다.

네이선이 이를 악물고 물었다.

"당신은 혼자 일방적으로 수렴한 단서들을 근거로 나를 죽일 권리가 있다고 생각하나? 사람을 죽인다는 건 당신 마음처럼 그리 간단한 문제가 아니야. 설마 나를 죽여야 할 만큼 분노가 치밀어 오른 상태이니 그렇게 해도 무방하다고 생각하는 건 아니겠지?"

"물론 당신에게도 방어할 권리가 있어요. 그렇기 때문에 당신이 자신을 변호할 수 있는 기회를 충분히 부여하려는 거예요. 당신은 인터뷰 때 여러 번 반복해서 말했어요. '청소년 시절부터 내 유일한 무기는 이빨로 질겅질겅 물어뜯은 빅 볼펜 한 자루와 사각눈금이 그려진 수첩뿐이었다.' 라고요. 그러니까 어디 한번 해보자고요. 가능한 방법을 모두 동원해 당신을 변호해 봐요. 여기 타자기도 있고, 종이도 있으니까요."

"당신이 원하는 게 정확하게 뭐야?"

마틸드는 총구를 네이선의 관자놀이에 갖다 댔다.

"진실! 당신은 오로지 진실을 털어놓아야 해요."

마틸드는 몹시 화가 나 악을 써댔다.

네이선이 또다시 그녀를 도발했다.

"당신은 진실이 과거를 말끔하게 지워주고, 고통에서 해방시켜줄 거라고 믿나? 그 결과 하얀 백지장 위에 다시 새로운 인생의 그림을 그릴 수 있을 거라고 믿는 거야? 미안하지만 환상에 불과한 일이야."

"당신은 나에게 이래라저래라 충고할 자격이 없어요. 그런 판단은 내가 할 테니까."

"마틸드, 이 세상에 진실은 존재하지 않아. 아니, 진실은 존재하지만 늘 움직이는 거야. 진실은 늘 살아 움직이면서 그 모습을 바꾸지."

"그런 궤변은 지금껏 질리도록 들었어요."

"당신이 원하든 원하지 않든지 세상을 이분법으로 나눌 수는 없어. 우리네 인간은 모두 불안정하기 그지없는 회색지대에서 살아가고 있기 때문이지. 이 세상은 대단히 훌륭한 사람도 고약한 짓을 저지를 수 있는 곳이야. 당신은 왜 스스로 그걸 감수하려 하지? 당신이 만약 진실을 알게 되더라도 능히 감당해낼 수 있을 거라고 믿나? 아직 아물지도 않은 상처에 염산을 뿌리는 짓일 뿐이야."

"나는 보호 따위는 원하지 않아요. 더구나 당신 같은 사람이 가증스럽게 나를 보호주기 위한 조언이랍시고 해주는 말을 넙죽 받아들이길 기대하지 말아요."

마틸드가 냉정하게 쏘아붙이고 나서 올리베티 타자기를 가리켰다.

"이제 잡소리는 집어치우고 얼른 변론을 시작해요. 당신이 그날 저녁에 겪은 일들을 단 하나도 빠짐없이 낱낱이 기록해요. 난 당신의 구차한 변명이 첨가되지 않은 날것 그대로의 진실을 원해요. 오직 진실 그 자체만을 원해요. 문체니 시정이니 여담이니 강조니 하는 말들은 일절 다 빼는 게 좋을 거예요."

"난 당신이……."

네이선은 또다시 개머리판 가격을 받고 하려던 말을 포기했다. 그는 옆구리에 어마어마한 통증이 밀려와 얼굴을 잔뜩 찌푸리면서 잉크 리본을 타자기에 걸었다.

어차피 오늘 죽을 운명이라면 타자기 앞에 앉아 최후를 맞아도 그리 나쁘지는 않을 듯했다. 언제나 타자기 앞에 앉아 살아왔으니까. 그 자리에 앉아 있을 때 가장 마음이 편했으니까. 타자기 자판을 두들겨 사람의 목숨을 구할 수만 있다면 한번 해볼 만한 도전이었다.

네이선은 일단 손을 풀 요량으로 가장 먼저 뇌리에 떠오른 문장을 타자했다. 그가 스승으로 삼았던 작가들 가운데 한 사람인 조르주 심농이 쓴 문장으로 그가 처한 작금의 상황에 딱 들어맞는 내용이었다.

삶은 실제로 살 때와 살아본 다음 하나씩 껍질을 벗겨볼 때 얼마나 많이 다른가?

20년 만에 처음으로 손가락 아래 자판의 감촉이 느껴지면서 등줄기에서 소름이 일었다. 그는 늘 자판의 감촉을 그리워했다. 타자기 앞에 앉은 이유가 자신의 의지 때문이 아니라는 사실이 못내 서글펐다. 때로 우리의 의지는 관자놀이 부근에서 차갑고 묵직한 총구의 감촉이 느껴질 때 허망하게 무너진다.

나는 소이지치 르 가렝을 1996년 봄 뉴욕에서 파리로 가는 비행기 안에서 처음 만났어. 내 옆자리 창가에 앉은 그녀는 내가 쓴 소설에 푹 빠져 좀처럼 책에서 눈을 떼지 못했지.

이 정도면 시작치고 제법 괜찮아 보이는군.

네이선은 몇 초쯤 주저하다가 마틸드 쪽으로 눈길을 주었다. 그의 눈빛에는 '지금이라도 모든 시도를 멈출 수 있어. 당신은 물론 우리 두 사람을 모두 날려버릴 수 있는 수류탄의 안전핀을 뽑지 않고 단념할 수 있어.' 라는 뜻이 담겨 있었다.

네이선의 눈빛을 접한 마틸드가 역시 눈빛으로 화답했다.

망설이지 말고 수류탄을 던져요. 아직 아물지도 않은 상처에 주저하지 말고 염산을 뿌려요.

13. 미스 사라예보

삶은 실제로 살 때와 살아본 다음 하나씩 껍질을 벗겨볼 때 얼마나 다른가? **-조르주 심농**

나는 소이지치 르 가렉을 1996년 봄 뉴욕에서 파리로 가는 비행기에서 처음 만났어. 내 옆자리 창가에 앉은 그녀는 내가 쓴 소설을 읽느라 여념이 없어 좀처럼 고개를 들지 않았지. 최근에 나온 신작 《미국의 한 소도시》였는데 공항에서 책을 구입했다고 하더군. 나는 그 소설을 쓴 작가라는 사실을 밝히지 않고 그녀에게 소설이 재미있는지 물었어. 그녀는 벌써 내 소설을 백여 페이지 가까이 읽은 상태였거든. 구름 한가운데를 지나는 비행기 안에서 내 질문을 받은 그녀는 매우 차분한 목소리로 소설이 전혀 마음에 들지 않는다면서 사람들이 그토록 네이선 파울스에게 열광하는 이유를 모르겠다고 하더군.

나는 조금 억울한 생각이 들어 네이선 파울스는 최근 퓰리처상을 수상했을 정도로 평단과 독자들로부터 동시에 실력을 인정받은 작가라며 두둔했지. 내 말을 들은 그녀는 퓰리처상 따위는 전혀 중요하게 여기지 않는다며 책 표지를 감고 있는 띠지를 벗겨내더니 수상 경력이나 홍보성 글들은 죄다 독자들을 현혹해 책을 사게 하기 위한 미끼에 불과하다며 비아냥거렸어.

나는 그녀 앞에서 주눅 들고 싶지 않았기 때문에 베르그송이 말한 '우리는 사물 자체를 보지 않는다. 우리는 대부분 사물에 붙어있는 라벨만 읽을 뿐이다.' 라는 말을 읊조렸지.

잠시 후, 이제 더는 신분을 숨기고 있어서는 안 되겠다는 생각에 내가 바로 네이선 파울스라고 고백했어. 그녀는 내가 정식으로 신분을 밝혔음에도 전혀 놀라는 기색이 아니었지. 내 예측이 번번이 빗나가면서 뭔가 자꾸만 꼬이는 느낌이 들었지만 우리는 뉴욕에서 파리로 날아가는 여섯 시간 동안 쉴 새 없이 이야기를 나누었어. 아니, 엄밀하게 말하자면 내가 일방적으로 그녀의 독서를 방해하며 대화의 자리를 만든 셈이야.

소이지치는 나이 서른 살인 젊은 의사였어. 그 당시 나는 서른두 살이었고, 그녀가 띄엄띄엄 들려주는 신상 관련 이야기를 들었지. 1992년에 전문의가 되는 과정을 마친 그녀는 〈프랑스 앙테르 2TV〉에서 카메라맨으로 일하던 당시 남자친구를 만나러 보스니아에 갔다고 했어. 현대 전쟁사에서 가장 긴 포위전으로 기록될 사건, 즉 사라예보의 순교가 시작될 무렵이었지. 그녀의 남자친구는 보스니아에서 몇 주 동안 포위전 관련 촬영을 마치고 프랑스로 돌아갔다가 다시 다른 지역으로 출장을 떠났나 봐. 혼자 사라예보에 남은 그녀는 적십자사를 비롯해 그 지역에서 활동 중이던 인도주의 단체들과 매우 가까운 사이가 되었고, 4년 동안 포위당한 도시에서 35만 명의 시민들과 함께 참상을 겪으며 의료지원 활동을 펼치게 되었다더군.

내가 당신에게 발칸반도에서 벌어졌던 참담한 역사를 강의할 깜냥이 못 된다는 걸 알아. 다만 당신이 그날 벌어진 사건의 본질적인 내막을 들여다보고, 내 주장에 대해 이해하고, 더 나아가 당신 가족들에게 밀어닥친 비극의 진실을 분명하게 알고 싶다면 발칸반도에서 벌어진 불미스러운 일에 대해 알 필요가 있다고 생각해.

베를린 장벽이 무너진 이후 유고슬로비아에서는 몇 년 동안 분리독립 운동이 전개되었어. 소비에트 연방이 해체되면서 유고슬로비아 연방도 분리 독립을 외치는 목소리가 비등해진 거야. 제2차 세계대전이 끝난 이후 이전의 유고슬라비아 왕국은 티토 원수 주도 아래 여섯 개의 발칸 국가들, 즉 슬로베니아, 크로아티아, 몬테네그로, 보스니아, 마케도니아, 세르비아로 이루어진 연방으로 통일되었지. 세르비아의 독립을 요구하는 목소리가 팽배한 가운데 권력자인 슬로보단 밀로셰비치는 세르비아 소수민족들을 하나로 규합하는 '위대한 세르비아' 라는 이념에 불을 지폈어. 그런 움직임에 영향을 받아 슬로베니아, 크로아티아, 보스니아, 마케도니아도 독립을 요구하기에 이르렀지. 그런 와중에 발칸반도는 민족 간 종교 간 대립이 격화되면서 내전에 휩싸이게 되었어. 이후 격렬하게 전개된 내전은 인종청소로 이어질 만큼 첨예한 충돌을 빚게 되었지. 말 그대로 잔혹한 살육전이 전개되면서 사망자만 10만 명에 달했고, 수십만 명의 난민을 양산하게 되었어.

내가 소이지치를 처음 만났을 때 그녀는 사라예보에서 겪은 고통으로 심신이 온통 만신창이가 되어 있었어. 4년 동안 계속된 끔찍한 살육과 민간인 지역에 가해진 폭격, 기아와 추위 속에서 부상자들을 치료하고, 마취제도 없이 수술을 진행해야 하는 상황이 이어지다보니 아무리 인도주의적 신념이 강한 의사라도 견디기 힘들었을 거야. 말하자면 소이지치는 보스니아전쟁의 참상을 뼛속까지 경험한 셈이었어. 전쟁이나 테러가 야기한 악몽은 개개인들에게 평생 치유하기 힘든 트라우마가 되곤 하지.

*

파리 행 비행기는 오전 7시쯤 기분을 절로 우울하게 만드는 루아시공항에 도착했어. 나는 소이지치와 아쉬운 작별인사를 나누고 나서 택시를 잡으려고 길게 늘어선 줄의 맨 끝에 가서 섰어. 그날 나는 절망의 늪에 빠진 느낌이었지. 소이지치를 다시는 만날 수 없으리라는 생각, 아침의 축축한 냉기와 매연으로 오염된 대기, 우중충한 하늘을 뒤덮은 먹구름까지 온통 내 절망감을 부채질했지.

그때 내 머릿속에서 누군가 그렇게 궁상맞게 울상을 지으며 가만 있지만 말고 실패하더라도 일단 시도는 해봐야 하지 않겠냐고 충고했어. 당신도 카이로스(Kairos 기회 또는 특별한 시간을 의미하는 그리스어)라는 그리스어의 개념을 알고 있을 거야. 요컨대 인생에서 가장 중요한 순간에 넋 놓고 가만히 있어서는 안 된다는 뜻이지. 제아무리 보잘 것 없는 삶이라도 사는 동안 적어도 한 번쯤 운명을 바꿀 기회가 주어진다잖아. 카이로스는 삶이 제공하는 기회를 놓치지 않고 붙잡을 수 있는 역량을 의미하기도 해. 대체로 운명을 좌우하는 결정적인 순간은 지극히 짧은 법이야. 우리네 삶에서 똑같은 기회는 두 번 다시 주어지지 않으니까.

그날 아침, 나는 내 인생에서 매우 중요한 순간에 봉착해 있다는 느낌이 들었어. 나는 택시를 타려고 서 있던 줄에서 벗어나 공항터미널 일대를 이리저리 뛰어다니며 소이지치를 찾아다닌 끝에 마침내 공항버스를 기다리는 그녀를 발견했어.

소이지치를 다시 만난 나는 다짜고짜 지중해의 어느 섬에 있는 서점에서 열리는 독자사인회에 참석하기 위해 가는 길인데 동행해줄 수 있는지 물었어. 카이로스가 두 사람에게 동시에 다가오는 경우도 있나 봐. 그녀는 별로 망설이는 기색 없이 내 제안을 받아들였어. 그날 그녀와 내가 함께 보몽 섬에 가게 된 거야.

보몽 섬에서 보름가량 머무는 동안 우리는 깊은 사랑에 빠져들었어. 그와 동시에 보몽 섬을 각별히 사랑하게 되었지. 길지도 짧지도 않았던 그 날들은 하늘이 우리의 삶에 실제로 행복이 존재한다는 사실을 믿게 하기 위해 가끔씩 제공하는 아주 특별한 시간들이

었지. 진주처럼 빛나는 순간들을 꿰어 만든 목걸이 같은 시간들이
기도 했어. 사랑에 풍덩 빠진 나는 10년 동안 모은 인세를 몽땅 쏟
아 붓는 객기를 부려가며 〈라 크루아 뒤 쉬드〉를 구입했어. 그 집에
서 행복한 날들을 보내는 우리 두 사람을 상상하자니 조금도 망설
일 수 없었지. 훗날 우리가 아이를 낳고 건강하게 자라는 모습을 지
켜보기에 더없이 이상적인 집이라는 생각이 들기도 했어. 나는 장래
에 보몽 섬에서 기거하면서 소설을 쓸 작정이었지. 결과적으로 내
계획은 완전히 수포로 돌아가게 되었어.

*

소이지치를 처음 만난 2년 동안 함께 보낸 시간은 그리 많지 않지
만 우린 그야말로 완벽한 조화를 이루는 커플이었어. 우리는 함께
있을 때면 주로 브르타뉴 지방이나 우리의 보금자리인 〈라 크루아
뒤 쉬드〉에서 시간을 보냈지. 소이지치는 브르타뉴 출신이었고, 가
족들이 여전히 거기에 살고 있었지. 새롭게 시작한 사랑에 한껏 고
무된 나는 《무적의 여름》이라는 제목의 새 소설을 쓰기 시작했어.
내가 집필에 전념하는 동안 소이지치는 발칸반도로 돌아가 적십자
사에 소속된 의사로 활동했지.

발칸지역은 여전히 내전의 참화에서 벗어나지 못한 형편이었어.
1998년에는 코소보가 화염에 휩싸였지. 내가 또 역사 선생처럼 굴
어서 미안하지만 당신이 과거에 무슨 일이 있었는지 정확하게 이해

하려면 발칸반도에서 벌어진 상황을 모르고서는 불가능하다고 판단했기 때문에 그 지역 이야기를 덧붙이는 거야.

코소보는 세르비아의 자치 지방으로 주민 대다수가 알바니아계였어. 1980년대 말부터 밀로셰비치는 코소보의 자치권을 야금야금 빼앗기 시작하더니 급기야 세르비아 인들을 대거 이주시키고 다시 식민지화하는데 성공했어. 그 과정에서 코소보의 알바니아계 주민들 일부는 국경 밖으로 쫓겨나게 되었지. 코소보에서 밀로셰비치에 대한 저항이 조직화되기 시작했어. 처음에는 '발칸의 간디'라고 불리며 폭력투쟁을 반대한 이브라임 루고바를 중심으로 평화적인 저항이 진행되었는데 코소보 해방군(KLA) 창설을 계기로 비폭력 노선은 설자리를 잃고 말았어. 코소보 해방군은 알바니아 자치 정부가 와해되자 무기고를 약탈해 무장하고, 본격적인 무력 투쟁에 돌입하게 되었지.

소이지치는 1998년 12월 말에 목숨을 잃었어. 프랑스 외무부가 소이지치의 부모에게 보낸 사망보고서에 따르면 그녀는 프리스티나에서 30킬로미터쯤 떨어진 곳에서 영국 출신 사진기자와 동행하다가 세르비아 군에게 잡혀 살해당했다는 거야. 소이지치의 시신은 프랑스로 이송되어 12월 31일에 브르타뉴 생트 마린 묘지에 묻혔어.

*

소이지치의 갑작스러운 죽음은 나를 헤어나기 힘든 충격에 빠뜨렸어. 6개월 동안 집안에 틀어박혀 술과 약에 의존해 지내야만 했지. 마치 짙은 안개 속에서 길을 찾지 못하고 헤매는 느낌이었어. 급기야 1999년 6월에 절필을 선언하고, 사람들이 더 이상 나에게 무엇인가를 기대하지 않길 바랐어.

나는 절망의 늪에 깊이 빠져 허우적대고 있는데 세상은 마치 아무 일도 없다는 듯 잘만 돌아가더군. 1999년 봄이 되면서 유엔은 마침내 코소보사태에 개입하기로 결정했어. 이윽고 나토의 공습이 11주간 계속되었고, 여름이 시작될 무렵 세르비아 군은 코소보에서 전격적으로 퇴각하게 되었지. 코소보는 유엔의 감시 체제 아래 국제보호령이 되었어.

코소보사태로 1만5천 명의 사망자와 수천 명의 실종자가 발생했고, 피해자들은 대부분 민간인들이었어. 이 끔찍한 일들이 파리에서 비행기로 두 시간 정도 떨어진 곳에서 일어났으니 지금으로서는 도저히 믿기 어려운 사실이지.

*

가을이 찾아왔고, 나는 발칸반도에 직접 가보기로 마음먹었어. 우선 사라예보에 갔다가 코소보지역을 둘러보기로 했어. 소이지치가 몇 년 동안 짧았던 생의 마지막 불꽃을 태우며 보낸 곳들을 내 눈으로 직접 둘러보고 싶었기 때문이야. 그때까지 발칸반도에는 여전히 전쟁의 상흔이 곳곳에 남아 있었어. 나는 코소보 사람들, 보스니아 사람들, 세르비아 사람들을 두루 만나보았지. 그들은 지난 10여 년 동안 내전의 소용돌이 속에서 피폐화된 삶의 터전을 다시 일으켜 세우고자 안간힘을 쓰고 있더군.

나는 발칸반도에서 소이지치의 흔적을 찾아다니는 동안 길모퉁이를 돌아설 때, 정원을 한 바퀴 돌 때, 보건소를 방문했을 때 언뜻언뜻 그녀의 자취를 본 것 같은 느낌이 들곤 했어. 그녀가 여전히 나와 동행하며 곁에서 지켜주고 있다고 생각했지. 가슴이 미어질 만큼 서글픈 생각이 드는 한편 커다란 위로가 되었어.

발칸반도를 돌아다니던 중 나는 마침내 소이지치가 죽기 직전에 만났던 사람들로부터 몇몇 정보를 얻어냈어. 소이지치에 대해 묻고 조금씩 귀동냥을 하며 구석구석 돌다 보니 내 발길이 닿은 곳이 거미줄처럼 촘촘해진 결과였지. 그러니까 내 발칸반도 여행은 애초의 의도와 달리 소이지치가 살해된 이유를 밝히는 여정이 된 거야.

나에게는 인도주의 활동에 발을 담갔던 때 몸에 밴 반사작용과 현장감이 그대로 살아있었지. 발칸반도의 인도주의 활동가들 중에서 내게 믿을 만한 정보를 제공해줄 사람들도 몇몇 알고 있었고, 무엇보다 시간이 많았어.

*

나는 소이지치가 《가디언》지 기자와 무슨 일을 하다가 살해당했는지 궁금했어. 그 젊은 기자의 이름은 티모시 머큐리오였는데 나는 그가 일시적으로나마 소이지치의 연인이었을 거라고 의심해본 적은 없어. 나중에야 알게 되었지만 그는 커밍아웃한 동성애자였다더군. 아무튼 나는 두 사람이 우연히 그 지역에 있게 되었다는 말을 믿을 수 없었지.

소이지치가 세르비아 크로아티아 어를 구사할 수 있었던 만큼 아마도 그 영국 기자는 현지인들을 인터뷰할 때 도움을 받기 위해 그녀에게 동행을 부탁했을 거야. 티모시 머큐리오가 알바니아의 오래된 농장을 수용소로 개조해 장기밀매를 한다는 '악마의 집'에 대해 조사를 벌이고 있다는 소문을 나도 여러 차례 들어본 적 있었지.

사실 알바니아에 있는 포로수용소 취재는 전혀 특종감이 아니었어. 알바니아는 코소보 해방군(KLA)의 후방 본부가 위치한 곳으로 전쟁 포로수용소도 그곳에 세워졌으니까. 악마의 집은 포로수용소와는 전혀 다른 차원의 조사 대상이었지. 항간에 떠도는 소문에 따르자면 악마의 집은 포로들을 의학적인 기준에 따라 분류하는 곳이었어. 포로들의 대다수가 세르비아인들이었지만 밀로셰비치에게 부역한 혐의를 받은 알바니아인들도 더러 섞여 있었지. 의학적인 기준에 따른 분류가 끝나면 포로들을 총으로 쏴 죽이고 장기를 떼어내 밀매한다는 것이었어. 쿠세드라가 비인간적이고 야만적인 장기밀매를 주도하는 세력으로 알려져 있었어. 쿠세드라는 코소보분쟁 지역 전체에 공포를 확산시키던 일종의 마피아 조직이었는데 그들의 정체는 철저히 베일에 가려져 있었지.

나는 그 소문을 들었을 때 어떻게 판단해야 할지 가늠할 수 없었어. 처음에는 뜬소문으로 여겼지. 그때는 전시 상황이었고, 반대세력을 끌어내리는 데 도움이 된다면 온갖 종류의 괴담과 소문을 적극적으로 유포하던 시절이었으니까.

나는 티모시 머큐리오와 소이지치의 탐사 여정을 출발점부터 되짚어 보기로 마음먹었어. 내가 아니면 어느 누구도 성공적으로 수행할 수 없는 임무라는 확신이 들더군. 코소보사태로 발생한 실종자만 해도 수만 명에 이르던 때였어. 살인의 증거가 될 수 있는 자료는 순식간에 증발해버리기 일쑤였고, 사람들은 보복이 두려워 입을 열기를 꺼렸지. 나는 조사를 진행할수록 악마의 집이 실제로 존재했었다는 확신을 갖게 되었어. 발칸반도 구석구석을 이 잡듯이 뒤지고 다닌 결과 나는 이 야만적인 암거래에 대해 알고 있는 사람들을 몇몇 만나볼 수 있게 된 거야. 다만 그들은 공통적으로 세부사항에 속하는 질문에는 입을 꾹 닫아버리더군. 내가 만나본 사람들 가운데 상당수가 쿠세드라에 대한 질문을 받는 것만으로도 몸을 덜덜 떨 지경이었지. 증언자들 대부분이 아무런 힘도 없는 농부들이거나 영세 자영업자들이었으니까.

이제 생각해보니 일전에 내가 마틸드 당신에게 쿠세드라에 대해서 말한 적이 있는데 혹시 기억나? 알바니아 민화에 등장하는 뿔 달린 용이 쿠세드라야. 아홉 개의 혀, 은빛 눈, 가시로 뒤덮여 정확한 형태를 알 수 없는 기다란 몸에 대형 날개가 달린 암컷 괴물이지. 알바니아 민간신앙에 등장하는 쿠세드라는 많은 사람들을 제물로 바치길 요구하지. 그 요구가 받아들여지지 않을 경우 쿠세드라는 입으로 불을 뿜어내 온통 나라를 불바다로 만들어버리는 괴물이야.

어느 날, 나의 끈질긴 집념이 마침내 큰 결실을 맺게 되었어. 오랜 수소문 끝에 포로들을 알바니아로 이송한 트럭기사를 만나볼 수 있게 된 거야. 끊임없이 계속된 설왕설래와 집요한 설득 작업 끝에 트럭기사는 마침내 악마의 집이 어딘지 알려달라는 내 부탁을 받아들였어.

악마의 집은 숲 한가운데 자리한 농원에 지은 건물이었는데 이미 완전한 폐허상태가 되어 있었지. 나는 악마의 집을 샅샅이 둘러보았지만 이렇다 할 단서를 찾아내지 못했어. 소문으로 입수한 장기밀매 행위가 자행되었던 곳이라고 믿기에는 아무런 증거도 남아 있지 않았어. 그곳에서 10킬로미터쯤 떨어진 곳에 마을이 하나 있더군. 나는 마을을 찾아가 만난 주민들에게 악마의 집에 대해 물었지. 다들 쿠세드라의 보복이 두려워서인지 입을 꾹 다물어버리더군. 일부 주민들은 내 질문에 답하지 않기 위해 영어를 단 한 마디도 못한다고 둘러대며 자리를 피하기까지 했어.

나는 주목할 만한 성과를 거두지 못했지만 악마의 집 현장에서 여러 날 머물렀어. 결국 하늘도 내 사연에 감동한 듯 도로 보수 공사를 하는 인부의 부인이 남편에게 들었다면서 악마의 집 이야기를 비교적 자세히 들려주었지. 사실상 악마의 집은 장기밀매와 이식수술이라는 전체 과정을 놓고 봤을 때 잠깐 동안 거쳐 가는 중간지점에 불과했어. 포로들을 대상으로 혈액검사와 본격적인 의료검사를 실시하기 전에 일종의 사전 분류 작업을 하던 곳이었지. 검사를 거쳐 장기적출이 가능하다고 판단되는 포로들은 이스톡 교외에 위치한 비밀 시설인 페닉스병원으로 옮겨졌다고 하더군.

*

인부 부인이 알려준 정보 덕분에 나는 페닉스병원을 찾아낼 수 있었어. 현재 그 병원은 1999년 겨울에 부방비상태로 버려진 폐허시설에 불과했어. 병원 설비, 유용한 기기와 장비들은 이미 모두 약탈당한 상태였지.

그저 녹슨 침상 두세 개와 아무짝에도 쓸모없는 의료기기 몇 가지, 비닐봉투와 빈 약상자로 가득 찬 쓰레기통 몇 개만이 병원 건물의 먼지구덩이 속에서 나뒹굴고 있을 뿐이었어. 나는 우연히 그곳에서 무단 거주하는 노숙자를 만나게 되었는데 예기치 않은 소득을 얻게 되었어. 늘 약에 찌들어 사는 중독자였는데 이름이 카르스텐 카츠였어. 오스트리아 출신 마취과 의사로 페닉스병원이 제대로 기능하는 동안 거기서 일했다고 하더군. 나는 대화를 나누는 동안 그가 과거 한때 모래장수(Marchand de sable 프랑스어에서 '모래장수가 지나갔다.'라고 하면 졸음이 온다는 뜻이다. 마취 담당 의사의 직분을 함축적으로 반영한 별명으로 보인다 : 옮긴이)'와 당직 약사라는 두 개의 별명으로 불렸다는 사실을 알게 되었지.

카르스텐은 금단증세 때문에 상태가 썩 좋지 않았지만 나는 페닉스병원에 대해 이것저것 물어보았어. 그는 금단증세 탓에 고통이 심한 듯 온몸을 배배 꼬아댔고, 얼굴은 땀범벅이었고, 무엇엔가 홀린 듯 눈알을 이리저리 굴려대더군. 척 보기에도 약을 구해와 흥정을 붙일 경우 페닉스병원 관련 비밀을 얻어낼 수 있으리라는 확신이 들었지. 나는 그 즉시 프리스티나에 가서 하루 종일 수소문한 끝에 최대한 많은 양의 모르핀을 입수했어. 수중에 달러가 제법 있었거든. 내가 다시 폐허가 된 페닉스병원으로 돌아왔을 때는 이미 어둠이 내려 주변이 칠흑같이 어두운 밤이었지. 내가 주머니에 넣어온 모르핀 앰플 두 개를 꺼내 흔들어보이자 카르스텐이 미친듯이 달려들더군. 나는 그의 팔에 주사바늘을 꽂고, 금단증세가 가시길 기다렸지. 비로소 침착한 모습으로 돌아온 왕년의 마취의사는 모든 비밀을 털어놓기 시작했어.

카르스텐은 먼저 악마의 집이 어떤 역할을 하던 곳이었는지 이야기해주었어. 악마의 집은 포로들 가운데 장기적출을 할 수 있는 대상을 선별하는 곳이었다더군. 그들이 포로들을 선별해 이송하면 페닉스병원에서 그들을 죽이고 장기적출을 하는 식이었지. 마틸드, 당신도 짐작하겠지만 주로 외국의 돈 많은 환자들이 장기를 이식받는 대상이었어. 은밀하게 진행된 장기이식수술의 경우 건당 5만에서 10만 유로를 받았다더군. 카르스텐의 말에 따르자면 장기이식 사업은 단 한 번도 불황을 겪지 않고 잘 굴러갔다는 거야. 그는 쿠세드라의 정체에 대해서도 알려주었어. 코소보의 군 지휘관, 알바니아 조폭 그리고 프랑스 출신 외과의사 알렉상드르 베르뇌유가 쿠세드라의 핵심 인물이었다고 하더군. 군 지휘관과 조폭이 포로들의 체포와 운송을 담당하고, 당신 아버지 알렉상드르 베르뇌유가 장기적출과 이식수술, 장기밀매를 관장했다는 거야. 당신 아버지는 카르스텐이 속한 의료팀 말고도 다른 한 팀을 더 선발해 운용했다고 하더군. 터키 출신 외과의사, 루마니아 출신 외과의사, 그리스 출신 수석간호사로 이루어진 팀이었나 봐. 그들은 하나같이 훌륭한 의술을 갖추었지만 히포크라테스 선서를 제대로 이행하지 않은 파렴치범들이었지.

카르스텐의 증언에 따르면 페닉스병원에서 대략 50건의 불법 장기이식수술이 이루어졌다고 하더군. 때로는 페닉스병원에서 이식수술을 하지 않고, 항공수송을 통해 외국병원에 장기를 전달해주기도 했다는 거야. 나는 수중에 남아 있는 모르핀 앰플들을 보여주며 카르스텐을 최대한 구워삶은 끝에 알렉상드르 베르뇌유가 야만적인 불법행위를 주도한 브레인이었다는 확신을 갖게 되었지. 그가 장기이식수술과 장기밀매를 기획했고, 모든 수술을 주도했다는 거야. 더욱 고약한 건 당신 아버지가 코소보에서만 그런 짓을 저지른 게 아니었다는 사실이지. 인도주의에 입각한 의료봉사활동을 빙자해 이미 다른 곳에서도 장기밀매를 시도한 적이 있었고, 그 경험을 토대로 완성된 시스템을 가동할 수 있었다는 거야. 불법행위에 가담할 의사들을 모을 네트워크도 있었고, 사회적으로 유력한 지위에 있었고, 여러 나라의 데이터뱅크를 어려움 없이 넘나들며 장기이식수술을 해주면 선뜻 거금을 내놓을 중환자들에 대한 정보를 확보하고 있기도 했지. 모든 거래는 현금이나 역외 계좌를 거쳐 이루어졌기 때문에 추적이 불가했다더군.

나는 오스트리아 출신 마취의사 앞에서 다시 모르핀 앰플 두 개를 흔들어 보이며 티모시 머큐리오에 대해서도 증언해달라고 부탁했어. 카르스텐이 광기 어린 눈으로 나를 바라보며 말했지.

"아, 《가디언》지 기자 말입니까? 그 사람이 몇 주 동안 우리의 정체를 파헤치는 탐사추적을 했어요. 그는 정보원을 통해 장기밀매와 이식수술에 대한 내막을 제법 많이 파악하고 있었죠. 나중에 알게되었지만 초창기에 우리와 함께 일했던 코소보 출신 간호사가 그의 정보원이었어요."

오스트리아 마취의사는 담배 한 개비를 말더니 마치 자기 목숨이 달려있기라도 하듯 맛나게 피웠어.

"쿠세드라 놈들이 《가디언》지 기자가 탐사추적을 하지 못하도록 여러 차례 위협을 가했지만 그는 호락호락 물러서지 않았어요. 어느 날 저녁, 병원 경비원들에게 잡혀온 그를 보았어요. 생명의 위험을 감수하며 특종 취재를 하려다가 커다란 낭패를 겪은 셈이죠."

"혹시 잡혀온 사람이 티모시 머큐리오 혼자였나요?"

"금발여자와 함께 잡혀왔는데, 아마도 조수나 통역쯤 되는 듯했어요."

"그들은 어떻게 되었죠?"

"알렉상드르 베르뇌유가 직접 총으로 쏴 죽였어요. 정체가 탄로 날 위기에 처했으니 죽이는 것 말고는 달리 방법이 없었을 거예요."

"그들의 사체는 어떻게 처리했나요?"

"쿠세드라 놈들은 프리스티나 근처로 그들의 시신을 옮겼어요. 영국 기자와 금발여자가 매복을 하던 세르비아 군인들에게 잡혀 총살을 당한 것으로 위장하기 위해서였죠. 안타까운 일이지만 그 영국 기자와 여자 때문에 눈물을 흘려줄 마음은 없어요. 티모시 머큐리오는 이 병원에 올 때 이미 얼마나 위험한 일을 하고 있는지 스스로도 잘 알고 있었을 테니까."

*

마틸드, 당신은 내가 진실을 토로해주길 바랐지. 지금까지 이야기한 게 내 진실이야. 당신 아버지는 세상 사람들이 알고 있듯이 인도주의에 입각해 의료봉사활동에 전념한 휴머니스트가 아니었어. 의술은 뛰어났을지 모르지만 악랄하고 비열한 범죄자이자 인면수심의 살인자였지. 돈 때문에 수십 명의 목숨을 빼앗은 괴물이었어. 내가 사랑했던 여자를 살해한 장본인이기도 하지.

*

프랑스로 돌아온 나는 알렉상드르 베르뇌유를 죽이기로 결심했어. 그 이전에 내가 발칸반도에서 수집한 모든 정보와 증언들을 일목요연하게 정리해 안전하게 저장해둘 시간이 필요했지. 일단 발칸반도에서 찍은 자료사진들을 뽑아 관련 내용에 따라 분류하고, 현장에서 촬영해온 동영상들을 편집했어. 당신 아버지가 누비고 다닌 현장들에 대해서도 장시간에 걸쳐 치밀하게 조사했지. 고발장을 만들고 혐의를 입증하려면 최대한 상세한 자료가 필요했으니까. 나는 알렉상드르 베르뇌유를 죽이길 원했을 뿐 아니라 그가 얼마나 무서운 괴물이었는지 세상 사람들에게 널리 알려야 한다고 생각했어. 아마도 당신이 나를 상대로 계획했던 일들과 크게 다르지 않을 거야.

일단 고발장이 완성되었고, 행동에 돌입하는 일만 남게 되었지. 그때부터 당신 아버지를 은밀히 미행하기 시작했어. 그가 가는 곳이면 어디든 미행하며 일거수일투족을 살폈지. 솔직히 그때까지 알렉상드르 베르뇌유를 어떤 방식으로 처리해야 할지 갈피를 잡을 수 없었어. 다만 그가 술잔의 밑바닥에 고인 독극물의 찌꺼기까지 남김없이 다 들이켜고 오래도록 지속되는 고통을 맛보길 바랄 뿐이었어. 시간이 흐르면서 내가 만약 그를 죽인다면 너무 물렁한 복수가 되는 건 아닌지 회의감이 들기 시작하더군. 내가 당신 아버지를 죽일 경우 세상 사람들이 그를 가해자가 아닌 피해자로 보게 될 수도 있으니까. 게다가 최대한 오래 고통을 맛보길 원했는데 그를 죽이면 형벌이 너무 싱겁게 끝나버리게 된다는 생각이 들더군.

2000년 6월 11일, 나는 몽파르나스 대로변에 있는 레스토랑 돔의 문을 열고 안으로 들어갔어. 당신 아버지가 단골로 드나드는 식당이었지. 나는 지배인에게 내가 작성한 고발서류의 복사본 한 부를 건네주며 당신 아버지에게 전달해달라고 부탁했어. 물론 발칸반도에서 찾아낸 비밀과 증거들이 담긴 자료들을 사법기관과 언론사에도 보낼 작정이었지. 그보다 앞서 알렉상드르 베르뇌유가 바지에 오줌을 지릴 만큼 화들짝 놀라는 꼴을 보고 싶었고, 겁에 질린 그의 오장육부가 오그라들기를 원했던 거야. 그가 저지른 범죄사실이 세상을 발칵 뒤집어놓기 전 몇 시간 동안이나마 바이스가 서서히 옥죄고 들어와 숨통을 조이고 뼈를 으스러뜨리는 상상 속에서 끔찍한 고통을 맛보길 바란 거야. 나는 당연히 알렉상드르 베르뇌유가 자신의 목숨은 물론 부인과 아이들, 부모까지 반인륜적 범죄를 저지른 살인자 가족으로 몰릴 쓰나미를 상상하면서 피 말리는 고통의 시간을 보내야 한다고 생각했어. 파멸의 순간을 기다리는 것만큼 초조하고 고통스러운 일은 없을 테니까.

내 결정이 마음을 홀가분하게 해줄 거라 생각했는데 정작 그렇지는 않았어. 왠지 소이지치를 두 번 죽이는 결과가 되었다는 자책감을 떨쳐버릴 수 없었지.

*

"지단을 대통령으로! 지단을 대통령으로!"
집으로 돌아가 있던 나는 밤 11시가 조금 안된 시간에 프랑스 축구 국가대표팀의 승리를 축하하는 축구 팬들의 함성소리에 놀라 잠에서 깨어났어. 악몽을 꿔 뒤숭숭한 잠자리였는데 온몸이 땀에 흠뻑 젖어있더군. 오후 내내 술을 마신 탓에 정신이 몽롱했고, 한 가지 불안감이 밀려오면서 마음이 몹시 심란했어.

인간의 탈을 쓴 악마 알렉상드르 베르뇌유가 과연 어떤 반응을 보일까?

그가 내가 식당에 맡긴 고발장과 증거물들을 보았다면 마냥 두 손 놓고 처분만 내려지길 기다리며 고통에 떨고 있을 것 같지는 않았어. 나는 그 결정이 가져올 여파를 생각지 않고 일을 저지른 셈이었지. 아무런 죄도 없는 그의 부인과 아이들을 생각하지 않았던 거야.

나는 불길한 예감에 사로잡힌 가운데 밖으로 달려 나갔어. 몽탈랑베르 주차장에 세워둔 차에 올라 센 강을 가로질러 라늘라그 공원까지 최대속도로 달렸어. 보세주르 대로에 면한 아파트 건물 앞에 다다랐을 때 나는 즉시 뭔가 이상하다는 낌새를 느꼈어. 지하 주차장으로 내려가는 자동 철문이 열려 있었기 때문이야. 아무튼 나는 포르쉐를 지하 주차장에 세웠어.

엘리베이터를 기다리고 있는데 아파트 건물 위쪽에서 두 발의 총성이 들려왔어. 나는 계단으로 달려가 단숨에 3층까지 뛰어 올라갔지. 당신 집 문이 반쯤 열려 있더군. 아파트에 들어서는 순간 펌프 액션을 들고 있는 당신 아버지와 맞닥뜨렸지. 현관 바닥과 벽은 이미 온통 피 칠갑이 되어 있는 상태였고, 복도 끝에 쓰러져 있는 당신 엄마와 동생의 시신을 봤어. 당신 아버지가 계획한 순서대로라면 아마도 당신이 다음 차례였겠지. 당신 아버지는 말 그대로 광기에 사로잡힌 상태였어. 그는 스스로 목숨을 끊기 전 가족들을 먼저 죽이기로 결정한 듯했어. 나는 일단 무기라도 빼앗아야겠다는 생각에 그에게 달려들었어. 우리가 바닥에서 엎치락뒤치락 하는 동안 총알이 발사되면서 그의 머리를 으스러뜨렸지.

그 결과 나도 모르는 가운데 당신은 목숨을 구하게 된 거야.

14. 재앙에서 살아남은 두 명의 생존자

지옥은 텅 비어 있고, 악마란 악마는 모두 이곳에 있다. –윌리엄 셰익스피어

1

연이은 번개가 방 안을 밝게 비추는가 싶더니 이내 섬을 온통 뒤흔드는 천둥소리가 뒤따랐다. 마틸드는 거실의 테이블 앞에 앉아 네이선 파울스가 쓴 글을 읽었다. 이를테면 베르뇌유 일가족 살해 사건의 네이선 파울스 버전이었다.

네이선이 보기에 그녀는 글을 읽어내려 가는 동안 숨조차 제대로 쉬지 못했다. 마치 방 안에 산소가 부족해 뇌졸중 발작을 일으킨 사람처럼 얼굴이 핏기 하나 없이 창백했다.

네이선은 글에서 토로한 내용을 뒷받침하기 위해 벽장 속에 보관해두었던 증거물들도 첨부해 보여주었다. 그가 날짜와 사안별로 내

용을 일목요연하게 기록해둔 세 권의 파일이었다.

마틸드의 눈앞에 알렉상드르 베르뇌유가 저지른 반인륜적 범죄 행위를 증명해주는 자료들이 놓여 있었다. 그녀는 네이선에게 한 치의 거짓 없는 진실을 요구했고, 그 결과 자신이 오히려 발이 닿지 않는 깊은 수렁 속에 빠져들게 되었다. 그녀는 심장이 어찌나 빠른 속도로 뛰는지 금방이라도 혈관이 찢어져버릴 듯했다. 네이선은 진실을 토로하겠다는 약속을 지켰고, 그녀는 예기치 않게 홀로 염산을 뒤집어쓰게 된 셈이었다.

마틸드는 자책감이 일며 자신을 원망했다.

어쩌면 이토록 무지할 수 있었지?

마틸드는 사춘기 시절이나 부모가 사망한 이후에도 베르뇌유 집안의 재산이 어떤 경로를 통해 축적되었는지 진지하게 의문을 품어본 적이 없었다. 보세주르 대로변의 200평방미터짜리 아파트, 발디제르의 산장, 앙티브 곶의 여름휴가용 별장, 아버지의 명품시계 컬렉션, 거의 작은 아파트 크기인 어머니의 옷 방과 화려한 의상들이 과연 어떤 노력을 통해 얻게 되었는지 한 번도 자문해본 적이 없었다.

마틸드는 기자로 일하는 동안 뇌물수수 혐의가 있는 정치인, 탈세 혐의가 있는 유명인, 부도덕한 처신으로 눈살을 찌푸리게 만든 기업인들에 대해 탐문 조사를 벌인 적이 있었지만 정작 자신이 속해 있는 베르뇌유 집안의 재산 축적에 대해서는 일말의 관심조차 없었다. 그저 아버지와 어머니의 사회적 능력이 출중해서 얻어낸 결과로 받아들였다. 남의 눈에 낀 지푸라기와 내 눈에 낀 들보 이야기인 셈이었다.

유리창을 통해 테라스로 나간 네이선의 모습이 보였다. 그는 차양처럼 테라스 일부를 덮고 있는 목재 널들 아래에 꼼짝 않고 서서 수평선을 하염없이 바라보고 있었다. 브롱코가 그의 곁을 떠나지 않고 지켰다.

마틸드는 글을 읽는 동안 테이블 위에 내려놓았던 펌프액션을 다시 집어 들었다. 호두나무 개머리판, 무시무시한 쿠세드라 조각이 새겨진 강철 총신이 새삼 눈에 들어왔다. 이제야 비로소 알게 되었지만 베르뇌유 일가족을 죽음으로 내몬 바로 그 총이었다.

이제 어쩌지?

마틸드는 자신에게 물었다.

우선 머리에 총알 한 발을 박아 넣고 비극을 완성하는 방법이 있었다. 지금 이 순간, 죽음은 일종의 위안이 되어줄 수도 있었다.

이제껏 얼마나 동생 테오와 함께 죽지 못한 것에 대해 자책했던가?

네이선을 죽이는 선택도 가능했다. 그를 죽이고 모든 자료들과 증거 파일을 다 태워버린다면 적어도 베르뇌유 가의 반인륜적 범죄 행위를 덮을 수 있을 테니까. 일목요연하게 정리된 사진자료와 동영상, 관계자 증언이 있는 만큼 세상에 알려질 경우 베르뇌유 가의 명예는 그야말로 다시는 회복하기 힘든 수렁 속으로 빠져들 수밖에 없었다. 모든 진실이 백일하에 드러나는 순간 베르뇌유 가는 자손

대대로 불명예 속에서 살아야 한다는 결론이었다.

네이선을 죽이고 나서 목숨을 끊는 방법도 있었다. 네이선과 그녀 자신이야말로 지난 20년 동안 미궁에 빠져 있던 베르뇌유 일가족 살해사건의 핵심증인인 만큼 두 사람이 사라진다면 비밀도 더불어 묻히게 될 테니까. 요컨대 베르뇌유 일가족 살해사건과 관련된 비밀의 불씨는 영원히 되살아날 수 없게 되는 셈이었다.

마틸드의 머릿속에서 테오의 이미지들이 떠다녔다. 행복했던 날들의 기억이 그녀의 가슴을 후벼 팠다. 장난기 가득한 얼굴, 선명한 원색 안경테와 덧니 두어 개가 떠올랐다. 테오는 그녀를 유난히 잘 따르는 동생이었다. 누나가 하는 말이 무엇이든 철석같이 믿었다. 테오는 밤을 무서워했고, 동화 속에 등장하는 괴물들을 두려워했다. 학교에서 쉬는 시간마다 아이들을 괴롭히는 고학년 선배들도 무서워했다. 테오가 두려움에 떨 때마다 마틸드는 항상 등을 토닥여주며 힘든 일이 생기면 언제나 누나를 불러야 한다고 다짐을 받았다. 언제 어디서나 부르는 즉시 부리나케 달려갈 거라고 거듭 말해주었다. 이제 와 생각해보니 그 약속은 끝내 지켜지지 않았다. 테오가 죽은 그날, 단 한 번의 기회가 주어졌지만 그녀는 정작 동생을 구하기 위해 아무런 노력도 하지 않았다. 아니, 오히려 혼자 살겠다고 방으로 도망쳐와 침대 밑에 꼭꼭 숨었다. 그녀는 무엇보다 그날 자신이 취했던 행동을 용서할 수 없었다.

네이선은 억수처럼 쏟아지는 빗줄기에도 아랑곳없이 리바 호를 매어둔 곳으로 가는 석재계단을 내려가고 있었다. 마틸드는 순간적으로 그가 배를 타고 도망치려 한다고 생각했지만 현관 입구에 놓인 소지품 함에 배의 키가 그대로 들어 있었다. 귀에서 윙윙거리는 소리가 났고, 머리가 온통 부글부글 끓어올랐다.

마틸드는 한 가지 생각에 몰입해 있다가 이내 다른 감정으로의 이동을 반복했다. 그녀는 베르뇌유 집안 사람들에 대해 단 한 번도 진지하게 의문을 품어본 적이 없었다. 열 살, 아니 그보다 일찍 그녀에게는 밝은 시기와 어두운 시기가 번갈아 찾아왔다. 원인을 알 수 없는 불안감에 시달리다가 겨우 극복했더니 음식 섭취에 문제가 생겨 두 번이나 청소년의 집에 입원한 적이 있었다. 이제야 그녀는 아버지의 이중생활이 가족들의 삶에 어떤 영향을 미쳤는지 어렴풋이나마 알게 되었다. 아버지가 저지른 파렴치한 범죄행위가 테오에게도 큰 영향을 주었다. 가령 테오의 지속적인 불안감과 두려움, 그 아이에게 늘 붙어 다니던 천식, 자주 화들짝 놀라며 잠에서 깨게 만드는 악몽, 자존감 상실과 학업 성적 하락 등이 비로소 이해되었다. 아버지의 비밀은 은연중 어린 남매의 내면에 똬리를 틀고 있었던 셈이다. 표 나지 않게 서서히 죽음으로 몰아가는 맹독처럼 완벽해 보이는 집안의 겉모습과 달리 어린 남매는 그 안에 깃들어 있는 어둠과 비극의 기운을 본능적으로 감지하고 있었던 것이다. 물론 그 모든 일은 무의식 상태에서 빚어졌다. 그녀와 테오는 마치 정신 감응 신통력을 가진 능력자처럼 허공에 떠도는 알쏭달쏭한 말들이나 수수께끼 같은 태도, 암묵적인 금기와 침묵 등을 낚아챘고, 그러한 것들이 막연한 불안감이 자리하게 된 배경이 아니었나 생각되었다.

엄마는 아버지의 반인륜적 범죄행위에 대해 알고 있었을까?

아마도 정확한 내막을 모르고 있었을 가능성이 컸다. 엄마는 돈을 물 쓰듯 쓸 수 있는 경제력에 만족해하고 있었고, 아버지가 하는 일에 대해 꼬치꼬치 캐묻기보다는 쉽게 타협하고 넘어가는 편이었다.

마틸드는 점점 깊은 나락으로 빠져드는 느낌이 들었다. 그녀는 불과 몇 분 사이에 오래도록 자신의 정체성을 형성해주었던 모든 좌표와 기준을 상실했다. 그녀는 그토록 찾고 싶었던 진실을 목도하게 되었지만 오히려 자신을 향해 총구를 돌릴 수밖에 없는 상황에 처하게 되었다. 출구가 보이지 않을 만큼 절망적인 상황이었고, 지푸라기라도 있으면 잡고 매달릴 수밖에 없는 처지였다. 문득 네이선의 증언 가운데 사실 관계가 다른 부분이 있다는 생각이 들었다. 그의 증언과 그녀의 가족들이 싸늘한 주검이 되어버린 순서가 달랐다.

마틸드는 생각이 거기에 미치자 문득 네이선 버전의 진실성이 의심되기 시작했다. 기억상실을 겪은 이후 그녀는 놀라울 정도로 정확하게 당시 상황을 떠올릴 수 있게 되었다. 그녀가 기억하기로 아버지가 가장 먼저 사망했다.

2

어마어마한 천둥소리 때문에 온 집안이 흔들렸다. 벼랑에 지은 집이 바다 아래로 굴러 떨어지기라도 할 것처럼 위태로운 분위기였다. 마틸드는 펌프액션을 지참하고 테라스를 가로질러 석재계단을 내려갔다. 브롱코 녀석을 데리고 선착장 부근에서 서성거리는 네이선을 만나보기 위해서였다.

마틸드가 집을 지지하고 있는 대형 암반 앞에 섰을 때 네이선은 반투명 현창들이 뚫려있는 원형의 장중한 암반 아래에서 비를 피하고 있었다. 그녀는 현창들을 처음 보았을 때 궁금한 점이 많았는데 리바 호를 보관하는 보트하우스일 거라고 지레 짐작했다. 폭풍우가 거세게 몰아치는 날이면 성난 파도가 바로 그 지점까지 밀어닥치기 일쑤였으니까.

"당신의 증언 가운데 전혀 아귀가 맞지 않는 부분이 있어요."

네이선은 피곤한 듯 뒷목 부근을 어루만졌다.

"우리 가족이 사망한 순서가 맞지 않아요." 마틸드는 집요했다. "당신은 내 아버지가 엄마를 살해하고, 그 다음에 테오를 죽였다고 했죠."

"내가 분명하게 보았던 사실이니까."

"바로 그 부분이 나와 당신의 기억이 엇갈리는 부분이에요. 총성에 놀라 잠이 깼을 때 나는 엉겁결에 방을 나왔고, 복도 가까이에서 아버지의 주검을 목도했어요. 그 다음 엄마의 주검을 보았고, 곧이어 동생이 살해되었어요."

"당신이 재구성한 기억일 뿐이야."

"기억이 너무 선명해요. 착각일 리 없어요."

네이선은 그 의문에 대해 조금도 주저하지 않았다.

"수십 년 동안 블랙아웃 상태로 있다가 돌아온 기억은 굉장히 정확한 듯 보이지만 그다지 신뢰할 수 없다는 연구결과가 있어. 그렇다고 전적으로 틀리다고 할 수는 없겠지만 어쨌든 한 번 손상되었다가 재구성한 기억은 신빙성이 부족하다는 뜻이야."

"마치 신경정신과 전문의처럼 말하네요?"

"내가 비록 의사는 아니지만 소설을 쓰려면 그런 부분에 대해서도 제법 알아야 하니까. 외상성 기억이 왜곡되는 경우가 많다는 건 이미 관련 분야 연구를 통해서도 증명되었어. 여러해 전, 미국에서 '오기억(誤記憶)' 논쟁이 들불처럼 번진 적이 있지. 그 당시 논쟁을 가리켜 흔히 '기억 전쟁'이라고 부르기도 해."

마틸드는 주제를 바꿔 다른 전선에서 네이선을 공격했다.

"당신이 코소보 현지에서 진행했다는 조사활동 말인데요. 왜 정부나 시민단체에 지원을 요청하지 않고 당신 혼자 그 어려운 조사를 시작하게 되었죠?"

"혼자 현장에 가 있었으니까."

"장기밀매가 존재했다면 분명 흔적이 남았을 텐데 코소보 자치 당국이 사후에라도 그런 짓을 눈 감아 주었을 리 없잖아요."

네이선이 피식 웃었다.

"당신은 발칸반도에 가본 적 있어?"

"무슨 상관이죠? 반드시 현장에 가봐야 알 수 있는 건 아니잖아요."

"물론 코소보 자치 당국에서도 장기밀매에 대한 조사를 진행했어." 네이선이 설명을 이어갔다. "다만 그 당시 코소보는 법치정부를 세우는 게 다른 무엇보다 시급한 과제였어. 장기밀매에 대해 조사할 경우 괜한 갈등을 부추겨 내전의 상처를 덧나게 할 수도 있었기에 지지부진하게 마무리될 수밖에 없었지. 그 당시 코소보는 행정력이 마비된 아수라장 그 자체였으니까. 당시 코소보를 통치하던 유엔 코소보 임시행정부(Unmik)와 알바니아 당국은 분쟁이 계속 벌어지는 가운데 서로 책임회피를 하느라 여념이 없었지. 구 유고슬라비아 국제형사재판소(ICTY)와 코소보 유럽연합 법치임무단(Eulex)도 크게 다르지 않았어. 그들이 장기밀매 관련 조사를 하려면 우선적으로 재원이 확보되어야만 하는데 잦은 분쟁으로 어수선한 상황이라 극히 제한적인 지원이 이루어질 수밖에 없었지. 게다가 복잡한 정치문제가 얽혀있어 관련자 증언을 확보하는 것 자체가 대단히 어려운 일이었어. 코소보에서 자행된 만행과 관련된 증거들이 얼마나 빨리 사라지는지에 대해서는 이미 내가 설명한 적이 있으니까 잘 알 거야."

마틸드가 생각하기에 네이선은 이미 모든 질문에 대한 답을 준비하고 있는 듯 보였다. 다만 그는 작가였기에 천성적으로 거짓말에 능할 수도 있다는 걸 염두에 두지 않을 수 없었다.

마틸드는 자기 의견을 굽히지 않았다.

"2000년 6월 11일 밤에 아파트 건물 지하주차장 출입문은 왜 열려 있었을까요?"

네이선은 어깨를 추어올렸다가 내렸다.

"잘은 모르지만 내가 판단하기에는 카림과 아폴린이 은퇴한 노부부 집에 들어가기 위해 지하주차장 출입문을 열어두었을 가능성이 커 보여. 그런 질문은 고문전문가인 당신 할아버지들에게 했더라면 훨씬 더 정확한 답변을 들을 수 있었을 텐데 그랬어."

"그날 저녁, 당신은 두 발의 총성이 들려와 서둘러 우리 집으로 뛰어올라갔다고 했죠?"

"총성을 듣자마자 나는 부리나케 뛰어올라갔고, 당신 집 현관문이 반쯤 열려있어 집안으로 쉽게 들어갈 수 있었어."

"현관문은 누가 열어 놨을까요?"

"당신 아버지가 열어두지 않았을까?"

"그런 추론은 전혀 논리적이지 않아요. 게다가 당신은 아직 제대로 증명하지 못한 부분이 많아요."

"뭔데?"

"당신은 아버지가 장기밀매로 벌어들인 돈의 일부가 역외 계좌로 흘러들어 갔을 거라고 주장했어요."

"내 주장이 아니라 카르스텐 카츠에게 들은 말이야."

"그 이후 역외 계좌는 어떻게 되었죠? 내가 베르뇌유 집안의 유일한 상속자인데 역외 계좌 얘긴 아예 들어보지도 못했어요."

"고객들의 비밀보장을 위해 불투명하게 운영되는 게 바로 그런 계좌들이었지."

"요즘은 조세천국들도 어느 정도 투명성이 확보되었잖아요."

"그 당시와 현재를 똑같은 잣대로 비교하면 안 되지. 내 생각일

뿌이지만 아마도 그 돈은 조세천국 어디엔가 잠들어 있을 거야.”

“당신이 소이지치에게 보낸 편지들은 뭐죠? 왜 그 편지들이 엄마의 옷 방에서 발견되었을까요?”

“당신 아버지가 소이지치가 가지고 있던 소지품 가방에서 발견했을 수도 있겠지.”

“그 편지들은 만약 아버지에 대한 수사기관의 조사가 진행될 경우 몹시 불리한 증거물이 될 텐데, 왜 집에 보관해두는 위험을 감수했을까요?”

네이선은 전혀 당황해하는 기색이 없었다.

“내가 쓴 편지지만 그야말로 서간문의 걸작이라고 해도 과언이 아닐 만큼 잘 썼잖아. 그냥 버리기에는 아까웠을 수도 있겠지.”

“겸손이여, 안녕.”

“진실이여, 안녕.”

“아버지는 왜 하필 자신의 이중생활에 대해 아무것도 모르는 엄마에게 그 편지들을 주었을까요?”

이번만큼은 네이선도 제대로 답변하지 못했다. 그의 버전에 허점이 있다는 뜻이었다.

마틸드는 기회를 놓치지 않고 그 틈새를 파고들었다.

3

어느덧 섬을 온통 물바다로 만들었던 폭우도 그쳤다. 파괴적으로 쏟아지던 폭우가 그치면서 마틸드도 본래의 모습을 되찾았다. 활활

타오르는 불길에서 탁탁 튀어 오르는 불꽃처럼 열정적인 그녀, 어린 시절부터 수많은 장애물을 보란 듯이 뛰어넘었던 그녀가 원래의 강인한 모습으로 되돌아왔다. 당장이라도 전투에 뛰어들 준비를 모두 갖춘 그녀에게는 이제 적을 찾아내는 일만이 남아 있었다.

"난 당신이 진실을 말하지 않았다고 생각해요. 분명 난 엄마와 테오가 죽기 전에 복도에서 아버지의 주검을 목도했어요."

아무리 고쳐 생각해도 더할 나위 없이 또렷한 기억이었다. 혹시 착시 현상은 아니었는지 거듭 생각해보았지만 흔들림 없이 명확하고 선명한 기억이었다.

이제 비는 거의 멈췄고, 네이선은 비를 피하고 있던 처마를 벗어나 주머니에 두 손을 찔러 넣고 부교 위를 몇 발짝 걸었다. 가마우지들과 갈매기들이 섬뜩한 소리를 내며 하늘을 빙빙 맴돌고 있었다.

"왜 거짓말을 했죠?"

마틸드가 그를 바짝 뒤따르며 물었다.

네이선은 그녀의 두 눈을 똑바로 응시했다. 그는 그녀의 말에 수긍한다는 뜻이 아니라 대답하길 단념한 듯했다.

"당신 말이 맞아. 그날 저녁, 첫 번째 총성이 났을 때 당신이 복도에서 보았다는 그 사람이 죽었어. 다만 그 사람은 당신 아버지가 아니라 다른 인물이었지."

"그럴 리 없어요. 분명 아버지였어요."

네이선은 완강하게 고개를 젓고 나서 가느다랗게 실눈을 떴다.

"당신 아버지는 매우 조심성 많고 빈틈없는 사람이라서 미래에 모든 범죄사실이 들통 날 수도 있는 상황을 늘 염두에 두고 있었어. 그는 자신이 저지른 비인간적 만행들이 언젠가 발각될 경우 삶에 치명타가 되리라 예상하고 치밀한 계획을 세워두고 있다가 바로 그 날 결행한 거야. 생각대로 일이 잘 마무리되면 어딘가로 떠날 생각이었겠지."

마틸드의 몸이 굳어버렸다.

"떠나다니, 어디로요?"

"알렉상드르 베르뇌유는 신분세탁을 하고 새로운 인생을 살 계획을 세워두고 있었어. 조세천국의 역외 계좌도 당신 아버지 이름이 아닌 아바타 이름으로 개설해놓은 이유야."

"아바타라면 누굴 말하는 거죠? 복도에 있던 사람은 또 누구고요?"

"복도에 있던 사람은 알렉상드르 베르뇌유가 아니라 다리우스 코르바스였어. 폴란드 출신인데 개를 데리고 길거리를 전전하며 살던 노숙자였지. 당신 아버지는 몽파르나스 대로변에서 다리우스를 처음 보았는데, 그들 두 사람은 나이와 체격은 물론 용모까지 비슷했어. 알렉상드르는 그를 처음 본 순간 상대를 잘만 이용하면 새로운 인생을 개척하는데 큰 도움이 되리라 판단했지. 몽파르나스 대로변에서 다리우스를 만나 몇 마디 대화를 주고받은 당신 아버지는 다음날 그를 다시 찾아가 낮 시간에 지낼 거처를 마련해주었어."

바람이 방향을 틀기 시작했고, 하늘은 어쩔 수 없다는 듯 마지막 남은 몇 방울의 비를 털어냈다.

"알렉상드르는 그 후로도 자주 다리우스를 식당에 초대해 음식을 사주었어." 네이선이 설명을 계속 이어나갔다. "다리우스에게 평소 잘 입지 않는 자신의 옷가지들을 가져다주기도 하고, 병원치료도 받게 해주었지. 알렉상드르의 속마음을 전혀 모르고 있던 소피아도 여러 번 다리우스의 치아를 무료로 치료해주었어."

"아버지는 도대체 무슨 계획을 갖고 있었는데요?"

"당신 아버지는 위장자살을 계획하고 있었고, 다리우스가 대역을 맡아줄 적임자였던 거야."

마틸드는 별안간 두 다리에 힘이 모두 빠져 달아나며 몸이 휘청거렸다. 마치 발밑의 목재다리가 바다를 향해 풀썩 주저앉는 느낌이었다.

네이선은 하던 말을 계속했다.

"2000년 6월 11일, 알렉상드르는 다리우스에게 플뢰롱 생 장에 데려다주겠다면서 자정 조금 전까지 집으로 와달라고 했어. 여행 가방을 챙겨오라는 말도 빼놓지 않았지."

"플뢰롱 생 장이라뇨?"

"원래 자벨 선착장에 매어둔 유람선이었는데 노숙자 쉼터로 개조해 쓰고 있는 선박이었어. 노숙자들이 개를 데리고 함께 살 수 있는 일종의 사회복지시설이었지. 알렉상드르의 계획은 간단했어. 다리우스를 죽이고 나서 부인과 아들, 딸도 죽일 생각이었지. 알렉상드르는 마침내 계획을 실현하기 위해 다리우스를 집으로 불러들인 거야. 다리우스가 집에 오자 알렉상드르는 소피아에게 커피를 한 잔 대접하라고 했지. 다리우스가 커피를 마시는 동안 알렉상드르는 몰래 그의 소지품들을 뒤졌어. 다리우스가 노숙자 쉼터로 출발하려는 순간 알렉상드르는 근접거리에서 총을 발사해 그의 두개골을 박살 내버렸지."

마틸드는 다시 한 번 이의를 제기했다. 분명 자기 눈으로 아버지의 시신을 확인했다는 주장이었다.

"어쩌면 당신이 그렇게 확신하는 건 당연해." 네이선도 순순히 인정했다. "다음날 형사들이 신원확인을 위해 당신 할아버지 파트리스 베르뇌유와 할머니를 불러 시신을 보여주었는데 분명 아들이라고 증언했을 정도니까. 너무나 끔찍한 일가족 살해사건이었고, 다들 고통스럽고 경황없는 가운데 경찰의 시신 확인 절차가 진행되었어. 아무도 알렉상드르가 꾸민 무시무시한 함정을 몰랐지. 경찰 입장에서 보자면 그저 베르뇌유 일가족 살해사건 수사에 필요한 요식행위 수준의 절차였을 뿐이야."

"경찰이 시신부검을 하지 않았나요?"

"경찰은 시신부검은 물론이고, 치아 상태 분석, 욕실에 있던 빗과 칫솔에서 검출된 DNA 분석도 했어."

"아버지가 미리 가져다놓은 다리우스의 빗과 칫솔에서 DNA를 검출했겠군요?"

마틸드가 짐작이 간다는 듯 넘겨짚었다.

네이선도 그 말에 동의했다.

"알렉상드르가 다리우스에게 여행가방을 반드시 챙겨 와야 한다고 강조해서 말한 이유였지. 다리우스의 유전자가 묻어 있는 소지품이 필요했으니까."

"그럼 치아 상태는?"

"사실상 그 부분이 가장 어려운 관문이었는데, 당신 아버지는 모든 걸 미리 예견하고 치밀하게 계획해두는 인물이었어. 다리우스가 당신 엄마 치과병원에서 치아 치료를 무료로 받게 한 이유였지. 알렉상드르는 어느 날 오후에 부인이 일하는 치과에 들러 치아 사진 두 장을 바꿔놓은 거야. 과학수사대 요원들도 감쪽같이 속을 수밖에 없었지."

"그럼 소이지치에게 쓴 편지는요? 아버지는 왜 그 편지들을 엄마의 옷 방에 보관해두었을까요?"

"형사들이 편지를 볼 경우 어떤 결론을 내리게 될까? 아마도 소피아에게 애인이 있었다고 넘겨짚지 않을까? 알렉상드르는 그 모든 비극의 원인이 부인의 불륜 때문이었다는 근거를 남기기 위해 그 편지들을 소피아의 옷 방에 숨겨둔 거야. 당신 엄마 이름이 소피아니까 S라는 약자가 충분히 그런 오해를 사게 해줄 테니까."

네이선은 머리를 흔들어 빗물을 털어냈다. 꼼짝 없이 과거에 포위당한 형국이었다. 그때나 지금이나 과거를 정면에서 바라본다는 건 매우 고통스러운 일이었다.

"내가 아파트에 도착했을 때는 이미 알렉상드르가 다리우스와 소피아를 살해하고 나서 그 다음으로 테오를 살해한 이후였어. 이제 알렉상드르가 아파트 출입문을 반쯤 열어둔 이유가 뭔지 이해될 거야. 일을 마치자마자 한시바삐 도망치기 위해서였지. 알렉상드르가 당신을 해치우러 가기 전 나는 그와 결투를 벌여 총을 빼앗았고, 그가 나를 공격할 수 없도록 개머리판으로 얼굴을 몇 번 후려갈겼지. 그런 다음 당신 방에 가봤지만 아무도 발견하지 못했어."

"그때 내가 당신이 신고 있던 부츠 끄트머리를 보았던 것이군요."

"나는 당신 방에 갔다가 다시 거실로 돌아왔어. 당신 아버지는 의식을 잃었지만 숨은 붙어 있었어. 난 당신 가족들이 겪은 끔찍한 참상을 대하는 바람에 넋이 나가있었어. 나중에야 나는 그날 무슨 일이 벌어졌는지 이해할 수 있게 되었어. 그 당시에는 상황이 급박해 의식을 잃은 알렉상드르를 들쳐 멘 다음 엘리베이터를 타고 아래로 내려왔지. 지하 주차장에 세워둔 내 차 조수석에 그를 앉혔어."

마틸드는 그 말을 듣자 비로소 아폴린이 작가의 포르쉐에 두 사람이 타고 있었다고 한 말이 이해되었다.

"아파트 건물을 빠져나온 나는 거기에서 가장 가까운 병원 응급실을 향해 달렸어. 블로뉴 비양쿠르의 앙브루아즈 파레 병원이 지척에 있었지. 병원 응급실을 몇 미터 앞두었을 때 나는 돌연 계획을 바꿔 차를 세우지 않고 그대로 달렸어. 난 순환도로를 타다가 A6 고속도로로 들어갔다가 프로방살 고속도로로 빠져나와 툴롱까지 줄곧 달렸지. 알렉상드르를 치료하려면 병원에 가야 마땅했지만 어떻게 해야 옳은지 결심이 서지 않았어. 그가 이 비극의 유일한 생존자이자 책임자였으니까.

4

"나는 새벽에 이예르에 도착했어. 그 사이 알렉상드르는 희미하게나마 의식을 되찾았지. 나는 그를 두 개의 안전띠로 단단히 묶었어."

네이선은 마치 지금 차를 몰고 있는 사람처럼 빠른 말투로 쉬지 않고 계속 말했다.

"나는 생 쥘리앵 레 로즈 항을 향해 차를 몰았어. 거기에 내 배가 있었거든. 항구에 도착한 나는 알렉상드르를 리바 호에 싣고 보몽 섬으로 왔어. 코소보에서 돌아왔을 때 결심한 대로 알렉상드르를 내 손으로 죽이고 싶었지. 사실 진작 그렇게 했더라면 더 좋았을지도 몰라. 만약 그랬더라면 적어도 내가 목격한 베르뇌유 일가족 살해사건은 일어나지 않았을 테니까. 내가 곧장 알렉상드르를 죽이지 않은 이유가 뭔지 알아? 그에게 죽음은 오히려 지나치게 가벼운 징벌이자 사치라는 생각을 금할 수 없었기 때문이야. 난 그의 죽음이 아주 서서히, 가혹하고 음울하게 진행되기를 바랐지."

네이선은 걷다 보니 어느새 보트하우스 앞에 다다랐다. 그는 마치 열에 들뜬 사람처럼 보였다.

"알렉상드르가 자행한 모든 죽음에 대한 복수를 위해서라도 나는 그를 반드시 지옥으로 보낼 의무가 있다고 생각했어. 진정한 지옥은 두개골에 총알을 박아넣거나 심장을 칼로 찌르는 정도로 마무리되어서는 안 된다고 생각했지. 영원히 끝나지 않는 고통이 계속 반복되어야 진정한 의미에서 지옥이라고 할 수 있을 테니까. 마치 프로메테우스가 그러 했듯이."

마틸드는 그가 무슨 말을 하려는 것인지 도무지 감을 잡을 수 없었다.

"난 알렉상드르를 〈라 크루아 뒤 쉬드〉에 감금했어." 네이선이 잠시 멈췄다가 말을 이었다. "알렉상드르에게 그동안 알고 싶었지만 답을 듣지 못했던 질문을 했어. 질문에 대한 답변을 들은 후에는 그에게 한 번도 말을 걸지 않았지. 난 그에게 내가 겪은 고통에 버금가는 복수를 해주기로 결심했어. 여러 날, 여러 주, 여러 달, 여러 해가 지나갔어. 나 역시 당신 아버지처럼 이 집에 고립된 상태로 몇 해를 보내야만 했지. 나는 고행과 고문으로 점철된 그 숱한 세월을 보낸 끝에 결국 서글픈 결론에 도달했어. 섬에 고립되어 지내다보니 진짜 포로는 알렉상드르 베르뇌유가 아니라 바로 나였다는 걸 깨닫게 된 거야. 난 내 자신을 가두고 지킨 간수였던 셈이지."

당황한 마틸드는 흠칫 놀라며 자기도 모르게 뒷걸음질 쳤다. 그 순간 소름끼치는 진실이 그녀의 뒤통수를 후려쳤기 때문이었다. 그녀는 비로소 네이선이 아버지를 보트하우스에 유폐해왔다는 사실을 깨달았다.

마틸드는 절벽과 어우러져 절경을 이루고 있는 보트하우스를 묵묵히 바라보았다. 보트하우스는 정면에 있는 대형 섹션도어를 통해 출입하게 되어 있었다.

마틸드는 허락 받길 원한다는 뜻으로 네이선을 바라보았다.

네이선이 주머니에서 작은 리모컨을 꺼내 섹션도어를 열었다.

5

괴물의 굴속으로 빨려 들어오는 바람이 회오리를 일으키면서 불에 탄 흙, 유황, 오줌이 뒤섞인 역겨운 냄새가 묻어났다.

마틸드는 남은 힘과 결단력을 쥐어짜내 가면서 최후의 대면을 위해 결연하게 심연을 향해 나아갔다. 그녀는 펌프액션의 안전장치를 풀고 총신을 가슴에 붙였다. 바람이 세차게 얼굴을 할퀴어댔지만 서늘한 기운이 몸에 닿자 오히려 기분이 한결 나아졌다.

쿠세드라의 굴은 깊은 어둠 속에 잠겨 있었다. 쇠사슬 소리가 나더니 마침내 악마가 어둠 속에서 모습을 드러냈다.

알렉상드르는 물기라고는 전혀 없이 바짝 말라 파충류처럼 변한 피부, 차마 눈뜨고는 보기 힘들 만큼 심하게 갈라진 백발, 짐승처럼 길게 자란 손톱과 발톱, 농포로 뒤덮인 보라색 도는 얼굴을 하고 있었다. 얼굴에 크레바스처럼 뚫린 구멍이 두 눈인 듯했다.

마틸드는 괴물이 되어버린 아버지 앞에서 마치 발이 닿지 않는 물속에 빠진 사람처럼 허둥댔다. 고작 몇 초 사이에 그녀는 늑대들과 식인괴물들 때문에 겁에 질린 어린 소녀로 되돌아갔다. 그녀가 무기를 내렸을 때 보트하우스의 열린 문을 파고든 빛 때문에 총신에 새겨진 섬세한 조각들이 춤추듯 너울거렸다. 그 바람에 은빛 눈을 가진 쿠세드라 용이 의기양양하게 거대한 날개를 펼쳤고, 그녀의 온몸이 전율했다. 그녀는 펌프액션의 개머리판을 꽉 잡았지만…….

*

"누나! 나, 무서워!"

어린 시절의 영토에서 들려오는 목소리. 그녀의 머리 한 귀퉁이를 맴돌던 오래된 기억이 떠오른다. 1996년 여름, 여기서 몇 킬로미터 떨어진 소나무 곳에서 그녀와 테오는 물놀이를 즐기고 있다. 훈훈한 바람, 침엽수들이 우거진 숲이 만들어내는 그늘, 코를 취하게 만드는 진한 유칼립투스 향, 연신 까르륵거리는 테오의 청량한 웃음소리가 그녀를 나른한 행복감에 젖어들게 한다.

테오는 겨우 일곱 살이다. 그 아이는 혼자서 해변을 마주하고 있는 작은 바위섬 푸안타델에 올라간다. 테오는 호기롭게 바위섬까지 올라갔지만 물속으로 뛰어내릴 용기가 없어 몹시 불안해한다.

마틸드는 바위섬 몇 미터 아래의 터키석 빛깔 바닷물에서 헤엄을 치고 있다. 그녀는 고개를 바위섬 쪽으로 쳐들고 잔뜩 겁먹은 동생에게 용기를 주려고 외친다.

"테오, 넌 세상에서 가장 힘이 센 아이니까 무서워하지 않아도 돼."

여전히 테오가 바닷물 속으로 뛰어내리길 주저하자 마틸드는 두 팔을 흔들며 최대한 확신을 가지고 동생에게 소리친다.

"테오, 누나를 믿어."

마틸드가 한 말은 테오의 두 눈을 반짝이게 하고, 해맑은 미소를 짓게 만드는 마법의 주문이다. 드디어 테오는 바위섬 위에서 도움닫기를 하더니 전속력으로 달려 바다로 풍덩 뛰어든다. 해적들이 적의 배를 향해 뛰어내릴 때처럼 테오는 허공으로 몸을 날린다.

그 순간 머릿속에서 이어지던 영상이 멈춰버린다.

*

　추억은 엉망으로 구겨지고, 결국 눈물 속에 녹아내린다.

　마틸드는 뺨을 타고 흘러내리는 눈물을 닦으며 흉측한 용을 향해 분연히 전진한다. 그녀의 눈앞에 별안간 나타난 악마는 더 이상 불길하지도 위협적이지도 않다. 석재 타일 위에서 제대로 몸을 가누지 못하고, 구루병 환자처럼 어기적거린다. 너무 오랜만에 보는 햇빛 때문에 눈이 부셔서 어쩔 줄 몰라 한다. 용의 부러진 날개가 죽기 직전 마지막으로 경련을 일으킨다.

　북풍은 점점 더 기승을 부린다.

　마틸드는 떨지 않는다.

　그녀는 총을 어깨에 댄다.

　그녀의 귀 가까이에서 테오의 유령이 속삭인다.

　누나! 나를 믿어.

　비는 내리지 않는다. 바람은 구름을 내몰기 시작한다.

　딱 한 발의 총성이 울린다.

　깨끗하게 걷힌 하늘을 배경으로 건조하고 신속한 폭발음이 퍼져나간다.

에필로그

"영감은 어디에서 오는가?"

《작가들의 비밀스러운 삶》에 붙이는 추가문

–기욤 뮈소

지난봄, 신작소설을 발표한 지 얼마 지나지 않아 나는 보몽 섬의 유일한 서점에서 진행된 작가 사인회에 초청되었다. 이전 주인의 사망으로 〈라 로즈 에카르라트〉 서점은 보르도 출신 커플을 새 주인으로 맞이했다. 열정적인 두 사람은 유서 깊은 이 서점을 현대적인 모습으로 탈바꿈시켜 예전의 영예를 되찾겠다는 야심찬 목표를 세우는 한편 나에게 후원자가 되어주면 좋겠다는 소망을 피력했다.

나는 그때까지 보몽 섬에 한 번도 가본 적이 없었고, 섬의 지리적 위치조차도 정확하게 알지 못했다. 내 머릿속에서는 막연하게 보몽 섬과 포르크롤 섬이 혼재될 뿐이었다. 그럼에도 나는 선뜻 그들의 제안을 받아들였다. 서점 주인들이 대단히 호의적인 데다 보몽 섬은 내가 가장 좋아하는 작가 네이선 파울스가 오랫동안 살았던 곳이기 때문이었다.

나는 언젠가 섬 주민들이 경계심이 강하고 외지인들을 그다지 환대하지 않는다는 기사를 읽은 적이 있었는데, 강연과 그 뒤에 이어진 사인회의 분위기는 예상과 달리 시종 화기애애했다. 보몽 섬 주민들과의 대화 시간 역시 매우 유쾌하게 진행되었다. 섬 주민들은 나름 저마다 이웃사람에게 들려줄 인상적인 이야기보따리를 마음속에 품고 있었다. 그들과 함께 어우러지는 동안 마치 나도 섬 주민이 된 느낌이 들었다. 서점 주인들은 '작가들은 언제나 이 섬에서 환영받았다.'고 한목소리로 말했다. 그들은 내가 주말 동안 머물 수 있도록 섬 남쪽, 베네딕트 공동체 수도원 근처의 민박집에 숙소를 예약해주었다.

나는 이틀 동안 섬을 돌아다니면서 금세 이 프랑스 끝자락 땅이면서 프랑스 영토가 아닌 섬과 깊은 사랑에 빠졌다. 보몽 섬은 관광객과 각종 환경오염, 콘크리트 정글이라고는 찾아볼 수 없는 영원한 코트다쥐르였다.

나는 섬을 떠나고 싶지 않았고, 체류기간을 연장해가면서 혹시 구매하거나 임대할 집이 있는지 알아보기로 마음먹었다. 집을 구하는 과정에서 나는 보몽 섬에는 흔한 부동산중개소도 없다는 사실을 알게 되었다. 섬에 있는 부동산의 대다수는 집안 대대로 상속되고 있었고, 나머지 일부는 기존 주민들이 새로운 집주인을 선별해 받아들이는 식이었다. 내가 머물렀던 민박집 주인은 콜린 던바라는 이름을 가진 아일랜드 출신 할머니로 내가 집을 구하고 싶다는 계획을 털어놓자 잠재적으로 가능성 있는 저택이 한 채 있다고 귀띔해주었다. 〈라 크루아 뒤 쉬드〉라고 유명 작가 네이선 파울스가 살았던 저택이라고 했다. 민박집 주인은 그 집의 거래를 담당하고 있는 사람과 접촉할 수 있도록 다리를 놓아주었다.

거래 담당자는 뉴욕에 거주 중인 재스퍼 반 와이크라는 사람이었고, 뉴욕 출판계의 마지막 남은 전설들 가운데 한 명이었다. 재스퍼 반 와이크는 네이선 파울스를 비롯해 여러 작가들의 에이전트를 맡아 일한 사람이기도 했다. 그는 특히 맨해튼의 대다수 출판사들로부터 거절당한 《로렐라이 스트레인지》의 출판을 성사시킨 일화로 유명했다. 언론에 네이선 파울스에 관한 기사라도 한 줄 쓰려면 항상 그를 거쳐야 했기에 나는 그 두 남자가 어떤 관계인지 궁금하지 않을 수 없었다. 완전한 절필을 결심하기 전에 이미 네이선 파울스는 기자들과 출판업자들, 심지어 동료 작가들에 이르기까지 그야말로 모든 사람을 증오한다는 분위기를 노골적으로 드러내고 다녔기 때문이다. 내가 전화를 걸었을 때 재스퍼 반 와이크는 이탈리아에서 휴가 중이었는데, 보몽 섬에 와서 〈라 크루아 뒤 쉬드〉를 구경시켜주겠다고 약속했다.

약속을 잡은 다음다음날 재스퍼 반 와이크는 렌트한 미니 모크를 몰고 콜린 던바의 집에 왔다. 살이 쪄서 전체적으로 동글동글하면서 인상이 좋아 보이는 그를 보자 나는 에르퀼 푸아로 탐정 역을 맡아 명연기를 보여주었던 배우 피터 유스티노프가 떠올랐다. 유행 지난 댄디 스타일 옷매무새와 카이저수염, 장난기를 가득 머금은 재스퍼 반 와이크의 시선이 그런 생각을 품게 만든 듯했다.

재스퍼 반 와이크는 나를 태우고 사프라니에 곳까지 가더니 거기서부터 대규모 야생공원 안으로 차를 몰았다. 공원 안은 바닷바람과 유칼립투스나무, 박하 향이 어우러진 냄새로 가득했다. 꼬불꼬불하고 가파른 경사로를 올라가자 갑자기 바다가 나오더니 마침내 네이선 파울스의 저택이 유려하고 신비한 자취를 드러냈다. 흑갈색 석재, 유리, 콘크리트로 지어진 육중한 다면체 건물.

나는 즉시 저택에 마음을 빼앗겼다. 그러고 보니 난 항상 그런 곳, 끝도 없이 이어지는 새파란 수평선을 마주보는 절벽에 매달린 저택 같은 장소에서 살기를 꿈꿔왔다. 나는 테라스에서 뛰어다니는 아이들을 상상했고, 앉아서도 바다가 내다보이는 서재에서 일하길 바랐다. 그런 서재에서라면 마치 아름다운 풍광이 바닥나지 않는 영감의 원천이기라도 한 듯 힘들이지 않고 소설을 쓸 수 있을 것 같았다.

재스퍼 반 와이크는 저택 구입비로 천문학적인 돈을 요구했다. 이 집을 구입하고 싶어 하는 지원자가 나뿐만 아니라 여럿이라는 이야기도 흘렸다. 걸프 지역 사업가 한 사람은 벌써 여러 차례 이 집을 방문했고, 정식으로 구입하겠다는 제의를 했다는 말도 슬쩍 흘렸다.

"이번 기회를 놓치면 나중에 크게 후회하실 겁니다."

재스퍼 반 와이크가 계속 집을 사라는 뜻으로 바람을 잡았다.

"이 집은 처음부터 작가가 살도록 지어진 집이니까요."

나는 솔직히 작가를 위한 집이라는 게 무엇을 의미하는지 알지 못하면서도 내 눈을 사로잡은 저택이 다른 사람에게 넘어가게 될까 봐 두려워 선뜻 거금을 지불하기로 결정했다.

*

나는 여름이 막바지에 다다를 무렵 〈라 크루아 뒤 쉬드〉로 이사했다. 집은 비교적 상태가 좋은 편이었지만 전체적으로 새 단장이 필요했고, 나도 글쓰기 말고 뭔가 다른 일을 할 수 있게 되어서 반가웠다. 열손가락이 아니라 내 몸 전체를 움직여 일을 해야 할 필요성을 절실하게 느끼고 있었으니까.

나는 즉시 리모델링 작업에 돌입했다. 아침마다 여섯 시에 일어나 점심 먹을 때까지 글을 썼다. 오후 시간은 집수리에 할애했다. 내가 직접 페인트칠을 하고, 배관과 전기를 손봤다. 처음에는 〈라 크루아 뒤 쉬드〉에 사는 게 조금 두렵기도 했다. 재스퍼 반 와이크가 가구며 집기까지 포함해 집을 매매했기 때문인지 내가 무엇을 하든 네이선 파울스의 유령이 집안 곳곳에서 떠다니는 듯했다.

네이선 파울스가 이 테이블에서 아침을 먹었겠지. 여기 이 오븐에서 요리를 했고, 이 잔으로 커피를 마셨을 거야.

얼마 지나지 않아 내 머리는 온통 네이선 파울스로 가득 찼고, 나는 그가 이 집에서 행복한 시간을 보냈는지, 무슨 이유로 섬을 떠나게 되었는지 몹시 궁금해지기 시작했다.

나는 재스퍼 반 와이크를 처음 만났을 때부터 대놓고 궁금하게 여겨왔던 일들에 대해 물었고, 그는 온화한 성격이었음에도 나와는 상관없는 타인의 문제라며 답변을 거부했다. 그 당시 나는 눈치 없이 자꾸 그런 질문을 해대면 집이 내 차지가 될 수 없으리란 걸 깨닫고 묻기를 단념했다.

나는 네이선 파울스가 쓴 세 편의 소설들을 다시 한 번 더 읽었고, 그에 대한 기사를 모두 다운로드받았다. 나는 무엇보다 그와 마주친 적 있는 섬 주민들과도 여러 이야기를 나누었다. 보몽 섬 주민들은 대체로 그를 칭찬받을 만한 인물로 묘사했다. 다소 우울해 하는 기질이 있었고, 관광객들이라면 질색했고, 사진을 찍히거나 책에 대해 기습적인 질문을 받는 걸 싫어했지만 적어도 섬 주민들을 대할 때는 어디까지나 예의바르고 정중했다. 퉁명스럽고 고독한 은둔자라는 이미지와 달리 그는 제법 유머러스한 인물이었고, 붙임성 많고 사교적인 데다 섬에 있는 펍 〈플뢰르 뒤 말트〉의 단골이기도 했다.

네이선 파울스의 갑작스러운 이주 결정은 섬 주민들을 깜짝 놀라게 했다. 솔직히 그가 섬을 떠나게 된 배경은 불투명했다. 다만 지난 가을에 섬에서 휴가 중이던 스위스 출신 여기자를 만나고 나서 갑자기 이주를 결정했다는 게 섬 주민들의 일치된 증언이었다. 그 젊은 여기자는 여러 날 종적이 묘연했던 브롱코라는 이름을 가진 골든 리트리버를 네이선 파울스에게 데려다주면서 그와 처음 대면하게 되었다. 그 이상은 네이선 파울스에 대해 아는 사람이 없었다. 드러내놓고 말하지 않아도 섬 주민들은 네이선 파울스가 변변한 작별인사도 없이 도망치듯 자취를 감춘 것에 대해 실망스러워하는 모습이 역력했다.

나는 '작가들은 원래 그렇게 수줍음을 타는 편이죠.'라는 말로 네이선 파울스를 두둔했다. 그들이 내 말을 곧이곧대로 믿었는지에 대해서는 알 길이 없었다.

*

겨울이 왔다.

나는 끈기 있게 오후 시간에 집수리 작업을 계속하는 한편 오전에는 소설 집필에 매진했다. 그렇긴 해도 실제로 그다지 글을 많이 쓰지는 않았다. 내 소설 《산마루의 수줍음》의 집필을 시작했지만 한동안 마무리를 짓지 못하는 상태가 이어졌다. 네이선 파울스의 묵직한 그림자가 어디를 가든 줄곧 나를 따라다녔다. 글을 쓰는 대신 그에 대해 조사하느라 오전 시간을 허비하기 일쑤였다. 아무튼 그 덕분에 스위스 출신 여기자의 흔적을 찾아내는데 성공했다. 여기자의 이름은 마틸드였고, 소속되어 있던 매체의 편집국에서는 그녀가 퇴사했다는 소식만 간단히 알려주었다. 보 주에 산다는 그녀의 부모를 찾아가 보았지만 딸은 잘 지내고 있으니 허튼 소리 말고 꺼지라는 호통소리만 듣고 돌아왔다.

집수리 작업은 차질 없이 착착 진행되었다. 나는 방들을 새 단장하고 나서 부속건물에 대한 작업을 시작했다. 우선 네이선 파울스의 리바 호가 보관되어 있는 보트하우스가 첫 번째 작업 대상이었다. 재스퍼 반 와이크는 보트를 나에게 팔고 싶어 했지만 나는 어떻게 활용해야 할지 방법을 알 수 없어서 거절했다. 보트하우스는 〈라 크루아 뒤 쉬드〉에서 유일하게 부정적인 파동이 느껴지는 공간이었다. 어둡고, 춥고, 어쩐지 으슬으슬한 느낌이 들었다. 나는 그곳에 원래 만들어져 있었지만 벽을 쌓아 막아놓았던 현창 같은 타원형 창들을 복구해 빛이 잘 들어오도록 만들었다. 그것만으로는 흡족하지 않아 창고 내부를 좁게 만드는 주범이었던 반쪽짜리 벽들을 전부 허물었다. 벽을 허물 때 콘크리트 벽 속에서 여러 개의 뼈들이 나와 나를 깜짝 놀라게 했다.

사람 뼈일까?

벽 공사를 언제 했을까?

혹시 네이선 파울스가 살인사건에 연루되었던 건 아닐까?

무엇을 접하든 그 분야에 대한 이야기를 지어내는 게 작가 고유의 천성이 아니겠는가?

그 점을 누구보다도 잘 인식하고 있는 나는 애써 마음을 진정시

컸다.

보름 후, 어느 정도 평정심을 되찾은 나는 또 다른 걸 발견했다. 이번에는 지붕 한 구석에서였다. 올리베티 상표의 녹색 타자기와 네이선 파울스의 미완성 소설로 보이는 100페이지가량의 원고였다.

더없이 흥분한 나는 지붕에서 발견한 보물들을 챙겨들고 거실로 내려왔다. 어느새 깊은 어둠이 내린 한밤중이었고, 실내에서는 으슬으슬 한기가 느껴졌다. 거실 한가운데에 매달린 벽난로에 불을 지피고, 위스키를 한 잔 따랐다. 네이선 파울스는 즐겨 마시던 위스키 두 병을 홈 바에 남겨두었다. 나는 위스키 잔을 들고 바다를 향해 놓은 안락의자에 앉아 타자기로 친 원고를 읽기 시작했다. 첫 번째는 어찌나 내용이 궁금한지 게걸스럽게 읽었고, 두 번째는 텍스트의 진가를 제대로 맛보기 위해 천천히 정독했다. 내 인생에서 손꼽을 만큼 인상적인 독서였다. 어린 시절에 《삼총사》, 《대장 몬》, 《사랑과 추억》 등을 읽었을 당시 받았던 감흥과는 차이가 있었지만 오래도록 추억할 수 있을 만큼 매력적인 소설이었다. 네이선 파울스가 절필을 선언하기 전에 작업했던 《무적의 여름》 첫 부분이 분명했다. 그 소설의 흔적은 네이선 파울스가 《AFP통신》과 가진 마지막 인터뷰에서 찾아볼 수 있다. 대하소설 형식으로 시작되는 이 소설은 장장 4년에 걸쳐 전개되었던 사라예보 포위전 당시 인간 군상들의 심리상태가 변화하는 양상을 인상적으로 그린 작품이었다. 내가 읽은 부분은 소설의 도입부로 전혀 수정이나 검토 과정을 거치지 않은 초고 상태에 불과했지만 그가 이전에 선보인 다른 작품들 못지않게 잠시도 눈을 뗄 수 없게 만드는 매력이 있었다.

아마도 내가 이 세상에서 네이선 파울스의 미발표 소설을 읽은 유일한 독자가 분명했다. 매일 아침 눈을 뜰 매마다 소설 내용이 머릿속에서 아른거렸고, 마음 깊은 곳으로부터 묘한 흥분을 느꼈다. 처음 소설을 읽었을 당시의 흥분이 가시고 나자 네이선 파울스가 왜 글을 쓰다가 갑자기 중단했는지 그 이유가 몹시 궁금했다. 나는 1998년 10월에 집필한 원고를 읽었고, 도입부에 불과했지만 처음부터 몰입해 읽을 수 있을 만큼 박진감이 있었다. 분명 대단히 의욕적으로 집필을 시작했던 소설이라는 느낌이 들었다. 그러다가 그는 갑자기 집필을 중단했다.

네이선 파울스의 삶에 중대한 변고가 일어나지 않고는 갑자기 집필을 중단할 까닭이 없잖은가? 심각한 우울증? 연애 실패? 소중한 사람의 죽음? 그가 집필을 중단하게 된 이유가 혹시 보트하우스에서 발견된 뼈와 관련 있는 건 아닐까?

나는 뼈 조각들을 전문가에게 보여주고 소견을 들어보기로 마음먹었다. 몇 년 전, 추리소설을 쓰기 위해 사전조사를 하는 과정에서 프레데리크 푸코라는 사법 인류학자를 만난 적이 있었다. 그녀는 경찰의 요청을 받고 범죄현장 분석에도 자주 참여하는 그 분야 전문가였다. 프레데리크 푸코는 나에게 뼈 조각들을 챙겨 파리에 있는 프랑스 국립 고고학연구소(Inrap) 연구실로 와달라고 했다. 나는 뼈 조각을 작은 알루미늄 가방에 넣은 다음 그녀의 연구실을 찾아갔지만 대기실에서 기다리던 중 별안간 마음이 바뀌어 도망치듯 그곳을 나왔다.

도대체 내가 무슨 명분으로 네이선 파울스의 인생에 먹칠을 하게 될지도 모르는 위험을 자초한단 말인가? 나는 경찰이나 기자가 아니잖은가?

나는 그저 작가일 뿐이었고, 네이선 파울스의 소설을 좋아하는 독자이기도 했다. 내 생각이 지나치게 천진한지는 모르지만 《로렐라이 스트레인지》와 《벼락 맞은 사람들》을 쓴 작가가 쓰레기이거나 살인자일 리 없다는 확신이 들었다.

*

결국 나는 재스퍼 반 와이크를 만나보기 위해 뉴욕으로 갔다. 플랫아이언 건물에 있는 그의 사무실은 그야말로 산더미처럼 쌓인 원고들에 파묻혀 있었다. 벽면은 흉측하고 위협적인 용들의 전투 장면을 조각한 세피아 색 판화들로 도배되어 있다시피 했다.

"저 판화들은 출판계를 빗댄 은유입니까?"

내가 물었다.

"작가들의 세계를 표현한 우화라고도 볼 수 있겠죠."

재스퍼 반 와이크가 탁구공 넘기듯 내 말에 응수했다.

마침 크리스마스 주간이었고, 재스퍼 반 와이크는 나에게 코넬리아 가에 있는 펄 오이스터 바에 가서 굴 요리를 먹자고 제안했다.

"집은 마음에 듭니까?"

재스퍼 반 와이크가 식당에 가는 길에 물었고, 나는 선선히 동의했다. 그에게 보트하우스 벽을 부수는 과정에서 발견한 뼈 조각에 대해 털어놓았다. 식당 테이블에 팔꿈치를 괴고 앉은 그는 특별한 내색 없이 보일 듯 말 듯 가볍게 눈살을 찌푸렸다. 상세르 와인을 내 잔에 따른 그가 비로소 〈라 크루아 뒤 쉬드〉에 대한 이야기를 시작했다. 1950년대와 1960년대에 건물 신축공사를 했고, 네이선 파울스가 집을 구입할 당시는 이미 공사를 완전히 마무리한 지 한참 지난 때였다고 했다. 그는 보트하우스에서 나온 뼈에 대해 아마도 소나 개의 뼈일 수도 있다고 추측했다.

"내가 발견한 건 뼈만이 아닙니다."

나는 그에게 100여 페이지에 달하는 《무적의 여름》 원고 이야기를 했다. 재스퍼 반 와이크는 내가 농담을 한다고 여긴 듯 미심쩍은 표정을 지었다. 나는 가방에 챙겨넣어온 원고를 10페이지쯤 꺼내 그에게 보여주었다. 그는 두 눈을 반짝이며 재빨리 원고를 읽어 내려갔다.

"망할 놈! 나한테는 원고 첫 부분을 태워버렸다고 하더니!" 그가 물었다. "이 원고를 내게 건네주는 대신 무얼 원하십니까?"

"아무것도 원하지 않아요." 나는 나머지 원고를 그에게 건네주며 대답했다. "난 적어도 치사한 협박은 하지 않습니다."

재스퍼 반 와이크는 마치 성물이라도 되는 양 원고를 소중하게 챙겨들며 나를 향해 고맙다는 인사를 했다. 펄 오이스터 바를 나설 때 나는 그에게 다시 네이선 파울스의 소식을 들었는지 물었지만 못들은 체하는 바람에 더 이상 캐물을 수 없었다.

나는 차기 작품과 관련해 미국 에이전트를 찾고 있는 중이라고 말하며 화제를 돌렸다. 그에게 네이선 파울스가 보몽 섬에서 보낸 마지막 며칠 동안의 이야기를 소설로 써보겠다는 계획을 들려주었다.

"그다지 좋은 계획은 아닌 것 같네요."

내 말을 들은 재스퍼 반 와이크가 우려를 나타냈다.

"나는 네이선 파울스의 전기를 쓰거나 사생활을 엿본 이야기를 쓰려는 게 아닙니다." 나는 일단 그를 안심시키고 나서 말을 이었다. "네이선 파울스라는 인물로부터 영감을 받은 소설이 될 겁니다. 이미 제목을 생각해두었죠.《작가들의 비밀스러운 삶》."

재스퍼 반 와이크는 여전히 냉랭한 반응을 보였다. 딱히 그의 축복과 환영을 기대했던 건 아니었지만 막상 반응이 지나치게 차가워 실망스러웠다.

나는 우리가 그런 상태로 헤어지면 피차 기분이 몹시 찜찜할 거라는 생각이 들었다.

"작가라면 누구나 내면 깊숙이 품고 있는 이야기가 있기 마련이죠. 그 이야기를 독자들에게 들려주지 못하는 것만큼 고통스러운 일은 없습니다."

그제야 재스퍼 반 와이크는 수긍한다는 듯 고개를 끄덕였다.

"이해합니다." 그는 이내 언론매체를 상대할 때마다 꺼내는 한 마디를 덧붙였다. "네이선 파울스의 수수께끼란 한 마디로 수수께끼가 없다는 겁니다."

"너무 걱정하지 마세요." 내가 장담했다. "내가 수수께끼 하나를 만들어낼 테니까요. 그게 바로 작가가 해야 할 일이기도 하죠."

*

뉴욕을 떠나기 전, 브루클린의 중고타자기 판매 업소에서 잉크 리본을 넉넉하게 샀다. 나는 크리스마스를 이틀 앞둔 금요일 이른 저녁에 〈라 크루아 뒤 쉬드〉에 돌아왔다. 해가 저물 무렵의 날씨는 쌀쌀했고, 수평선까지 시야가 탁 트여 오히려 비현실적인 느낌이 들었다. 처음으로 나는 내 집에 돌아왔다는 느낌이 들었다.

턴테이블에 영화 〈추상(Le Vieux Fusil)〉의 오리지널 사운드 트랙을 걸고 벽난로에 불을 지피기 위해 한바탕 전투를 치르고 나서 위스키 한 잔을 들이켰다. 거실 테이블에 베이클라이트로 제작된 올리베티 타자기를 가져다놓고 잉크 리본을 걸었다.

영감을 얻기 위해 한참 동안 타자기 앞에 앉아 있었다. 오랜만에 타자기 앞에 앉으니 마음이 뿌듯했다. 거기가 바로 내 자리였다. 거기에 앉아 있으면 마음이 차분하게 정돈되었다. 나는 워밍업 삼아 머리에 떠오른 첫 문장을 쳤다.

작가의 첫 번째 자질은 우직한 엉덩이다.

내 손가락 아래서 타자기 자판들이 탁탁 튀어 올랐고, 나는 가벼운 전율을 느꼈다. 나는 계속했다.

1장

2018년 9월 11일 화요일

바람을 잔뜩 머금은 돛들이 쨍한 하늘 속에서 펄럭였다. 딩기 요트는 오후 1시가 조금 지났을 때 바르 해안을 출발해 5노트의 속력으로 보몽 섬을 향해 나아갔다.

드디어 시작이야.

첫 문단을 완성하기도 전에 재스퍼 반 와이크가 보낸 장문의 메시지를 읽느라 잠시 글쓰기를 중단했다. 그는 내가 원고를 탈고하는 대로 읽어보겠다고 했다. 그가 얼마나 내용을 깐깐하게 살펴보는지 모르지 않았다. 그는 네이선 파울스는 잘 지내고 있고, 100여 페이지의 원고를 돌려준 것에 대해 고맙다는 인사를 했다는 전언도 잊지 않았다.

재스퍼 반 와이크는 나에 대한 신뢰의 표시로 지난주에 한 관광객이 마라케시에서 찍었다는 사진 한 장을 첨부했다. 프랑스 출신 기자 행세를 하는 로랑 라포리가 메디나에서 어슬렁거리는 네이선 파울스를 발견하고 찍은 사진이었다. 로랑 라포리는 파파라치 심보로 무작정 셔터를 눌러 댄 끝에 요행히 쓸 만한 사진들을 몇 장 건지게 되었다. 그는 사진을 가십 전문 인터넷사이트나 잡지사에 팔아넘겨

짭짤한 재미를 보고자 했으나 재스퍼 반 와이크가 사전에 정보를 입수해 중단시켰다고 했다.

나는 휴대폰 화면에 떠오른 네이선 파울스의 사진을 꼼꼼하게 살펴보았다. 사진의 배경이 된 장소는 나도 알았다. 휴가를 보내러 모로코에 갔을 때 방문한 적 있는 곳이었기 때문이다. 철 세공품 제작자들과 대장장이들이 몰려있는 하다딘 시장이었다. 내가 기억하기로 좁은 골목들이 미로처럼 얽혀 있는 노천시장이었다. 밀집된 작은 점포들에서는 장인들이 쇠를 녹이고 두드리고 별리며 공예품들을 만드느라 여념이 없었다. 쇠를 달구는 불꽃들 사이로 네이선 파울스와 마틸드 그리고 유모차에 타고 있는 갓난아이의 모습이 또렷이 보였다.

마틸드는 사진 속에서 자카드 직물로 만든 짧은 원피스에 가죽라이더 재킷을 입고 있었고, 굽 높은 샌들을 신고 있었다. 네이선 파울스의 어깨에 한 손을 얹어놓은 그녀의 모습이 무척이나 자연스러웠다. 마틸드의 얼굴에서 부드러우면서도 에너지 넘치는 빛이 발산되었다. 네이선은 진 바지에 하늘색 린넨 셔츠, 조종사 점퍼 차림이었다. 보기 좋게 탄 피부에 엷은 빛깔 눈동자를 가진 그는 여전히 미남이었다. 선글라스를 이마로 치켜 올린 그의 자세로 미루어볼 때 그가 로랑 라포리의 접근을 눈치 챈 순간 카메라에 찍혔다는 걸 알 수 있었다.

양손으로 유모차 손잡이를 꽉 쥔 네이선 파울스는 대략 '당장 꺼지지 못해.' 정도로 요약될 수 있는 의미심장한 눈길을 로랑 라포리를 향해 보내고 있었다. 아기의 얼굴을 살피던 나는 어릴 적 내 모습을 연상시켜주는 생김새에 놀랐고, 그 순간 마음이 심란해졌다. 금발에 살이 토실토실 오른 얼굴, 원색 안경테, 덧니 몇 개. 분명 사생활 침해에 해당되었지만 그 사진이 의심할 여지없이 잘 포착한 부분이 있다면 바로 암묵적인 동조와 갈등 따위가 누그러진 순간, 그야말로 완벽하게 균형 잡힌 삶의 한 순간을 담아낸 것이었다.

*

〈라 크루아 뒤 쉬드〉에 밤이 내려앉았다. 나는 짙은 어둠 속에서 문득 외롭고 서글픈 심사가 되었지만 글을 다시 쓰기 위해 전등을 켜려고 자리에서 일어났다.

테이블로 돌아온 나는 다시 한 번 휴대폰에 저장된 사진을 살펴보았다. 네이선 파울스를 단 한 번도 만난 적 없었지만 그를 잘 안다는 느낌을 떨쳐버릴 수 없었다. 그가 쓴 소설들을 읽었고, 그가 살던 집에 살고 있어서인지도 몰랐다. 사진이 뿜어내는 빛을 아기의 눈부신 미소가 모두 빨아들이고 있었다. 그 순간 나는 갑자기 네이선 파울스를 구한 건 그의 소설이나 글쓰기가 아니라는 확신이 들었다. 그는 분명 아기의 두 눈 속에서 반짝이는 광채에 매달려 있었다. 두 발로 굳건히 서서 새로운 인생에 도전하기 위해.

나는 그를 향해 위스키 잔을 들어 올렸다. 그와 건배하기 위해.

그가 지금 행복하다는 걸 알게 되니 나도 마음이 놓였다.

Loreleï
Strange

로렐라이 스트레인지

---★---

Nathan Fawles

네이선 파울스

A Mathilde

Nathan Fawles

10 Mars 1999

Little, Brown and Company
New York Boston London

진짜와 가짜

영감은 어디에서 오는가?

이 질문은 내가 독자들, 서점관계자들 또는 기자들과 만나 대화를 나눌 때마다 단골로 등장한다. 사람들의 입에 자주 오르내리긴 하지만 상투적인 질문으로 치부할 수는 없다. 이번에 쓴 소설《작가들의 비밀스러운 삶》은 글쓰기에 발동이 걸리기까지 수수께끼 같은 과정이 필요했다. 어쩌면 앞선 질문에 대한 하나의 답변이 될 수도 있을 것이다. 요컨대 모든 디테일들이 다 잠재적으로 픽션의 영감 또는 소재의 원천이 될 수는 있지만 소설 속에서 우리가 보거나 직접 체험하거나 학습한 그대로의 형태를 유지하며 등장하는 건 없다. 신비한 꿈을 꿀 때처럼 현실 속의 디테일들은 작가의 구상에 따라 제멋대로 해체되어 이제 막 싹을 틔워가는 단계에 있는 이야기의 중요한 구성요소가 되기도 한다. 이런 경우 그 디테일들은 소설적인 것, 즉 여전히 진짜이긴 하지만 더 이상 실재하지 않는 것이 된다.

예를 들어 이 소설에 등장하는 카메라만 해도 그렇다. 마틸드는 카메라 때문에 살인범을 찾았다고 믿었지만 이 디테일은 내가 읽은 사회면 사건 기사에서 영감을 얻어 끼워 넣었다. 하와이를 출발해 6년 동안 표류한 끝에 타이완의 한 해변에서 발견된 카메라에 대한 기사였다. 그 기사를 변형시키지 않고 사실 그대로 소설에 옮겨놓았다면 카메라 안에 휴가사진들만 들어 있어야 한다. 이미 알다시피 내 소설에서는 그보다 훨씬 중요한 사진들이 들어있었다.

다른 예로 이 소설의 두 번째 부분에 붙인 제목 '황금빛 머리카락을 가진 천사'는 블라디미르 나보코프가 부인 베라에게 보낸 수많은 편지들 가운데 그녀에게 붙여준 달콤한 별명이다. 나는 이 편지들을 비롯해 알베르 카뮈와 마리아 카자레스가 주고받은 편지들이 지닌 아름다움을 되새겨가면서 S와 네이선 파울스의 편지 일화를 썼다.

보몽 섬으로 말하자면 내가 만들어낸 상상의 섬으로 일부는 캘리포니아 주의 놀라운 도시 애서튼, 나머지 일부는 매혹적인 포르크롤 섬과 이드라, 코르시카, 스키에 등의 섬 여행에서 영감을 얻어 만들어냈다. 보몽 섬에 자리 잡은 상점들의 상호(제법 창의적인 말장난에 토대를 둔 〈플뢰르 뒤 말트〉, 브레드 피트 등)는 도보로 거리를 걷거나 인터넷 자료 검색을 하다가 마주친 간판들에서 따왔다.

서점 주인 그레구아르 오디베르라는 인물이 보여주는 세상에 대한 환멸적인 태도는 미국 작가 필립 로스와 독서의 미래를 내다보는 그의 지독한 염세주의로부터 착안했다.

마지막으로 내가 소설에서 무척이나 아끼고 사랑한 네이선 파울스는 고립과 절필, 언론 기피, 퉁명스러운 대인관계 등을 보이는 인물로 묘사되고 있는데 밀란 쿤데라, J.D. 샐린저, 필립 로스, 엘레나 페란테 등의 모습에서 영감을 얻었다. 그 결과 나는 네이선 파울스가 에필로그에 등장하는 기욤 뮈소와 마찬가지로 이제는 독자적으로 존재한다는 느낌이 들었다. 더불어 그가 세상의 다른 곳에서 다시 삶의 의욕을 찾게 되었다는 소식을 알게 되어 매우 기뻤다.

〈끝〉

옮긴이의 말

작가 지망생 라파엘은 보몽 섬으로 향한다. 그 섬에 그가 흠모하는, 그러나 더 이상 글을 쓰지 않는 유명작가 네이선 파울스가 살고 있기에 그곳에 가면 그를 만날 기회가 생기지 않을까 하는 기대 때문이다. 네이선 파울스는 명성이 절정에 이르렀을 때 절필을 선언한 수수께끼 같은 작가이다. 그는 왜 글을 쓰지 않을까? 아니 그는, 자신이 말한 대로, 정말 더는 글을 쓰지 않는 걸까? 섬의 인적 드문 곳에 위치한 벙커 같은 집에서 칩거 중인 네이선이 펜을 꺾게 된 이유를 찾아가는 과정은 라파엘이 구상하는 소설의 글감이 된다.

《작가들의 비밀스러운 삶》은 기욤 뮈소가 쓴 소설 속에 작가 지망생 주인공이 쓴 소설이 소개되는, 곧 소설 속의 소설 형식을 취하고 있다. 하긴 열 때마다 계속 조금 더 작은 인형이 나오는 러시아의 마트료시카 인형처럼 소설 속에 반복적으로 또 다른 소설들이 등장하는, 이른바 격자 소설이라고 하는 이 기법은 사실 전혀 새롭지 않다. 우리가 다른 소설 작품이나 심지어 영화에서도 심심치 않게 접해왔기 때문이다. 기욤 뮈소가 소설 말미에 '영감은 어디에서 오는가?'라는 글까지 첨부해 작은 인형 하나를 더하는 수고까지 곁들였음에도 그렇다. 또한, 보몽 섬이 실재하는 섬인지 작가의 상상력이 만들어낸 허구의 섬인지는 그다지 중요하지 않다. 기욤 뮈소가 친절하게도 진실과 허구를 설명해놓았지만, 그런 건 사실 이래도 좋고 저래도 그만이다.

그렇다면 작가들이 글을 쓰는 행위에서 무엇이 중요할까? 라파엘은 되는 일이라고는 없어 자신이 슬럼프에 빠졌다고 낙담하던 끝에 거금을 내고 창의적인 글쓰기 교실에 등록하는데, 비싼 수강료를 챙긴 강사는 스스로를 '문체 세공사'라고 부를 정도로 문체를 최우선시 한다. 이야기 내용보다 그 이야기를 들려주는 언어가 중요하다는 학자적인 견해에 집착하는 것이다. 작가란 무엇보다도 독자들을 사로잡는 근사한 이야기를 지어낼 줄 알아야 한다고 믿는 라파엘에게 문체란 그 이야기를 생동감 있게 전달해주는 수단에 불과할 뿐인데 말이다. 한편, 보몽 섬에 체류하게 된 라파엘이 우여곡절 끝에 드디어 마주친 네이션은 다양한 감정들, 그 감정이 이끄는 종착역까지 우직하게 밀고 나가는 것이야말로 소설의 본질이라고 강조한다. 삶의 매 순간 만나게 되는 각기 다른 여러 감정들을 오롯이 경험하고, 등장인물들을 빌어 그것들을 실감나게 되살려내어 독자들과 함께 공유하는 것이 작가의 역량이며 작품의 존재 이유라는 말이다.

사실, 유명작가가 칩거하지 않아도 섬은 본래 우리들의 시선을, 마음을 잡아끄는 독특한 저만의 정서를 품고 있다. 하나씩 떨어져 있으면서도 옹기종기 모여 군도를 이루는 섬들은 사람과 사람을 이어주는 쪽일까, 고립시키는 쪽일까? 아니, 사람들 각자가 이미 하나의 섬인 건 아닐까? 각자가 가까이 있는 섬으로 가서 그 섬 너머에 있던 다른 사람에게 다가가는 과정, 하나의 섬이 다른 하나의 섬과 이어져 다리가 되어가는 과정이 글쓰기, 특히 문학적 글쓰기 혹은 읽기의 핵심이 아닐까?

어쨌든 책 읽기 좋은 이 계절에 그 섬으로 가보자. 실망하지 않을 테니까.

양영란